Cadde Yayınları

Günümüz Türk Yazarları/Deneme

Cadde Yayınları : 13
Seri: Günümüz Türk Yazarları/Deneme
© Nihat Genç ve LM Basın, Yayın Ltd. Şti.
Birinci Basım: 10.000 Leman Yayınları
İkinci Basım: 1.000 Cadde Yayınları Ağustos 2004
Üçüncü Basım: 1.000 Cadde Yayınları Şubat 2005
Dördüncü Basım: 1.000 Cadde Yayınları Nisan 2006
Beşinci Basım: 1.000 Cadde Yayınları Mayıs 2006
Altıncı Basım: 1.000 Cadde Yayınları Mayıs 2006
Kapak Tasarımı: Mithat Çınar
Sayfa Düzeni: Nurgül Sedef Kıran
ISBN: 975-6326-15-8
Baskı: LeMan Ofset Tel: 0 212 858 00 93
Cadde Yayınları bir LM Basın Yayın Ltd. Şti. kuruluşudur.
Adres: Firuzağa Mah. Defterdar Yokuşu No: 47
Cihangir / İstanbul
Tel: (0212) 292 94 50/51-292 44 89-292 44 92
Faks: (0212) 292 44 91

Nihat Genç'in eserleri:

Dün Korkusu
Bu Çağın Soylusu
Ofli Hoca
Soğuk Sabun
Kompile Hikâyeler
Modern Çağın Canileri
Köpekleşmenin Tarihi
Arkası Karanlık Ağaçlar
İhtiyar Kemancı
Amerikan Köpekleri
Edebiyat Derslerine Giriş
Nöbetçi Yazılar

Nihat Genç

Memleket Hikâyeleri

İçindekiler

En Büyük Taraftar

Yıl 1976, Trabzonspor İzmir'de Göztepe'yle berabere kalırsa, şampiyonluk ilk defa Anadolu'ya gelecek. Kabarmış heyecanımız nereye koysak durmuyor, mahallede arkadaşlara, başkandan araba isteyelim, dedim. Trabzonspor başkanı, un fabrikası sahibi Şamil Ekinci. Gülbahar'dan ağa Mesut, Faroz'dan Üveyiz ve ben, taksiyle fabrikaya gittik, başkanın odasına girdik. Taraftarlar olarak otobüs istiyoruz, maça gideceğiz, dedik. Yumuşak huylu, çok tatlı bir adam, derin bir sevinçle hiç soru sormadan telefonu kaldırdı, Kanberoğlu şirketini aradı. "İki otobüs verin, çocuklar İzmir'e kadar gidecek", İstanbul'da Galatasaray'la kupa maçımız da var, diye araya sokuşturduk, telefonda: "Ordan İstanbul'a geçecekler, sonra geri gelecekler..."

İki otobüsü Gülbahar mahallesinde parkın önüne çektik, Faroz, Arafil Boyu, Gülbahar gibi büyük mahallelerden on beşer kişi, Bahçecik, Hacıkasım, Yenicuma gibi diğer mahallelerden beşer kişilik kontenjan ayırıp haber gönderdik. Yer kavgası, dövüş, hareket, otobüslere bindik. Otobüs Giresun

9

sınırı Aksu tesislerinde ilk molayı verdiğinde, neye uğradığı mızı şaşırdık, hiç kimsede para yoktu. Tüm otobüs gülmekten kırıldık. Mahalle dayılarından biri (isimleri vermiyorum, bugünkü itibarları sarsılır) ilk nutkunu verdi: ".mma koduğumun uşakları paranız yoktu, niye bindiniz!".. Arafil boyundan Ağa Mustafa'yı hatırlıyorum, Gama Bülent uzunboylu, babayiğit bir çocuk, bir de Bokludere'den Sultan'ı, ufak tefek bir oğlan ama bela, kavgasız dövüşsüz günleri yok, bir de Faroz'da ünlü Arap'ı. Elimizde davullar, bayraklar. Yemeği bitirdikten sonra topluca kasanın önüne geliyor, "Trabzon Trabzon" diye bağırıyoruz. Çocukların yüzlerinde zaptedilmez bir şehvet, azgın bir zalimlik anadan doğma huylan. Pisdişleri, sırıtan dudakları, hemen herşeyi sarsarak yoklamaları, sağa-sola şeytani tekmelerle çeki düzen vermeleri, alaylı gülüşleri, küfürleri, dayanılacak gibi değil. Hayatlarının tek bugününü tatlı bir huzurla geçilmemiş zincirlerinden boşalmıştam bir serseri konvoyu. Garsonlar, ahçılar, müşteriler başımıza toplanıyor, Farozlu çocuklar "Espiye deresine taşköprü kurulacak" oyun havasına kendi uydurdukları bir tür çiftetelliyle ortada oynuyor, biz el çırpıyor, tempo tutuyoruz. Bağırmaktan şakaklarımız zonkluyor, Üveyiz müdüre yanaşıp: "Senin anlayacağın dayı, bu .mına koduğumun uşaklarının hiçbirinin parası yok!"

Samsun sınırına gelmeden hiç kimsede ses kalmadı, bir de otobüs içinde sinir yıpratıcı kavgalarla birbirimize giriyoruz, sürekli acıkıyoruz, küçük bakkallar önünde durup, yüz kişi içeri dalıyor, domates, sigara, hıyar, karambole getirip, taşıyoruz. İçimizde tek bir kişi bile açıksa, otobüsü durdurup tarlalara dalıyoruz! Şehirden uzaklaştıkça ateş gibi parlıyor, fişek gibi patlıyor, köpüre köpüre şeytanlaşıyoruz. Ve sonra otobüs içinde ganimetleri pay ederken yine suratlarımızı delip geçen alevli küfürlerle birbirimize saldırıyoruz. Ankara'ya kadar lokantalar hesap vermeyişimize bozulmadı, "şampiyonluk hediyesi" olarak coşkumuzu alkışladılar, bu tolerans, bu gurur duygularımızı en şiddetli noktalara taşıdı, Trabzon-Ankara güzergâhında bir namımız vardı. Araba, Afyon'a doğru harekete geçince başka bir ülkeye girdiğimizi anladık, rüya bitmişti, bağırmalarımız, sloganlar, davul para etmiyor, garsonlar ellerine bıçak alıp kapıya diziliyorlar. "Kimse para vermeden çıkamaz!" Bu bizim için boğaya kırmızı göstermek, kavganın açılışı genellikle hep şöyle olur, Farozlu çocuklardan biri Arap'ın yanına gidip, "Arap, şu garson var ya sana anaavrat küfretti!", Arap, "hangi .mına koduğumun çocuğu göster bana!", Lokantanın ortasında garsonlar yere yatırılır, masalar dağıtılır, kavgaya girmeyenler, sırf şenlik olsun diye mutfaktaki tabakları tavanda kırarak çatışmaya akrobatik renk katıyorlar. Lokanta sahibi yalvar rica araya giriyor, paramara almadan, kapıya atıyorlar bizi.

Afyon'da efelenen garsonlarla gerçek bir meydan savaşı verdik, çünkü öylesine yanından geçtiğimiz bir lokantanın önünde üst üste dizili yüze yakın bira kasası görmüştük. Biz içerde kavgayı başlatacağız, bir bölük dışardan kasaları otobüse yükleyecekti. Afyonlular ellerinde sopa, on-yirmi kişi, hücuma geçtiler, bizim çocukların ellerinde hiçbir kesici alet yok, ancak üstün yetenekli küfürleri ve her an pislik çıkartmak için geliştirdikleri keskin görüşleri var, bir de kavga anında hipnoza girer gibi, öfkeden çılgına dönüyorlar, dövecek adam kalmadığında boş bir masayı saatlerce tekmeleyip, yumruklarını indirip... ya da, hiç gereksiz boş bir merdiveni sökmeye başlıyorlar! Yani, efelerin hiç şansları yok. İçimizde tek mağdur Kanberoğlu'nun şoförleri. Araya giriyor, yalvarıyor, rezil olduk, firmamız mahvoldu, diye bağırıyorlar, dinleyen yok. Şoförler kendi aralarında plan kurdu, hepimiz topluca yemeğe indiğimizde dağbaşında otobüsleri kaçıracak, tedbir olarak otobüsün içinde adam bırakmaya başladık. Ve şoförler bizi dinlememeye başladı, otobüsten biri "işeyeceğim dur" diyor, şoför durmuyor, çocuklar çok geçmeden otobüs koridorundaki tüm çöp kovalarını ağzına kadar sidik dolduruyor, yani şoförler bir nevi "rehin" kalmıştı elimizde. Bir başka ülkenin topraklarındaydık, ya da herkesin beyninde bir kabuk çatlamıştı, sürekli boğuşan, dalaşan başıbozuk kalabalık girdiği dükkânları soyup otobüse taşıyor, yine mahallenin dayısı otobüsün mikrofonunda nutkuna başlıyor: ".mına koduğumun hırsızlan, şerefsizsiniz ulan, Trabzon'un adını rezil ettiniz orospu çocukları, bir daha yapan olursa otobüsten atacağım...", sonra, "getirin ulan malları!" getiriyorlar, teker teker bölüştürülüyor. Ve son gücümüzle bağırmaya başlıyoruz, ön taraf:

"Bordo!", arka taraf: "Mavi!"...

Bordo-mavi, bordo-mavi İzmir'e girdik. Konak Basmahane'de otobüsten indik, önce meydanda bir tur, sonra kordonu baştan sona, sonra, tek tek birahanelerin önünde, biz geldik, turu attık. Askerliğini İzmir'de yapan on-on beş Trabzonlu asker de karıştı araya. Faytonlara doluştuk, para vermeden şehir turu attık.

Neşeden bir buluta binip durmaksızın içerek, birbirimize sarılarak uçuyorduk. Rüya gibi şu sahne, kalabalık slogan atarak ilerlerken, önümüzden ağzına kadar çilek dolu bir el arabası geçiyor, kalabalığın içinde bir müddet kayboluyor, arkadan araba çıktığında, dağ gibi yığılmış çileklerden birkaç çürük kalıyor tablanın ortasında. İşportacı neye uğradığına şaşırıyor. Bademciler, midyeciler, hıyar soyup satanlar, pilavcılar, hepsi nasibini alıyor. İzmir Basmahane'de yarım saat içinde tek bir işporta tezgâhı kalmadı.

Basmahane'de büyük ve eski bir otele yerleştik. Farozlu çocuklar, yaşlı otel sahibine, kendilerini "baba bak, bu Trabzonsporlu Turgay, bu Cemil, yarın maçları var" diye takdim ediyor. Otelin içinde sabaha kadar davul çalındı, biralar içildi, yataklar yetmedi, halı, kilim, sandalye görülen her yerekahramanlara yaraşır şekilde sızılıp kalındı. Sabahın altısında bir alarm verildi, sessizce herkes uyandırıldı, hiç sebep yokken "bu otelci ibne Fenerliye benziyordu!" diye perdeler söküldü, çarşaflar yırtıldı, topluca beş kuruş verilmeden otelden kaçıldı. Akşam ekibin yarısı gruptan ayrılıp, kırk-elli kişi geneleve gidiyor, parasız oldukları anlaşılınca genelev sokağında camlar çerçeveler iniyor, kadınlar topluca hücuma geçiyor, otelden Konak meydanına doğru yürürken, pantolonsuz, ayakkabısız, İzmir sokaklarında üşüyerek bizi arayan arkadaşları gördük! Maçtan sonra tekrar gidilip intikam alınacak, planlarını yapıyorlar.

Acilen İzmir'deki Trabzonlu esnaflar bulundu. Topluca mağaza önüne gidiyor, davul çalıp, slogan atıp, bordo-mavi bağırıyor, tozu dumana katıyoruz. Trabzonlu hemşerimiz dükkân önüne çıkıp, horona başlıyor, şu yeryüzü topraklarında ancak bu kadar mutlu bir adam, sanki gurbet ellerinde, otuz senedir, Orta Asya'dan gelecek hemşerilerini bu an, bugün için beklemiş. Silahı çıkartıp havaya sıkıyor. Hayatın en büyük zaferi gibi esnaf komşuları ona sarılıyor, tebrik ediyor, o her birimize sarılıyor, ağlıyor. Ve gerçeği söylüyoruz, "maça girecek paramız yok!". Kendinden geçmiş adam tomar tomar paraları önümüze atıyor... Bir başka hemşeri dükkânını arıyoruz, bir manifaturacı, Trabzonlu, Anadolu'dan kopup gelen bu kalabalığı bir kurtarıcı gibi karşılıyor, iki saniyede samimi oluyor, "ula hiçbirinizi bırakmam, yengeniz sizi bekliy!", "Yapma dayı iki yüz kişiyiz, eve sığmayız!", "Gelmeyen olursa .mınıza korum sizin!, hepiniz geleceksiniz!". Adamı durdurmak mümkün değil, kendinden geçip, "girin şu dükkâna, canınız neyi istiyorsa alın!", dükkânını yağmalatıyor. Talan edilirken sevinçten ağlıyor. Dükkândan çıkan herkesin ellerinde sutyenler, içdonları, ibrişim makaralar, hemşeri dayı, dükkândan çıkanların alınlarından öpüyor, bağırıyor sokağa: "Koduk, koduk, koduk, İstanbul'un .mına koduk, koduk

13

uşaklar, koduk uşaklar, anasını .iktik İstanbul'un..." Herkes ağlıyor. Yaka bağır açılmış. Adam bayılmış. Kimse su vermiyor. Kimse adamı ayıltmak için yanına eğilmiyor. Etrafını davulla çembere alıyor, bayrakları üstüne serip, ağlayarak bağırıyor herkes: "Bordo, mavi, bordo, mavi... Trabzon, Trabzon!"... Bayılan hemşerimiz esnaf, gözleri faltaşı gibi açılmış, bir manda gibi güçlü, yoldan geçen arabalara saldırıyor, tutmak imkânsız, bağırıyor arabalara: "Milyonluk eşşekler, milyonluk eşşekler!", (bu çok revaçta bir slogandı, İstanbul takımlarındaki futbolculara söylenirdi.)

Yağmanın tuhaf bir coşkun tadı var, Orta Asya günlerinde, hanlar yağma şölenleri düzenlerdi. Talan kültürü hırsızlık, namussuzluk, değil, çözemediğimiz, insan ruhunun temelinde bir tuhaf bölüşme, yani, malların "kendinden geçmesi", eşyaların, mülkün "kendinden geçmesi" gibi bir duygu, insani şekle sokamadığım bir içgüdü, ama, talan ettiren insan biran kendini evliyadan yüksek bir gurur içinde görüyor.

Alsancak stadına geldiğimizde bir biletle on kişi girmeye çalıştı, girenler, içerde tertibat aldı. Uzun ipler sarkıtıldı dışarı, 19 Mayıs bayramında gibi omuz omuza üç-dört kişi yükseldi, kale bedenine saldırır gibi. Üst tribüni polis bize verdi. Koskoca tribünde kabak gibi ortadayız, çünkü sadece iki yüz kişi kadarız. Tribün çıplak. Alt tribünde, beş binin üstünde ve düzenli tezahürat yapan Göztepe seyircisi. Baş etmek imkânsız. Farozlu çocuklar, Trabzon tarihine geçmiş, 157 metrelik şerit bayrağı trübüne çekti. Bayrağın başına nöbetçiler koyuldu. Göztepe'nin de düşmemek için bir puana ihtiyacı var, "Gözgöz Göztepe" diye başladılar, "ibne Trabzon" diye bitirdiler. Bitirmeyeceklerdi.

Mahalle dayılarından biri aşağı trübüne bir nutuk çekti: ".mına koduğumun Göztepelileri, bir puan vereceğiz size, sesinizi çıkartmayın, biz burdan şampiyonluğu alıp, akşama döneceğiz!"... Göztepe seyircisi susmadı. Hiç kimsede ses kalmamış. Tribünün üstünden on-on beş çocuk onar metre aralıklarla dizildi, sonra hep birlikte pantolonları aşağı indirip, aşağı trübünin üstüne işemeye başladı. Göztepe seyircisi kaçışmaya başlayınca, onların tribün de kelleşti!

Trabzon denildiği gibi yaptı, beraberliğe yattı, bir puanı bıraktı. Hakemin son düdüğüyle fetih tamamlandı. Film koptu. Hayatımın hiçbir dönemi hiçbir filmde, hiçbir yerde görmediğimiz, duymadığımız bir şekilde o an iki yüz seyirci transa girdi, yüz seyirci sara nöbetine tutuldu. Delirmiş, çıldırmış, çapulcu sürüsü gitmiş, ağlayarak yerlerde yuvarlanan, kendinden geçerek eli kolu kaskatı geçilerek bayılmış onlarca çocuk! Herkes bir yerde baygın şekilde titreyerek ağlıyor, yada bayılanları ayıltıyor. Heyecan dalgası bedenleri en üst noktada kazıklaştırmıştı. Doktor değilim, tıpçı değilim, beş on çocuk heyecandan acı çekerek kaskatı kaldılar! Coşku yerini sakinliğe bıraktı, gurur yerini kedere bıraktı, herkes iç çekerek, hıçkırarak ağlıyor, kimse kimsenin yüzüne bakmıyor, bir kenarda çömelmiş, düşmüş, kıvrılmış çocuklar, isli bir lambanın alevi gibi kendi başına ağlıyor!

Ve nasıl olduysa, davulcular davula vurmaya başladı, birkaç delikanlı, ünlü Espiye türküsüyle oynamaya başladı, işte orada, üstünü başını yırtanlar, herkes birbirini parçalıyor. Parçalanma hali, oyun eşliğinde yükseliyor, davul hızlanıyor, acaip, baş, ayak hareketleri, düşüp bayılana kadar. Hırsla gişelerin demirleri kopartılıyor, kopartılan demiri kendi kafasına vuruyor. Bu dünyada ulaşılacak arzuların en sonuna gelmişler gibi, yeni bir din sevinci, bir ihtilalin ilk günü gibi, çok "ünlü" bir şey oldu bu sokakta, gece karanlığında ıssız dağlar başında vahşi hayvanlarla dans eden Afrika büyücüleri gibi hepsi. Trabzon bayrakları yırtılmaya başlandı, bayraklara dişlerini geçirerek yırtıyorlar, "bitti artık, koduk İstanbul'un .mına!", ya, kudurarak göklere uçan köpeklerin ruhundan birşey, ya, yarıştan yeni çıkmış İngiliz atlarına terli terli içirilen şampanyalar gibi.. Tepişme, gurur, zevk, acı, herşey önce bir felaket gibi sardı bedenleri, şimdi, gayipten haber veren kahinler, falcılar, müneccimler benzeri tırnak ve el kol hareketleriyle vücutlarında derileri pençe sıyrıklarıyla kazıyorlar. Dibine kadar esrar içmiş vahşi köpekler! Köpürmüş neşe, ağızlarda tutkal gibi köpürüyor. Bedenler, denizin ortasında kasırgaya tutulmuş bir kibrit çöpü gibi. Bu anı, hiçbir şekilde, hiç kimseye anlatacak kelime yok. Sopalar kırbaç olup birbirlerini dövüyor, şişeler kafalarda kırılıyor. Ve, o an işte, Alsancak stadının beton duvarına uçarak kafa atma faslı başladı. Sersemleyip yere düşüyorsun, doğrulup, tekrar geri çıkıp, yeniden uçarak betona kafa... Yeniden gerilip gerilip uçarak betona kafa! Bayılana kadar! Alnınız parçalanıncaya, şişler boynuz gibi yumrulaşıncaya kadar!

Zafer, çapulcuların kahramanlaştığı o andır, zafer, kuvvetin tek bir bedende toplandığı o andır, zafer, tarihin aklını çelmektir, zafer, ruhumuzu bedenimizden uçurtan o andır! Zafer, damarlarını çatlatarak bu ağır hayatın altında büyüttüğümüz bu bedenin duyduğu en büyük şehvettir! Zafer, bütün çapulcuları kahramanlaştırır, o yüzden tarihin o günü, ordaydık, biz yüz taraftar! Türk medyasının, Ertuğrul Özkök'lerin, Reha Muhtar'ın, Ali Kırca'ların, Tansu Çiller 'lerin neden İngiltere'ye koştuğunu anlıyorum, çapulcular, kahramanlık yağmalanırken, orda olmak zorunda!

Taşaklarını karıştırarak yeşil yeşil kusan bir delikanlı, kustuğu yerden bağırdı: ".mma koduğumun uşakları, toplanın, kupayı almaya İstanbul'a gidiyoruz." (Tuhafınıza gitmesin, kimse, arkadaşlar, çocuklar diye hitap etmez, bir nutuk şekli, hitabettendir, .mına koduğumun uşakları cümlesi, burada küfür yoktur, sevecenlik, dostluk bildirir. Trabzonlu eski bir yöneticiyle lüks bir lokantadayız, garson, "buyrun, ne emredersin" dedi, bizimki: ".mına koduğumun uşağı bana birbu-

16

çuk kıymalı getir", dedi, ürktüm, abi, buralarda söyleme böyle, rezil etme bizi, der gibi, oldum. Garson, bu dili iyi anlıyor, gülerek, şakalaşarak servisi tamamladı.)

Otobüsler Çanakkale boğazına Ecaabat'a vardığında, hayattan artık hiçbir şey beklemeyen kahramanlar yorgunluktan uyumuştu. Ancak, öç almak isteyen maceracılar boş durmamış, Ecaabat'ta araba vapurunun hemen orda, sağda, turistik eşyalar satan bir dükkâna girip, dükkân sahibini konuşmaya tutup, arkadan kasalarla, koli koli anahtarlık, oyuncak ayılar, bebekler, ağızlıklar, yüzlerce tesbih çalıp otobüse boşalttılar. Mahallenin dayısı yine nutkuna başladı: ".mına koduğumun uşakları, Trabzon'un şanına leke sürüyorsunuz, şampiyonluğumuza leke sürmeyelim uşaklar, getirin bakayım kolileri!" Koliler geliyor herkese pay ediyor. Benim kucağıma da dört-beş maymun, üç-beş tesbih, maskot atılıyor.

Arabanın önünde oturanlar, Tekirdağ'dan geçilirken, Mürefte yakınlarına sızıp bir şarap fabrikası soyulması planları yapıyor. Şoför, anayoldan çıkmam diye diretiyor. Bir bakkaldan on-on beş şişe şarap çalınıp, iş tatlıya bağlanıyor. İstanbul göründükçe, uykulu gözler açıldı, otobüsün tüm koltuklarını dehşet dolu bir pervasızlık sarmaya başladı. Cepte beş kuruş olmadığı için, ilk durak, Kapalıçarşı. Yan tarafta Mısır Çarşısı'nda Trabzonlu esnaf bulunuyor. Sokakta iki saat süren bir tezahürat, paralar toplanıyor. Hiç gerek yokken, döner tezgahından döner çıkartılıp grubun ortasına getiriliyor, dişleyenler, kopartanlar, sopalar, döner kılıçlarıyla çarşı birbirine giriyor. Aklımızda iki acil program var, bayraklar ve fişekler. Kutu kutu fişekleri alıyoruz. Büyük bayraklar yeniden özenle büyük sopalara çekiliyor! Galatasaray maçında tribününün önüne beş-altı büyük bayrak çıkartıyoruz, o günün fotoğraflarına bakın, Ali Sami Yen bu büyüklükte bayrakları o gün görüyordu. Polis saldırıya geçti tribüne. Bizden bir kişi alıp, sekiz-on polis ayaklar altında dövüyor, sonra çeke çeke dışarı çıkartıyor. Biz polise saldırıya geçiyoruz, içimizde ağzı burnu parçalanmayan kalmadı. Polis demir kapıların arkasına saklanıyor, bir pundunu kollayıp tekrar saldırıyor. Ve taktik olarak, tribünün arkasından yine tek bir kişi alıyor, yine tekmeler altında sürükleyerek dışarı çıkartıyor. Polisle iki saat süren bir çatışma. Tribünde bayrakları havalandıran çocuklar dışında hiç birimiz bir saniye olsun maça bakamıyoruz. Kupayı Galatasaray alıyor, dışarı çıktığımızda toplanıp, polis arabalarına saldırı, sonra Galatasaraylı dövmek için sokak aralarına dağılıyoruz, yüzlerce mont, eşofman, sarı-kırmızılı bayrak topluyoruz. Taksim meydanında taktik geliştirip, sarı-kırmızılı bayraklarla bağırıyoruz, bayrağı gören cimbomlular keklik gibi düşüyor, tam zamanı deyip çocukları paramparça ediyoruz. Tekrar gelen yok, tekrar sarıkırmızılı bayrakları sallıyoruz, stattan yeni gelmekte olan cimbomluları tekrar tuzağa düşürüp... İyi cins, kalite üç-beş meşin mont yüzünden kafile içinde sert tartışmalar Trabzon'a kadar sürdü!

Viyana kapılarından dönen Osmanlı orduları gibi, İstanbul'dan, "Cumhurbaşkanlığı kupasında ananızı .ikeceğiz" deyip geri döndük. Kafile ani bir kararla, Beyoğlu'nun tüm arka sokaklarında o zamanlar zibil kadar çok, otel adı adında çalışan genelevlerine taşındı. Giren çıkmıyor otellere. Otobüsü kaldıramıyoruz. Gecenin iki-üçüne kadar pavyonlardan gelecek çocukları bekliyoruz. Toplamak için çocukların peşlerinden gidiyorum, otel odalarında gördüğüm sahneler, aile var, anlatamam. Çocuklar kanlarla sabahlamış ve para vermiyorlar, tüm otellerin pezevenkleri sokağa doluşmuş, otelden dışarı çıkamıyor bizimkiler, çocuklar pezevenklere saldırırken, "kan satılır mı ulan, gavatlar, orospu parasıyla ekmek yenir mi ?" diye saldırıya geçiyor, ayakkabıları, gömlekleri otelde kalmış.

Ankara'da otobüs mola veriyor, tuvaletten döndüğümüzde

otobüs kaçmış. Parasız Ankara'nın göbeğinde kalıyoruz. Nerden para bulacağız diye turlarken, eski terminalden Tandoğan'a, ordan Beşevler'e kadar yürümüşüz, tam önüme beyaz bir güvercin düştü. Elime alıp sevmeye başladım. Kahveden bir adam yanıma koştu, "Arkadaşım seksen lira veririm bana ver!", Otobüs parası otuz lira, seksen, çok para. Kuş parayla satılır mı, pirelendim, bunda bir iş var. Bir daha geldi, "Arkadaşım kandırıyor seni, bu kuş en az 150 lira eder!".. Cebeci istasyonunun yanında 130 liraya beyaz güvercini sattık, terminale koşup, Trabzon'a döndük.

Birkaç yıl sonra çoktan Ankara'ya yerleşmiştim, bir gece evde yoktum, sabah eve geldiğimde, evin önünde iki otobüs. Ankaragücü maçına gelmişler, kapıyı kırıp içeri girmişler, halı, kilim, buldukları her yere uzanıp yatmışlar, yetmemiş, kilimleri apartmanın merdivenlerine çıkartıp, on-on beş kişi de orada uyuyakalmış. Tam bir felaket! "Aaaa gara Nihat gelmiş" diye ayaklandılar, sanlacağım, sanlamıyorum, hoş geldiniz diyeceğim, diyemiyorum, bu belayı başımdan nasıl atayım, hepsi arkadaşım. Birkaç yılda, kitaplığımda üç yüz-dört yüz kitap taşımıştım, değişen sadece buydu hayatımda. İçlerinden biri "ne yazıyor Gara bu kitaplarda" dedi, "bilmem" dedim, "hepsini okudun mu?" "Eh işte".. Topluca maça gittik. Maratonun yarısını polis bize verdi. Ne olduysa bizimkiler yan tribüne saldırıya geçti. Tribün boşaldı. Polis çember kurarak bizim tribüne saldırıya geçti, dairenin içine sıkıştırdı, coplarla maçın henüz başında bizimkileri stat dışına çıkarttı. Koskoca tribün boşaldı, nasılsa polis bana dokunmamıştı, ben de eskisi gibi taraftarın ortasında başrollerde değildim, artık. O boşalmış tribünün tam ortasına gidip, tek başıma oturdum. Ankaragüçlüler tek kişiye dahi tahammül edemedi, saldırıya geçti, kımıldamadan, yerimde oturdum. İki sıfır yenildik, zaten Ankaragücü'ne şansımız tutmuyordu. Aynı mahalleden birlikte top oynadığımız arkadaşlar, ilerleyen yıllarda şampiyon Trabzon kadrosunda efsaneleşti, hikâyelerini gazetelerden okudum. Milliyet Gazetesi spor servisinde her pazar akşamı, yıldız değerlendirmeleri geliyordu, gizlice, Trabzonspor'a, Akçabaat Sebatspor'un tüm futbolcularına üçer yıldız koyuyordum. Bir de Milliyet Gazetesi yılın sporcusu anketi düzenledi, Milliyet'in on binlerce iadesi depoda duruyordu, tek tek kuponları doldurup, Şenol Güneş adına kutuya attım, o yıl Şenol Güneş yılın sporcusu oldu.

Holiganlık bir gençlik hastalığıdır onu kimse tutamaz. Bu hastalığı birçok kirli politikacı, kirli işadamı kullanıp, kahramanlıktan pay ister, zaferin gölgesinde kirli hayatlarını, kirli paralarım temize çekerler, bu yüzden Trabzsonspor'dan soğudum. Hiç kuşkunuz olmasın, Osmanlı ordularındaki genç levendler de aynı azgın alevli heyecanları duyuyordu. Bu gençlerin ateşini dindirmek için Anadolu'da binlerce dergâh açıldı, yüzlerce tarikat kuruldu, bu ateşi dindirmek, ehlileştirmek için. O gün, padişahlar kullanıyordu bu genç alevi... Bugün futbol heyecanıyla gençlerin delirmiş alevini büyük işadamları kullanıyor. Trabzonspor böyle oldu, tüm futbol tarihi böyle oldu. Bizler gençtik, kudurmuş delilerdik, gerçekten, Tanrı'nın yarattığı hayvanlar gibi sahici vahşilerdik, birileri bu "vahşiliği" kullanıp, köşe oldu, bakan oldu, olmaya devam edecek. Kitaplarımdan bunu öğrendim, bu yüzden, Trabzonspor'uma rağmen, yazarlık hayatımda tek bir futbol yazısı yazmadım.

Ben 13-14 yaşındayken kale arkasında top topluyordum, antremanlarda, maçlarda iki buçukluk yapıyordum, Şenol Güneş'in nasıl iyi kaleci olduğunu bilirim, bazen topu tutamıyor, kale arkasından ben uçuyordum. Seyirci kahkahalarla beni alkışlıyordu bir müddet. Çok seviyordum bu alkışlar ve bu uçuşları. Bazen içimden, şöyle bir ses geçiyordu: "Şenol tutamazsın topu, ben uçayım!". Bunca sevmeme rağmen Şenol'u, neden böyle düşünüyordum. Çünkü ben de insanım, ben de alkış istiyorum, bu zafer onların zaferi, bunu çok düşündüm, topu, Türk Edebiyatının orta sahasına doğru sürmeye başladım. Bir gün anasını .ikeceğim diyorum, İstanbul'daki edebiyatçı milyonluk eşşeklerin, bakalım... Asla başkalarının kahramanlığını yağmalamayacağım. Ama tarihinin en kötü futboluna rağmen gözüm dalıyor bazen maça, ".mına koduğumun uşakları" diye gizli, pervasız, Allahsız bir sevinç hüzünle dolduruyor içimi. Aynaya baktığımda suratımda o günlerden kalma, köpek kıçındaki yarık gibi itliği hâlâ orada görüyorum. Ve şimdi çok daha iyi anlıyorum, hepimizin gerçek takımı Fener'dir. İbne, puşt, birbirinin kuyusunu kazan orada, arkasından konuşan orada, ruhsuzlar orada... Hepimiz Fenerliyiz, ruhumuza en uygun Fenerbahçe, bir gün Pendik'e yenilir ertesi gün Manchester'i yener. Eğer bir takım tutacaksanız, Galatasaray'ın o klas, centilmen, çok bilmiş, ağırbaşlı havalarına kanmayın, yarın açıkta kalırsınız, biz, birbirimizle dalaşacağımız, küfürleşeceğimiz insanlar olmadan yaşayamayız.

Hüseyin Dede

Ülkemizde o denli beklenmedik şeyler oluyor ki, kimse şaşırmıyor artık, hayal kırıklığını dahi özler olduk, okuyucu masumiyetini kaybetti. Eskiden bir mitingde bir kişi ölmesin adına "kanlı pazar" denirdi. Şimdi yüzlercesi ölse, güllük-gülüstanlık, eskiden bir banka soyulmasın, anarşi devleti ele geçirdi manşetleri çekilirdi, şimdi on banka birden kendini soyuyor, yine de çiçekler açıyor, bahar geliyor, okuyucu da devlet de artık, o sıkılgan, kasaba kokan taşralı çocuk değil. Bir yazar olarak onu şaşırtmak gün geçtikçe zorlaşıyor. Allah yine de bir kapı açar, peşkeş çekilen ülkemin derinliklerini didikleyelim, belki tuhaf karşılaşmalarla kandırırız onu. Kafası hiç çalışmayan sersem sağcı kalabalıkların önüne geçip, yorulmaksızın bir daha bağıralım: Bütün yolcular, inin aşağı! Burnunuz bile kanamayacak, korkmayın, bunlar masum kelimelerdir, ölümün karşısına kandırılmış sahte sağcı maskeyle çıkmayın! Serinkanlılıkla dinleyin, kutsal kahramanlarınızın hikâyesini! Kelimesi kelimesine doğru, hiç kimseye peşkeş çekmediğim hayatımdan dolambaçsız hikâyeler satıyorum!

12 Eylül'de ihtilal oldu, 13 Eylül'de öfkemiz gıcırdayan

dişlerimizi törpülüyor, kudurmuş salyalar ağzımızda, dona-
kaldık. Darbe bizi sırtımızdan bıçaklamıştı. Türk tarihinin
en büyük siyasi mahkemesi hızla hazırlandı, ilk sayfasında,
tüm yayın organlarının basılıp, yönetildiği yer Başak Ofset,
denildi, sahibi kimdir, değirmenin suyu nerden geliyor, bu
değirmen nasıl dönüyor, kimse kapımı çalmadı, bir mucize
eseri ortalıkta dönüp dolaşacak tek legal adam ben kaldım,
iki gün önce, tüm ülkenin ara sokaklarında her gün mermi sı-
kan iki binin üstündeki dernek, iskambil kağıdından yapıl-
mış şato gibi yıkıldı. Yüzlerce aile perişan oldu. Herkes etra-
fındakileri, sorumlu oldukları kişileri kurtarmaya çalıştı. He-
men toparlanmalıyız. Kimliği temiz tek adam olarak, Anka-
ra, Kayseri, Adana, İstanbul, gidip geliyorum, kim, nerede,
ne yapıyor, ayağa nasıl kalkarız. Elimizde, annelerinin, baba-
larının bile kabullenmeyip kovduğu yüzlerce idam mahkû-
mu, adları "kaçaklar". İlk büyük emir, yurtdışına kaçın. On
güne kalmadı, yüzlerce bekâr evi, gizli kaçak evine dönüştü-
rüldü. Nasıl geçinecekler? Dağıttığım para, kirayı, samsun
sigarasını, tüpgaz masrafını en alt düzeyde karşılıyor. İsmi
aranıyor afişlerine, TV'de alt yazılarla arananlar acilen kapa-
tıldı, sahte kimlik, sahte pasaport konusunda zaten uzmanlar
vardı içimizde. 1980'in parasıyla yüz elli-iki yüz bin liraya İs-
tanbul Vatan caddesindeki yerden pasaport çıkartmayı öğren-
dik. Hangi birini anlatayım, yüzlerce trajik hayat hikâyesi,
"çıkış yok", kıstırıldık, avcuma yoğurabileceğim kadar çamur
alayım.
    Mutlak zafer kazanacağına inanmış yüzlerce genç, bodrum
katlarındaki küçük kaçak evlerinde basılıp yakalandı. "Dağı-
lıyoruz" telaşıyla erkeklik gücünü yitirmiş onlarca sırım gibi
pehlivan yapılı idealist idamlık afişlerde aranan genç evim-
deydi, yakayı ele vermedik. Şükrüye Mahallesi, Armağan So-
kak'taki ev, hiçbir zaman kavramayacağım bir şekilde "bulu-
namadı". Ankara'yı terk eden herkes Samsun ya da Eskişehir

yolunda yakalanıyordu, Çatlı hariç! Korkudan herkes nama-za-niyaza başlamış, tarikatları doldurmak için yarışıyordu, Çatlı hariç! Parasızlıktan herkes birbirine sarılmış eşi-benzeri görülmemiş manevi bir dayanışma örneği veriyordu, Sivas yurdu, o günlerde yurtdışıyla görüşmemizi sağlıyordu, Çatlı'nın uyuşturucu işine girdiği haberi zehirden, mermiden beter küfürlere yol açtı, bu paradan kimse almayacaktı, alanlar dışlanacaktı. Avrupa'dan, devletin "asala" teklifi haberi gelince de, bugün İslami hareketin önder isimlerinden Burhan Kavuncu bir bildiri hazırlayıp tüm kaçak evlerine gönderdi, teşkilat ortadan ikiye bölünmüştü.

Perdeleri çektik ve soğuktan donmuş ölü yüzlerimize bakarak, gittikçe sıcaklığını yitiren hayallerimizi tartışmaya başladık. Bırakalım, bugün manşettekiler ağızlarında birikmiş acı salyalardan kibirli sözlerle milli kahramanlıklar yontmaya devam etsin. 80-83 yılları, en karanlık kaçak günleri, olup bitenlerin tarihi benim, kim kapıdan kovdu, kim sahtekâr, hain çıktı, kim polise çalıştı, kim işkencede çözüldü, kimi, nereden yurtdışına kaçırdık... Milliyetçilik, devlet tartışmaları psikolojik imkânlarımızın suyunu çıkardı, hayal kırıklığıyla beyinlerimizi dövdük, İslam imdada yetişti, sabahlara kadar kasırgaya uğramış bir kibrit çöpü gibi bomboş odanın yağlı kilimleri üstünde uçup, dönmekten, kütük gibi Maltepe sigarasını zehir içer gibi yudumlayıp, karmakarışık mezarlık düşüncelerine gömülmüş adamlar oluyorduk ki, seccade imdadımıza yetişti. Tufan koptu, İslami örgütler kurduk, yeniden dergiler kurduk, para kavgaları başladı, kim örgütün parasını elinde tutuyorsa, kaçak evlerine o bakıyor, ortalıkta "lider" pozunda geziyordu, şaşkınlığımızı evimize taşıdığımız yüzlerce kitabın sayfalarında aradık, yok. Sara nöbetine kapılmış fikirlerimizi yatıştırmak mümkün değil. Hayatımızın en iri gözyaşlarını dökerek birbirimize itiraf ettik, "kandırılmıştık", ben şerefsiz bir adam değilim, hâlâ adlarını veremem, kamuoyundan adını kahraman diye bildiğiniz o isimlerle, bir arkadaşlık mukavelesi imzaladık, "polisten, işkenceden" kurtulana kadar tartışmaları erteleyelim, arkadaşların kafalarını karıştırmayalım. Fikirler hile doluydu, hangisine sarılsak, mit, devlet çıkıyor, yanılıyorduk, her gün bir arkadaşımızın daha polis çıktığını görüyorduk. Bir yanda Topraklıktaki evinde Çatlı'yla, bir yanda Cebeci'de evinde Kavuncu'yla oturup, örgütün elimizdeki parasını kaçak evlerine taksim ediyorduk. Bu topraklarda yirmi yıldır sağcılığı, fikri, en çok eleştiren, küfreden adam oldum, ben şerefsiz bir adam değildim, aynı battaniyeyi bölüştüğüm arkadaşlarımın adını veremezdim. Bu yüzden duygularım fikirlerimle karışır, yüreğim o alevin içinden geçti, odun ateşi gibi orada közledim, bugün manşetlerden izlediğiniz mafya kabadayıları, parti başkanları, kitle önderleri, dergi yöneticileri, Çatlılar o evlerden çıktı, bir de Nihat Genç! Ve içerdekilerin dışarda olup biten bu büyük yangından hiç haberi yoktu.

Hizmet ve Sözcü adında çıkan dergiler Türkeş'le irtibatlıydı, desteğimizi çektik, partililere asla güvenimiz kalmamıştı, dergiler entrika kurbanı olup kapandı, peşinden Hamle dergisine soyunuldu, derginin görünmeyen amacı, temsilcilikler kurup, siyasi temaslara, ilerdeki siyasi teşkilatlanmaya, haberleşmenin önünü açmaktı, görünür politikası günün moda tartışmaları, ekonomi, kalkınma, demokrasi, yeni sağ gibi kavramlar tartışılacaktı, başyazarı Taha Akyol'du, çok zeki, dürüst, canla başla çalışıyor, 6 yıldır çıkartmadığı çizgili çeketiyle "demokrasi" denilen şeye gerçekten inanıyordu, kitle ise, bu kavramın "kalkan" olarak kullanıldığını düşünüyordu, dergimizin yazarları arasında Hasan Celal Güzel, Hüsnü Doğan, Avni Özgürel, hatta şu dokuzları çarpıp bölen Haluk Nurbaki bile vardı, bu dergi kadrosundan Özal kabinesinin yarısı çıktı. Dergide partililerle bitmeyen kavgamız başladı, dergiyi ele geçirmek için yazı işleri müdürlüğüm şart ol-

25

du, bastırdık oldu, Taha Akyol bir gün Tercüman gazetesi'nden teklif geldiğini söyledi, parasızlık, dayanılacak gibi değildi yoksulluk, "gitme derseniz gitmem" dedi, git ağbi, herkes şirketini kurmuş, kendi derdine düşmüş, git! "Arkadaşlar ne der?" dedi, "Biz bu gemiyi sökmeye karar verdik!" ağbi, dedim. Çok temiz, içten, çok çalışkan bir adamdı, bugün onun Aydın Doğan'a kör bağlılığını anlayabilmiş değilim. Derginin temsilcilik, okuyucu gücüyle ulaştığımız taşra noktalarında gemiyi sökmeye başladık. Bu gemi sokumu tartışmalarının ucu bucağı yok, Türkeş çıkınca, en yakın çevreye, Dedeman'da otuz-kırk kişilik bir ilk yemek davetini verdi, gemi sökümündeki ağbiler, arkadaşlar, şimdi isimlerini verip zor duruma sokamam onları, aramızda anlaştık, elini sıkmayacaktık, yüzüne karşı olup biteni söyleyecektik. O akşam orada, geriliyi hırsla söken arkadaşlarım Türkeş'i görünce, yan bellerine kadar eğilip elini öptüler, istisnasız herkes elini öptü, bir ben, elini sıktım, öpmedim, beni de gaza getiren arkadaşlarımın-ağbilerimin yarı bellerine kadar eğilmelerini görmem herşeyi bitirdi, bir daha uğramadım. Kendi başıma edebi dergiler çıkartıp, "yazılı olarak eleştirip" belge bırakmak istedim. Tarihlerini tam olarak hatırlamıyorum, bizden dört beş yıl sonra arkadaşlarımız Türkeş'in kaptanlığındaki bu geminin sökülmesi fikrine nihayet inanan, Muhsinler, Mahkler ayrı bir parti kurmaya başlamıştı ki, benim için çoktan iş, işten geçmişti! Bu "hayal kırıklığından" çoktan romanlarımı yazmıştım.

Lideri görür görmez ağız-fikir değiştiren köylü çocuklarıyla yola çıkılmayacağım orda anladım, köylülere asla güvenmem, köylüden ittihatçı, kuvacı çıkmaz, boşuna uğraşmayın, namaz kılıp birine bağlanırlar ve onları hep başkaları yönetir! Bir dönem Özal, bir dönem Tansu şimdi de Koç, Aydın Doğan yönetiyor. Gençlik teşkilatı baştan sona köylü çocuklarla doluydu, partililer ise şehirli, entrikayı, köşe olmayı ve etliye-sütlüye karışmadıkları halde kahraman olmayı bilip, makamlarına kuruldular! Bugün, içerde, tarihin en acımasız köleliği, yoksulluğu yaşanıyor. Son on yıldır dışarda, Bosna'da, Çeçenistan'da, Ermeniler'in Azerbaycan işgalinde, Ruslar'a en ağır yenilgilerimiz iki yüzyıldır bilmeksizin sürüyor, yine de, hamasi gazlarla idare edebiliyorlar. MHP'de şekillenen tarih tezlerini aynı gazla devlet de kabullendi, düştük rezilliğin içine. Osmanlı dahi en kötü gününde Ruslar'a böyle yenilmedi, sadece Bosna'da 400 bin ölü, Çeçenistan, Azerbaycan işgali, tüm cephelerde son on yıldır Rusya'nın şamar oğlanı olduk. 1980'in o ilk günlerinde, bu kabarmış coşkulu gençlere, bölüşümü, bağımsız bir ekonomiyle ayakta kalmayı öğretmek vicdanı borcumuzdur diyen, ağbilerim, arkadaşlarım bugün nerdeler? Bugün, o günkü fikrimi hâlâ taşıyorum, bu "milli gaz, milli oyun", dışardan değil, içerden musluğu kısarak, değiştirilebilir!

Yaşar, sağlam arkadaşlarımızdandı, saf, tertemiz kalpli bir köylü çocuğu idi. Bu örgüt evine herkesin girmesi yasaktı, gizlilik Tanrı'ydı, affedilmezdi. Ama Yaşar'ın o kaynak suyu gibi pırıl pırıl köylü neşesini seviyor, onsuz yapamıyorduk. Televizyon şeytan icadıydı, bakmamızı istemezdi. Satrancımıza, vaktimizi boş şeylere harcıyoruz diye küfrederdi. Ona kalırsa, işimizi yapalım, geriye kalan tüm zamanımızı dua ve namazla geçirelim. Öyle de yapıyordu, biz, delice fikirlerle ölüm-kalım savaşı verirken, o odanın bir köşesinde önüne kırık bir sandalye koyup sürekli huşuyla namaz kılıyordu. Anadolu'nun bağrından gelmiş bu köylü çocukların manevi ciddiliği tüylerimi diken diken yapıyor. El değmemiş bir yumuşaklıkla sarı çiğdem çiçekleri gibi usulca lafa giriyorlar, usulca nasihat ediyorlar, verilen görevi koyu bir ciddiyet ve sadakatla yerine getiriyorlar. Yine de işkencede çözüleceklerini bildiğimiz için, getir götür işleri, ya da mutfağa yardımcı olurlar. Çok sıkı ve derinden birilerinin karıştırdıkları oyun

27

kâğıtları gibi hayatımız içinde bu insanları Yunus Emrelerin, Karacaoğlanlar'ın günümüzde yaşayan nurlu elçileri gibi görürdük. Büyük bir savaş makinesine dönmüş örgütün içinde, bu denli ahlak yüklü, toprak yüklü, tarih yüklü, buğday kokan, Anadolu kokan ve ağaç kabukları gibi kabuklu eller taşıyan çocuklar bulmak artık çok zor. Biz, sahte pasaportların, işkencede verilecek ifadelerin düzeni içinde tartışırken, Yaşar, kuş gibi hafif dualar eder, eşsiz basitlikle bir seccadeyi gözyaşlarıyla mendile çevirir, biz de içimizden, "Allah'ım, biz ne zaman bu denli samimi kullarından olacağız" diye iç geçirirdik. Derginin basımı için iki matbaa vardı, biri Eskişehir yolunda Daily News, ki patronu ünlü mason İlhan Çevik, ikinci matbaa Rüzgarlı sokaktaki Barış matbaası, ki o da ünlü mason Yaşar'dı. (Yaşar Aysev, geçen gün masonların açılması programında Mithatpaşa'daki ünlü locanın içini kameraya anlatırken gördüm onu. Halkçı Parti'den milletvekili de olmuştu.)

Barış matbaasının rotatifi sakattı, iyi netice vermiyordu, sıkışırsak gidiyorduk, bir gün baskı için gitmem gerekti, bizim Yaşar da peşime takıldı, ben pazarlık yaparken, o, dünya ötesi bir yaratıkmış gibi donuk, şaşırmış gözlerle inceledi mason Yaşar'ı. Odadan çıktığımızda "adımı değiştireceğim!" dedi, sonra, "beni bir masonla aynı odaya sokmamalıydın, hamama gidip kırklanacağım!" dedi, bizi, masonlarla iş yapıyoruz diye suçladı, "başka matbaa yok" dedim, Yaşar bu masonlarla, bizlerle aynı şehirde yaşamaktan utandığını söyledi, bir gün, masonlara karşı en çok karşı yayın yapan Yesevizade'yle görüştü, sevinçle yanıma geldi: "Anadolu'nun gözünü seveyim, bu masonlar herşeyi yaparlar ama, Kastamonu, Çankırı, Çorum, Kırşehir, Anadolu'ya sızamıyorlar". Masonluk üstüne ne zaman söz açılsa Yaşar güvenle: "Boş verin, Anadolu'ya sızmazlar, sızamazlar oğlum." deyip keyiflenirdi!

Bir akşam üzeri dilenci kılıklı yaşlı bir dedeyle çıkageldi.

28

Dede, bir seksen boyunda, gençliğinde sıkı bir babayiğit olduğu her halinden belli. Eskimiş ruvaze ceketinin kollarında dikiş yerleri, kocaman ve biçimli yamalar var. Geniş, kemikli ve çok yakışıklı bir yüzü var, elleri, kocaman kepçe dişlisi gibi. Sakallarını sıvadığında şükürle, doğru-dürüst yaşanmış bir hayat bu, diye, hayranlıkla, Anadolu'nun taşına-toprağına kalbiniz titreyerek dua ediyorsunuz.

Yirmi yıldır şehre inmemiş, küsmüş, köyüne kaçmış, kırk yıldır bir dergâhta dervişlik yapıyormuş, çavuşluğa bile terfi etmemiş, dergâhın en yaşlı dervişi. Şeyhim hayranlıkla anlatıyor. Şehre bugün inmiş. Camide namaz kıldıktan sonra, kapıda cemaatin önünü kesip: "Ey müslümanlar, Tanrı misafiriyim, gidecek yerim yok!" diye bağırmış, cemaat yere bakıp geçmiş, Yaşar, dedenin kolundan tutup getirdi. "Şu dedenin hayalleriyle oynamayayım, o hâlâ, şehirde Tanrı misafiriyim dersen, birinin kapısını açacağını" sanıyor demiş.

Eve kimsenin getirilmeyeceğini Yaşar da biliyor, evde bir panik! Dedeyi ortamıza aldık, o anlatıyor biz ağlıyoruz, kırk yıl önce, Ankara Denizciler, Anafartalar'da kabadayılık yapmış, kavgada bıçak yemiş, en yakın arkadaşları parasını kapmış ve nefretle köyüne dönmüş. Anlattıkları doğruysa onu bıçaklayan adam, bugün aynı semtte toptancılık yapıyor, duruma el koyduk, bu kırk yılın hesabını görmek için Denizciler esnafına adam çıkarttık, o toptancı bulunacaktı.

Hüseyin dedenin varı yoğu bir kızı, o da sarhoş damadın eline düşmüş, torunları sahipsiz ortada, beş kuruş parası yok, ama yine Allah'a bin şükür, çünkü köy yerinde paraya da ihtiyaç yokmuş, gücü damadına yetmiyor, hayıflanıp Allah'a dua ediyor, şu memleketin başına adam gibi biri gelip içkiyi yasaklamadı, diyor. Dede anlatıyor, biz ağlıyoruz, dede önde namaz kılıyor, biz peşinde gözlerimiz çeşme cemaat oluyoruz, dede abdest alıyor, suyunu döküyoruz, dedeye hiç çıkartmadığımız sucuklardan çıkartıyoruz, dede yemiyor, bin ricayla ağzına sokuyoruz! Huşuyla namazı kılıp, dua faslı bitince, damadına bir iç geçirdi, buraya kadar, hemen Yozgat Akmağden'in de örgütten kim var araştırmaya başladık, birini bulduk, "köye gidin, o ibne damadı bulun, sakat bırakmayın, çocukları var!"

Keyfimiz geldi, genişledik, yağlı sedirlere sırtımızı verdik: "Eee Hüseyin dede, ne işin vardı şehirde?".. On yıldır midesinden kıvranıyormuş, şehre inecek parası yok, bir arı kovanını şeyhi vermiş, arılara dua etmiş, getirin balları, getirin balları, diye yalvarmış. Petekleri komşusuna vermiş, ancak, damadından gizlice şehre inecek otobüs parasını yıllar sonra şimdi denk edebilmiş...

Hastane müdürünü devreye sokup dedeyi acilen hastaneye yatırdık, ameliyatını yaptırdık, taburcu olup eve taşıdık, her akşam bir hikâye, yine dede anlatıyor biz ağlıyoruz, sonunda, evi polis basar, bu iyiliğin boku çıkmasın, dede şaşırmasın diye, Yozgat Akmağden'e bilet alıp, taksiyle terminale götürdüm, sarıldı, ağladı, hakkınızı helal edin, dedi ve son cümle: "Siz dedi çok yiğit delikanlılara benziyorsunuz, ama sizde öyle başka bir dert var ki, çözemedim!" dedi.

Hüseyin dedenin üzerimizdeki etkisini anlatabilmem için, birazcık, hücre evi estetiğinden bahsetmem gerek. Günlerce çıkamadığınız bir odada önünüze yalnızca bir kolonya şişesi konulsa, şişeyle tuhaf bir iç içelik yaşarsınız, şişe kazara düşse, siz de düşersiniz, ağzı açık kalıp uçsa, siz de pencereden uçacak gibi olursunuz. Arkadaşlarımız başkaları değil, sahici organlarınız olur. Biri öksürse, siz kendinizi veremli hissedersiniz, yağlı kilimin yırtılmış ucunda buruşturulmuş bir torba kağıdı günlerce durur, torba kağıdının yırtık ucu gibi ciğeriniz yırtılır, biri kazara kağıdı çiğnese, gözleriniz çiğnenir. Ne denli süslü, edebi tasvirler yaparsam yapayım, Hüseyin Dede'nin el dikişiyle dizindeki yamanın kenar ipliklerini anlatamam. Tarihimizin, Anadolu'nun en kutsal ve hiçbirimizin

30

hiçbir zaman ulaşamayacağı o yüksek manevi sanatın kanaviçesiydi o dikişler. Toprağımıza bağlıyor, Anadolu'ya bağlıyor, Hüseyin dede secdeye vardıkça, Allahuekber deyip doğruldukça, dizlerini tutup oflamalarını yüzünde sıkıntıyla düğümleyip "şükür" dedikçe, o dikiş yerleri, kalbimizin en sağlam yerine çakılan meleklerin tüylerinden Tanrı'nın çivileri oluyor. Değil sarhoş damadı, yamanın dikiş ipliklerine uzanacak bismillahsız eli, şuracıkta boğacağırız!

Düzenin köpeği, zenginin köpeği, herkesin köpeği, çanak yalayıcı milliyetçiler, İslamcılar, Anadolu'nun bu en güzel dikişlerini, en olmadık, akla hayale gelmedik entrika, fırıldaklarla attırdılar, ortada kaldık, geminin tek bir parçası sökülmedi, yeni yolcularıyla iktidara yürüdü, ne İslâmı, ne milliyetçiliği, ekmekti derdimiz, yoksulluktu bitmeyen sargılı dikişlerimiz, köylü zekâmızdan, taşralı cahilliğimizden, muhteşem bir kandırılmışlıkla, büyük bir karanlık inşa ettiler, o karanlığın yarasa gözlü ampulleriydik, ona buna saldırıp, parçalayan bizdik! Yirmi sene geçti aradan, o gemiden tek bir parça çıkıp söyleyemedi bu kandırılmışlığı.

Hüseyin dedeyi düşündükçe, hücre evinin penceresinden, uzak gecekondu semtlerinin kavaklarını görürüm, Nazım'ın şiiri gelir aklıma: "Bende bir kavak ürperir / Nerde olsam sesi gelir / Muhacirliğimden beri". Birkaç yıl geçti, arkadaşlar yurtdışına kaçtı, teslim oldu. Burhan Kavuncu, elime hangi kitabı alsam, ortasından yırtıp ikiye ayırıyor, "senin kafan karışıyor, okuma bunları!. Bir gün Hüseyin dede gelmiş, bizi bulamayıp, komşulara bırakmış: Nohut, bal ve köy bakkalından kırılmış bisküvi. Tenbih etmiş komşulara: "Ölmeden Iraklarını ödeyeyim, dedim, yol parasını ancak çıkardım!" Emaneti bırakıp, hemen köye geri dönmüş. Yaşar, ben, nohutlara bakıp ağladık. Şiilerin küçük kerbela taşlarını seccadenin başucuna koyar gibi, Yaşar, ağlayarak, nerdeyse nohutları seccadenin başucuna koyacak. Yiyemedik o nohutları.

31

Gazete manşetlerinde tetikçilikleriyle kahraman olan, şirketleriyle, çakallarıyla alikıran başkesen olan aynı battaniyenin altında uyuduğumuz arkadaşlarımıza o nohutlardan birer tane göndermek istedik!

Yaşar okulu bitirip, öğretmen oldu, "Nihat dedi, bu şehirde yapamam, bu nohutların peşinden gideceğim, kendi kasabama gidip, sıfırdan güzel hikâyeler yazacağım, tertemiz gazeteler çıkartacağım, burası, bu şehir yalan!".. Ağlaştık. Cebimdeki paradan, yani örgütün son parasından yol parasını verdim, "git Yaşar, burada gemiyi sökemedik, oradan sökülecek bu gemi, git... N'olursun Yaşar, ellerinle upuzun kavaklar dik bahçene!"

Aradan on yıl geçti, hay-huy, Yaşar'ı, Hüseyin dedeyi unutmuşum. Çantan cezaevine gidip gelirken yazı yazdım, Çankırılılar beni topa tuttu, televizyonda şerefsiz ilan edildim, aleyhimde yazılar. Arabada solcu gençler, cezaevine ziyarete de gitmem gerek, "ağbi, sen arabadan inme, görürler hırlık çıkar!" dediler. "Olur mu, dedim, içimden, biraz hava atayım gençlere dedim, 'ben bir zamanlar kartaldım, bu cemaatin ileri gelenleri beni çok iyi tanır, bakın nasıl karşılanacağım..!' İndim arabadan, girdim bakkala, bakkalda üçhilaller. Yaşar'ı tanıyor musunuz, gazeteci... Tanımaz olur muyuz ağbi, dedi: "Mason Yaşar"... Neeeeee! Tekrarladı: "Mason Yaşar!". Beynimden vurulmuşa döndüm. Açtı lafı anlattı bakkal çocuk, "Ağbi buradan Anaplı bir bakanla yakınlık kurdu, matbaayı büyütecek, zorluklar çekti, odur-şudur, derken, Çankırı'da Lions kulübünü kurdu..."

Hadi alın bu daktiloyu önümden, siz yazın bu hikâyeyi. Onlar benim, organlarım, parçalarımdı, bu geminin en nadide parçalarıydı. Neresini anlatayım... Dışarda hava güzel mi, güzel, işte yine o kavak ağaçları, Nazım söylüyor: "Bende bir kavak ürperir / Nerde olsa sesi gelir / Muhacirliğimden beri...

Kavaklarını övmekten / Kuru kuruya sevmekten / Ne çıkar ki memleketim / Kara toprağa eğilip / Alnımın terini silip /Bir tek kavak dikemedim..."

Bu yolunu şaşırmış gemiden, kendimden başka parça sökemedim!

Ağbimden Hesap Almayın

Aziz Nesin işi bir hikâye, Kuzguncuklu yaşlı bir avukat anlattı. 1950'li yıllarda Fındıkzade'de yaşlı bir bakkal, sucuk almak isteyenlere sorarmış: "şönizli mi olsun, rödizli mi?". Herşeyin çeşidinin çıktığı yıllar, halkımız "çeşit kültürüyle" dalgasını geçiyor, ikisi de aynı, mahalleli bakkalın şakasını anlar, "rödizli olsun, dün şönizli yemiştik" der. Espri mahallede herkesin diline dolanır, biri, berber koltuğuna oturduğunda, berber sorar: "şönizli mi keseyim, rödizli mi?".. "Bu yaştan sonra şönizliyi ne yapayım, rödizli kes!"... Sigara mı istiyor, "ağbi bir şönizli ver, rödizli çok içtik, kesmiyor!".. Herkesin ağzında şönizli, rödizli..

Fındıkzadeli bir muhterem zat, Antalya'da bir yapı kooperatifinin ortağı olarak mukavelenin hazırlandığı ilk toplantıya katılır. İnşaat ve yapı tekniklerinin terimlerini bir türlü anlayamaz, maddeler de yavaş yavaş tartışılıp kaleme alınır. Toplantı boyu anlamadığı bir sürü şeyi tastikleyen Fındıkzadeli muhterem, son maddeye sıra geldiğinde yapıların pis su boruları ne olacak diye tartışılırken, hem toplantıda bir sürü yabancı terim kullananlara hava atmak, hem de kendisi de la-

34

fa girip birşeyler söylemek ister! El kaldırır, "pis su boruları şönizli mi olsun, rödizli mi?" diye sorar. Toplantıyı yönetenler bütün maddeler geçtiği için, hem de bu beyefendinin hiç lafa girip kendi düşüncelerini söylemediği için, "hadi, pis su boruları da hem şönizli, hem de rödizli olsun" diye son maddeye yazarlar.

Ancak bu mukavele yapı kooperatiflerinde ilk muvakele örneği olduğu için, bundan sonra kooperatif kuranlar hep bu mukaveleyi ömek alıp aynen çoğaltırlar...

70'li yıllara gelindiğinde kooperatiflerde bir sürü anlaşmazlık çıkar, mahkemeler, avukatlar... Maddelerin her biri dava konusu olur. Bir zaman sonra bir avukat grubu, yahu her maddeden mahkeme açtık, şu son maddeden de bir dava açalım, der. Mahkemeye gidilir. Hiçkimse, "şönizli mi, rödizlimi"nin ne olduğunu bilmez. Bilirkişi olarak İstanbul Teknik Üniversitesi'nin hocalarına sorulur. Hocalar da bilmez, ama uygun bir görüş bildirir: "O yıllarda ülkemize çokça gelen Alman bilim adamlarından kalma bir deyim olabilir, eskimiş bir tabir olabilir, her iki durumda da fark etmez..." gibi bir karar çıkar!

Ancak, avukatlardan biri merak edip, işi ciddiye alır. İlk mukaveleye imza atanların adresini bulur, birçoğu ölmüştür. Takibi bırakmaz, Fındıkzade semtinde bulur kendini, beyefendiyi bulamaz, ama bir arkadaşını bulup, sorar: "Yahu, nedir bu şönizli, rödizli!"... Adam da anlatır, herşeyin bir çeşidi çıkmıştı, bizim bakkal da bu çeşitlerle dalgasını geçmek için, sucuk isteyenlere sorardı, "şönizli mi olsun, rödizli mi?"...

Senelerce evvel, partiler kapatıldığı için, siyasi büro olarak kullanıp, dergi, kitap çıkarttığımız bir büyük daire kiralamıştık. Teknik işler için ışıklı montaj masaları, faks, telefon, sahipleri şimdi içerde haşmetli iri koltuklar, acınacak halde derileri yırtılmış bir yığın ziyaretçi koltuğu, bir bacağı taşınırken kırılmış uzun toplantı masası bir de küveti kapatıp kurduğumuz çay ocağımız vardı. Birkaç genç, geceler boyu çalışmaktan gözlerimiz kör olurdu, zayıf, savunmasız bedenlerimizi ne çok yorardık, haftanın iki günü yıllar boyu hiç uyumadım. Bir de laf gargarası yapan, ilahiyattan profesörler, cemaat liderleri, muhafazakâr dergilerin ünlü yazarları, bilim adamları, ünlü vaazcı hocalara kadar gelenimiz, gidenimiz çoktu ve bu grupla biz gençler arasında gizli bir savaş vardı. Şimdi her gün gazetelerde gördüğünüz, Türkiye'nin altını üstüne getirecek politik simalar, sert ideolojilerin karanlık, kalın enseli adamları geçti ordan, henüz kapağı açılmamış bir büyük demirden kafes gibi o dairede yaşıyorduk. Yıllar sonra karşılaştığımızda "haa o mu, bakan olmuş, şeyi diyorsun, dur dur başbakanlıkta müsteşar!". Neden, dedikodu meraklarımız, heyecanlarımız dahi yükselen isimler üstüne, oysa oralardan yüzlerce kara yüzlü çocuk gelip geçti, bu hayatta hiçbir şey olamadılar! Tarih yine hükümdarların hayatını anlatıyor!

Yedinci kattaydık Necatibey'de, bir sabah kapı çalındı. Terden sırılsıklam, kırık-dökük sesiyle "ağbi, bir iş var mı?" dedi, kara, kuru yüzlü bir çocuk. Kızgın güneş altında kuruyup bükülmüş karpuz kabuğu gibi kaburgaları. Ayak işlerine koşan o kadar gönüllü genç olurdu ki, hiçbir zaman dışarıdan çocuk çalıştırmadık, aklımızın ucundan bile geçmezdi. Kapıyı üstüne kapadım. Yanmış kibrit çöpü gibi kaşları öyle mahzun alnının ortasında büzüştü ki! Geniş demir kapı üstüne örtülürken, yüzü birden sidik sarısına dönüştü, "ne lan bu hayat mı?" deyip, açtım kapıyı tekrar. Maddi durumumuzun iyi olmadığını, yemek olarak menemen, makarna yediğimizi ve banyoyu açıp çay ocağını gösterdim, kenarları kalkmış tozdan rengi değişmiş halıları gösterdim, telefonlara bakmasını ve tuvaletin kapısını açıp, her gün temizleneceğini, ilk iş olarak da bakkala gönderdim, iki şişe tuzruhu...

Meğer, herkes Şükrü'yü bekliyormuş, Şükrü koş, bakkala sigara, koş postaneye havalem var, koş terminale gelecek paket var. Şükrü'yü ara ki bulasın. Ne bugünkü gibi milyonlarca kitle vardı önlerinde, ne o günkü gibi iç savaşa sürülecek genç kalmıştı, herkesin adı, "reis", "başkan"dı, herkes liderlik, siyasi hevesini Şükrü'den çıkarıyordu. Köle gibi sağa-sola koşuşturan adamı olmayan sağcı bir siyasetçi bir hiçtir, talimat ve emir dinleyen bir kişi bulamayan bir sağcı için hayat zindandır.

İşe gireli üç gün olmadı, çaylar soğuk, zifir gibi kapkara, acı mı acı önümüze geliyor, kül tablaları masadan yerlere taşmış. Ne zaman çıkışsam, "Hüseyin ağbi postaneye gönderdi, Mehmet ağbi, taksit yatırmaya gönderdi!". Burda, ortalıkta dolaşan çoluk çocuğa kim emir yağdırıyorsa, siyasi üstünlüğü de o alıyor, başka da bir siyasi güçleri yoktur! Ancak, Şükrü, beceriksiz, şaşkın, boş kafanın teki. İşten atmak istiyorum, ama bazen pencereden sokağa bakarken yakalıyorum, öyle mahzun ve sokağa fırlamak için öyle hevesli olurdu ki, bakışları içime dokunur, kıyamazdım. Kağıtçıdan gelen telefonlarda, birinci hamur, ya da iki bobin kaldı, üç bobin lazım gibi lafları dahi aklında tutamaz, montajdan eline verip kırk bin kez tarif ettiğimiz halde kalıpçıyı bulamaz, ama, tuvaletin deliğini bir hırs, bir kuvvetle ovarak temizlerdi ki, şehvet derecesinde işe düşkündü! İlk vukuatını da burdan verdi, uzun toplantı masasında ilahiyat hocalarının da olduğu bir tartışma sırasında büyük salona elinde çaylar girdi, "çok zahmet çıkıyor burda, hiç kimse .otunun deliğini helanın deliğine denk getiremiyor!".. Rezil oldum, insan kalbinin incelikleri üzerine yazı yazan ben, Şükrü'yü "tasını, tarağını topla, .iktirol git" diyerek işten kovdum. Toplantı bölündü, doçent, doktor arkadaşlar Şükrü'yü sahiplendi, onu işten atamayacağımı söyledi. Tabii, onlar için çay getirsin, bakkala gitsin yeter, benim için, matbaada baskıyı bekleyecek, bobin artıklarını toplayıp kağıtçıya götürüp satacak, cin gibi adam lazım.

Sağcılığın fakirlere iyilik gösterileri midemi bulandırır,

bir devlet, din taktiğidir bu. İşte yüzde yüz sağcı iktidar, sokakta mendil satan çocukları cezaevine gönderiyor. Ne hatırlatıyor bu size, kapitalizmin başına dönelim. 17. yüzyıla, Paris'te çıkartılan bir yasa, Fuko'nun Deliliğin Tarihi adlı kitabından aynen yazalım yasayı: "Her cins, köken ve yaştan bütün kişilerin hangi nitelik ve soydan olursa olsun, hangi konumda olursa olsun, sağlam ve sakat, hasta veya nekahet halinde, tedavisi mümkün veya değil, hiç kimsenin Paris kentinde ve dış mahallelerinde, kilise ve ev kapılarında, sokaklarda ve başka yerlerde açık ve gizli, gece veya gündüz dilenmelerini açıkça yasaklıyoruz. Tersine davrananlar ilk seferinde kamçılanacak, ikinci seferinde erkekler ve delikanlılar küreğe gönderilecek, kadınlar ve kızlar şehir dışına çıkartılacak."

Yasa çıktıktan sonra dilenci avlamak için milis okçular şehre sürülür. İki yüzyıl sonra, aynı yasayı şimdi biz çıkartıyoruz.

Şükrü, artık onların adamı oldu. Şükrü "çay" diyorum, "ağbi havagazı kesilmiş!", ertesi gün bir daha çay, diyorum, "çay bitmiş", "söylesene ulan", "toplantıdaydın ağbi, söyleyemedim"...

Şükrü üzerinden hakimiyet kavgasının altında siyasi kıskançlıklar, birbirimize sinir olmalar, çekememezliklerle kıran kırana bir öfke yatıyordu. Aslında devler savaşıydı ve top Şükrü'ydü. Hangimiz onu daha çok azarlar, döver, kovar, hangimiz ona talimatlar yağdırırsak, savaşın galibi o. Henüz şekillenmemiş siyasi hiyerarşinin en üstüne çıkmak için, Şükrü'ye herkesin önünde işler vermen lazım. Herkesin olduğu bir anı kollar, koridordan Şükrü'ye bağırırdım; "Ne lan ortalığı bok götürüyor", gidip tuvaletin kıpısını açıp, "ne lan bu tuvalet, leş gibi!"..

Paylamalar, aslında, toplantı salonunda iri geniş deri koltuklara gömülüp gün boyu esneyip, laf gargarasından başka işe yaramayan doçentlere, çektiğim gözü kara bir kılıç!

38

Şükrü'nün de kafası karıştı. Bir tarafta gencecik çocuklar, karşı tarafta, kelli felli, takım elbiseli ağır adamlar, üstelik onlar bahşiş de veriyor. İki taraf arasında düzenbazlığı öğrenmeye başladı, usta işi bahaneler gittikçe düz yalanlara dönüştü. Yoksulluğuna dair anlattığı kırık dökük hikâyeler etrafı duygu seline boğunca, her defasında, karaktersiz adamlar gibi yalanları oracıkta uydurmaya başladı. Allah kahretsin ki saftı. Bu saflıktan bol bol yararlandı. Yüzüne dik dik bakın, saflığı çamur gibi dökülür, "yakayı ele verdik gibi" sırıtırdı. Çok geçmedi, köyden getirdiği hilekârlıkları boş bulduğu bön suratlı herkese kakalamaya başladı. Saf dilli bir köylü çocuğu kadar beni kudurtan birşey yoktu, onun, şu kurumuş, çürümüş biber gibi burnunu görmek midemi kaldırıyor. O yapmacık sıkılganlığı, aslında hepimize tuzak gibi kurulmuş, manevi bir baskıydı.

Bakkala, sigara, peynir almaya göndersem, kendine de al, diye tembih etsem, kendine asla almaz, parayı bir yere sıkıştırır, sonra biz, şapur şupur yerken, bir kenarda hayal dünyasının sayfalarını karıştırıyormuş gibi hüzünle çömelir, sen de dayanamaz, "hadi gel ye" dersin. Psikolojimize karşı daha acı bir alay olabilir mi? Bir gün yaşlı annesini getirdi, kadının kolları bilezik dolu, onca yoksulluk içinde o bilezikleri şıkır şıkır görünce, orada boğasım geldi ikisini. Para dışında hiçbir işe, hiçbir düşünceye karşı, kalpleri, beyinleri hiçbir "kavrayış" geliştirmez. Akıl almaz bir sabır ve soğukkanlılıkla usul usul, ekmeğin, simitin, elektrik faturasının üstünden artacak o küçük paranın hesaplarını yapar yıllarca, kaba-saba mekanik bu adamların başka da dini yoktur!

Her hafta işler ağırlaşınca, iki gün öncesinden planlanmış yalanları devreye sokar, "annem kanser, babam felç", dayanamaz, izin verirsin. Bir defasında Cebeci'de seks filmleri oynatan Site Sineması'nın penceresinde gördüm onu, üç film birden afişinin önünde. "Ulan canımız çıkıyor çalışmaktan, sen

39

annem hasta diye seks filmine gidiyorsun!".. Korkusu bile bencil. Ağlayarak, yakama yapıştı, ayağını öpim, kimseye söyleme. Ahlaksızlığı bile beceremeyecek inatçı bir hayvanın psikolojisi kadar insanı şiddetle, kabusla, mutsuzluğa sürükleyen bela yoktur.

Kışkırtıcılık, ince entrikalar çevirecek zekaları asla yoktur, bu yüzden ilk işleri, bu konuda pişmiş, kaşarlanmış düpedüz alçakların yanında asalak bir böcek gibi çoğalırlar, bu alçakların siyasi partilerinin gölgesini şirin, mutlu evleri bilir, bir ömür köpeklik yaparlar. Tek zevkleri bencillik olan bu insanlar yaşlandıkça daha da budalalaşır, bu budala, odun kütüğü gibi insanlar yüzünden, ülkemiz sağcılığın cenneti... İşte bunları düşündükçe, cinnetim tepeme çıkıyor, Şükrü'yü alıyorum karşıma, parlamış atlar gibi bağırıyorum...

Mayası bozuktur bunların, geldiği köye bakın, cinsel azaplar içinde köpekleri, eşekleri düzerler, bir körpecik kız sarı çiçekli parlak bir elbise giyse, orospu diye dünyadan kovar, yetmişlik bir ihtiyara satarlar. Evini yurdunu terk etmiş kimseye güvenemem. Bir ömür boyu söyledikleri gurbet, hasret türkülerine inanmam. Şehirde bir yığın sahte ahlak geliştirirler, her türlü ölçüyü, estetik değerleri paramparça ederler, siyasi ve sosyal devasa bir külfet, bir bitmez bela olarak devletin, halkın başında yüzyıldır otururlar... Tarihin en güzel topraklarını terk edip gelmiş, tiksinti veren bu aptalları doğramadan, kökünü kazımadan...

(Anladın mı Şükrü, sıçarım gözyaşlarına, duygusuz, bir adammışız gibi bakma öyle bana, puşt. Elinden hiçbir şey gelmez, burnunu herşeye sokarsın. Arkamdan gizli tertiplere giriyorsun, kırarım senin bacaklarını! Her önüne çay koyduğun adamı, menfaat diye görmekten vazgeç. Hade, bir şans daha veriyorum, aklını başına topla.. Dur. Bir de şu teyple oynama, burada öyle, istediğin kaseti çalarım, yok, hadi çık!)

Fırça atmak ayin gibidir, tüm mutsuzluklarından arınırsın. İyi ki ne dediğimi anlayacak zekâsı yok, yoksa bu laflardan sonra "nevrotik şebeğe" dönerdi. Onun anladığı, benim şirketi ele geçirip, tüm parayı cebime atmam. Anlama yeteneğinden yoksun bu insanlar delidir. Acilen topluca barındırılmak, beslenmeleri için büyük stadyumlarda gözetim altına alınmalıdırlar, bunu da bir menfaat kabul edip, asla ses çıkarmazlar. Bu her şeyden habersiz deliler, aile kurmaya, toplum içine sızmaya başladıklarında o toplum kangrenleşir, bugün büyük kurumları çürüten, siyaseti çaresizleştiren, tüm hastalıkların sebebi bu delilerdir. Çünkü delilik "akılla" ilgilidir, bunlarda .ike sürülecek akıl hiçbir zaman olmamıştır...

"Yine ne küfrediyorsun, garip çocuktan ne istiyorsun" diye üstüme geldi, gün boyu lak lak yapan ağbilerden biri. Yatıştırır gibi beni, "dur ben ilgilenir, konuşurum onunla" deyip, yan odada, Şükrü'ye adam olma derslerine başladı...

Bir kulağım tilki gibi konuşmalarında: "Bak Şükrü, Güney Azerbaycan'da otuz milyon Türk yaşıyor, İran'ın esaretinde. Diğeri bölünmüş Kuzey Azerbaycan, Rusya'nın... Türkistan'ı da ikiye bölmüşler, Doğu Türkistan Çin'in egemenliğinde, Batı Türkistan Rusya'nın. Görmüyor musun, kendi vatanımızda bile devletimiz bizi asıyor. Türk dünyası en zor günlerini yaşıyor. Burası, Türklüğün son kalesi. Bu büro, Türk milletinin kalbi. Her davranışına, her konuşmana dikkat edeceksin, sen sağlam bir çocuksun, bir sıkıntın olursa, bana gel, Türk dünyasının bu zor gününde, birbirimizle kavga etmeyelim, tamam mı?" deyip sırtını sıvazladı Şükrü'nün.. Şükrü nihayet sıcacık bir dost eli bulmuştu, her cümlesi Türklükle dolu cümlelerin arasında doçent ağbiye: "Ayıptır söylemesi ağbi, yenge ne iş yapıyor?"..

Gülmemi zor tutuyorum, biraz sonra odaya bir başka siyasi ağbi giriyor, onun da birinci derdi buraya çeki-düzen vermek: "Şükrü otur bakiyim!", Şükrü, elleri dizlerinde oturur.

"Şükrü sen Yozgatlısın değil mi, Yozgat'tan hep sağlam

adamlar çıkar, üstelik, Yozgat'ı, Çorumlu bir milyon vatan evladım Yemen'de şehit verdik. Fahrettin Paşa'yı Mekke'den çıkartamadılar. Osmanlı teslim oldu, telgraf çekti saray teslim ol, savaşı kaybettik, diye, Fahrettin Paşa Osmanlı da istese ben bu toprakları İngilizlere bırakmam diye delilenip Padişah'a karşı geldi. Sonunda koruması, emir subayları yakasına yapışıp, silahını alıp, kıskıvrak teslim ettiler Fahrettin Paşa'yı.. Bu millet nerelerden geliyor, burası, İslam dünyasının merkezi, burası, Kâbe gibi temiz olmalı, birbirimize sahabe gibi davranmalıyız, bu odalarda, şu duvarlarda yüz binlerce şehidimizin ruhaniyeti bizi seyrediyor..."

Şükrü, yine, içi Kabe dolu lafların arasından bir sıcaklık, samimi bir ses tonu bulup, kendini içeri sokmaya çalıştı: "Tahir ağbi, ayıptır söylemesi, yenge ne iş yapıyor?"..

"Yenge ne iş yapıyor?" Şükrü'nün insanlarla samimiyet kurmanın, dostluğu perçinlemenin tek anahtar cümlesi. Sıkı tembihim var, Şükrü, ziyaretçileri koridora salmaz, küçük odada ağırlar, çay verir, telefonla randevu ister. Bir gün cezaevinden çıkmış, kamyon kapağı gibi ağır bir arkadaş, daha odama girmeden, kapıdan: "Gardaş, kapıda ne biçim şerefsizler çalıştırıyorsunuz?", "hayrola?", dedim, "Çayı önüme koyarken, kulağıma: "yenge ne iş yapıyor diye soruyor pezevenk!"

"Saf bir köylü çocuğu anlamaz, bilmez buraları, samimiyet gösteriyor kendince, çağırayım özür dilesin" demeden, bizimki: "Gel lan buraya şerefsiz, otur yanıma...", Şükrü iki eli dizinde oturur: "Bak gardaşım, burası senin köyündeki üç tavuk bir horozlu kümes değil, burayı her gün MOSSAD, CIA, KGB ajanları kolluyor, telefonları dinleniyor, ayağını denk al, bir Türk'e yakışır vakarla, üstünü başını düzelt".. Sonra bana dönüp: "Gardaş bunlar heç kitap okumaz mı?", "Okumaz!", Şükrü'nün sırtına elini koydu, "ben sana kitap getireceğim, gardaş Soljenits okusun, rahat, akıcı kitaptır, yorulmaz...!"

Bir faciadan kurtulduk, karşıma alıp bir daha, kimseye "ayıptır söylemesi yenge ne iş yapıyor?" diye sorma, paramparça eder bu deliler seni.

Ve neden sonra, tüm arkadaşlar arasında müthiş bir geyik başladı, kapı arkasında, telefonda, yolda, ne zaman karşılaşsak, şakayla birbirimize "ayıptır söylemesi, yenge ne iş yapıyor?" diye söylüyor, gülmekten yerlere yatıyoruz.

Kendisiyle eğlenildiğini anlayan Şükrü, bundan tantanalı bir sevinç duydu, benim çok sinirlendiğim bir an, beni yumuşatmak için: "Ayıptır söylemesi ağbi, yenge ne iş yapıyor?" deyip gülerek yanımdan kaçtı, ardından bağırdım: hangisini soruyorsun, şönizlisini mi, rödizlisini mi?...

Birşey anlamadı, oturdum şönizli hikâyesini anlatıverdim, nasıl keyiflendi anlatamam, sanki hikâyeyi dinledikten sonra başka bir adam olmuştu, "hadi çay getir" dedim, "şönizli mi olsun, rödizli mi?" diye karşılık verdi. Şükrü'ye eğlencelik malzeme çıkmakla kalmamış, bu karanlık, karmaşık şehrin tüm kapılarının gizli anahtarı eline geçmişti sanki. Bir gün pencereden Ankara'ya bakarken, ne düşünüyorsun Şükrü, dedim, îlk geldiğimde çok korkmuştum, şimdi bakıyorum, şu şehire, ya rödizli, ya şönizli... artık Şükrü'yü tutmak mümkün değil, bakkala gidiyor peynir için, "şönizli peynir var mı diye, bakkalla eğleniyor. Kağıtçı arıyor, birinci hamur, ikinci hamur laflar ediyor, Şükrü tabii ki anlamıyor, "ne dedi kağıtçı?" diyorum, "şönizli kalmamış?" diyor. Toplantının kapısından içeri girmesin kimse diye bekliyor, ziyaretçiler soruyor, ne konuşuyorlar, diye, Şükrü: "Şönizli mi olacak, rödizli mi?"

Bir yıldır başımın etini yiyor, benden küçük odayı istiyor, vermiyordum, sonunda, "ağbi, şu şönizli odayı ver!" dedi, verdim. Başka bir gün, "ağbi apartmanın önüne küçük bir tezgah koyacağım, başına da yeğenimi koyacağım, izin ver!" dedi, "ne yapacaksın?" dedim, "bir gün şönizli simit satarım, ertesi gün rödizli!", verdim...

43

Bu şehirde başka birşey yapmasına gerek kalmadı, şönizli esprisi, bütün karanlıkları aydınlatmış, dünyanın tüm ansiklopedilerini beynine yerleştirmişti. Herkesle arkadaş oluyor, her lafa kulp takıyor, her yere önce o fırlıyor, "şönizli" lafı, Şükrü'yü var eden bir devrim, bir doğum günüydü.

Dayanamadım, bir gün, yeter Şükrü, aşağı şönizli, yukarı şönizli" "Sorma ağbi, Ankara'nın kurdu oldum!"., dedi...

Haftada tek gün büroyu kapatıyor Şükrü'ye teslim ediyorduk, zaten sıcacık kaloriferli diye, saat dokuzdan sonra büro Şükrü'ye teslimdi, bir gün, "ağbi camları siliyoruz, halılar kalıyor, tozunu alıyoruz, masaların altı kalıyor, şu büroyu iki gün kapatalım." Anahtarı iki gün Şükrü'ye verdim.

Aylar sonra, Şükrü, büyük salondaki uzun toplantı masasını gösterip, fuzuli, çok yer kaplıyor ağbi, bunu satalım, yerine biri şönizli, diğeri rödizli iki büyük, mavi kanepe alalım. "Paramız yok, alamayız" dedim, "ağbi, Hergele meydanına baktım, bunu satıp, onları alacağım, sen karışma, ucuza kapatacağım"... Kanepeler geldi, aklım başımdan çıktı, her sabah gazetelerimi orda yatarak okuyorum, çayımı orda içiyorum... İkindileri orda şekerleme yapıyorum. Şükrü'ye karşı cinnet getirip küfürler savurduğum günleri hatırlıyor, suçluluk duyuyorum. Bu, tertemiz, pırıl pırıl çalışkan, Anadolu çocuklarına birazcık zaman tanısak... Sağ kolum oldu. Gelengiden, telefon, banka hesapları, baskı, matbaa, her şeyden Şükrü sorumlu. Zaten, ismini çoktan dergiye, İdare Müdürü diye yazmıştık...

Aylar sonra, Şükrü'nün odasına iki tane pek güzel sarışın hanım girerken, gördüm, biraz hoppa halleri vardı, kuşkulandım. Şükrü: "Teyzemin kızları" dedi, ve bana, "Nihat ağbi, sakın kızların yanında benden çay istemeyin, beni buranın idare müdürü biliyorlar?" dedi. Herkese tembih ettim, kızlar gelince Şükrü'den asla çay istenmeyecek..

Kadınların arada bir koridordan tuvalete geçişleri, canımı

sıktı, .ötleri, kalçaları, görülmemiş oynaklıkta.. Ve bir gün Şükrü'nün odasında kül tablasında, ruj izli Marlborolar bulmaya başladım... Bir zarf attım Şükrü'ye: "Şu teyzenin kızlarını tanıyorum Şükrü!"..

Şükrü: "Senden korkulur Nihat ağbi, sen, müthiş adamsın, senden birşey gizlenmez, sen var ya ağbi, Ankara'nın kurdusun!"..

Mevzu şöyle, bir gün simit tezgahında kızlara, "abla şönizlimi verelim, rödizli mi" diye espri yapmış, sonra lafa girip, ben simitçi değilim, idare müdürüyüm, diye kendini takdim edip, kızları odasına davet etmiş...

İşlerin yorgunluğundan birçok şeyi açık, seçik düşünecek halim yok, ama aklımda bir yığın soru duruyor, Şükrü güzel bir çocuk değil, parası yok, parıltılı, şaşırtıcı hiçbir tarafı yok, bu çocukta ne buluyorlar... İçimden, "kıskanma oğlanı" dedim. Stendal'ın bir lafı sanırım, "Bir kadını eğlendirin, ona sahip olursunuz!", cümlesi geçti, hayatta kimi eğlendirdik ki... Ve Şükrü'ye "Küçük kaçamaklarını burda kimse duymasın, yoksa bizimkiler seni asansör boşluğuna atar, üstüne de asansörü düşürürler, karışmam!" diye tembih ettim... Şükrü'ye kıyak çekip, koruyup, kol kanat çekerek, eski günlerimin suçluluğunu üstümden atıyorum. Üniversiteli gençler ziyaretimize geliyor bir sürü soru soruyorlar... Şükrü'yü çağırıyorum, Şükrü gel, gösteriyorum, hadi git Şükrü. Ardından: "Bakın bu arkadaşınız köyünden gelmiş saf bir köylü çocuğu idi, azmetti, çalıştı, şimdi şu koca müessesenin herşeyi. O olmazsa, burda herşey birbirine karışır!"...

Hayat, fikirler, teoriler, hayaller, şiirler, dergiler, ideolojik kapışmalarla sürüp gidiyor, günler su gibi akıyor. İnsan kalbini meslek edinmiş bir genç edebiyatçı olarak, Şükrü'yü her gördüğümde içimden incecik bir dal kırılıyor. Kalbimden bal, kaymak akar, Şükrü'nün ölünceye kadar boynuna sarılmak istiyorum. Artık aramızda hiçbir mesefe yok, herşeyimiz, şenlik, gürültü, patırtı, tantana içinde, zevkle geçiyor!

Bir gün beklenmedik şekilde, apartmanın kapıcısı geldi, apartmanın tümü işyeri olduğu için başka semtte kalıyor! "Nihat bey, siz geceleri burda neler oluyor biliyor musunuz, giren-çıkan belli değil!".. "Neee?".. "Nihat bey, sokakta ne kadar orospu var, gece ondan sonra burda, asansör bir aşağı, bir yukarı!"...

"Başka kata çıkıyor olmasınlar", "yalnız sizin ışıklar yanıyor, apartmanın anahtarı, simit tezgahını erkenden çıkartacağım diye yalnız Şükrü'de." İnanmadım, mümkün değil. Adamı bir güzel azarladım, sen burayı, bizi ne sanıyorsun, gel bak birazdan burda toplu namaz kılınır, ağzından çıkanı kulağın duysun..."

Kapıcı, "tamam kardeşim, yönetici sizinle görüşecek" deyip çıktı.

O gece gizlice büroya geldim, kadehler, şaraplar, çoraplar, kalın paltolu sert ve pis adamlar, yarı sarhoş kadınların biri tuvalette, diğeri asansörde... Kızılay'da geceleri iş tutan iki orospuyla anlaşıp, bizim büroyu kiralatmış!

Öyle kepazelik ki, arkadaşlardan hiç kimseye anlatamazsın, düpedüz çekip vururlar, kan gövdeyi götürmekle kalmaz, ailesini tarihten silerler. Bu kadar korunaklı, bu kadar kutsallaştırılmış bu mekânın dedikodusu, hepimizi yakar, ben de, bu cinsel pazarda payım olmadığını kimseye anlatamam, bir küçük şüphe bir yerde kalır...

Akıp geçen hayat bize öyle ağrılar öğretti ki, bunlar zaman içinde diş ağrısı gibi kaldı. Yıllar sonra Şükrü'yle karşılaştığımda fazlasıyla değişmişti. Bir gün Gençlik Parkı'na nargile içmeye gittim, yoksul, mutsuz bir günüm, paramı gıdım gıdım hesaplıyorum...

Yan masada... İki bozuk gecekondulu kızın ortasında, bizim Şükrü! Koşarak yanıma geldi. Şalvar model kot pantolonu, belinde üçlü kemer deri montu. Arkamdan, omuzlarımı sıktı, elleriyle masaj çekti, bir daha sıktı... Garsona bağırdı: "Ağbimden hesap almayın, siz onu tanımazsınız, o Ankara'nın kurdudur!"..

Garsonlar tuhaf tuhaf yüzüme baktı, bir müddet karşıma geçip beni inceledi kabadayı bir tavırla Şükrü, bir daha bağırdı garsonlara, eğlenerek: "Kenan Paşa bıraksaydı, hepimizi .ikecekti bunlar!"

Yerine oturdu. Göz ucuyla takip ediyorum.. Biraz sonra, masada döner ekmek yemeğe başladılar. Şükrü, dönerin bir ucundan ısırdı, son model bir kamyon kapağı gibi yüzü... Çiğnerken ekmeği, havuza daldı gözleri...

Şu insanların, şu döner ekmek yiyişlerinde öyle mahzun bir hal var ki, işte herşeyi yazıyorum da, bu mahzunluğu anlatamıyorum...

Memleket Hikâyeleri

Terminalden terminale koşturuyorum, sadece geçtiğimiz ay, Edirne, Malatya, Adana, Çorlu, gittim, geldim. Şöyle doya doya öten bir horoz görmedikten sonra, ne çıkar Anadolu'yu görmekten!

Binlerce yıldır dağ eteklerinde yaşamış yüzlerce ilçe, kasaba, dere yataklarına iniyor. Ne çok seviyorlar dereyi, içine girecekler sanki, kudretten biten, kavak, söğüt, zeytin ağaçları, başka kavimden tek bir ağaç türüne yer açmıyor. Suyun ninnisiyle yavaş yavaş geliyor gece. Cumhuriyetle dere içlerine doluştuk, dağ yamaçlarından seyretmek daha güzel değil miydi? Birkaç aya kalmaz bir haber daha duyarız, sel götürdü, koca kasabayı. Kuru otların hışırtısını küçük kaya çakılları dinliyor, kuru kuru gevenler (Anadolu'nun ünlü dikenli otları), sığır kuyrukları (yol kıyılarında sarı çiçekli) nöbet tutuyor, açmayın kalbimi yanarsınız, der gibi.

Büyük şehirlerimizi istila etmiş, hepsi aynı biçim, aynı fabrikadan çıkmış çatı kiremitleri. Sevimsiz, zevksiz, bütün illere-kasabalara rengini vermiş. Tüm hatıraları yok eden duygusuz bir çatı, örtmüyor, yok ediyor. Çatılarda çirkin bir felaket, ikinci bir türü yok. Çinko kaplı damlar da olmasa, aynı kiremit çatıdan milyonlarcasını görmek, kusmak geliyor. Tarihin bu en güzel topraklarına yapılan eşşek şakası 4-5 katlı apartmanlar! Anadolu'nun coşkusunu, türkülerin nağmesini, toprağın kokusunu unutturan laf kalabalığı gibi milyonlarca beton kalabalığı. Tanrım, bin yıl sonraki arkeologlar putperest gibi bu apartmanlara tapındığımızı sanacak! Ve apartman altlarında soğuk, loş, işyerlerinin tıkış tıkış dizildiği pasajlar, insanı sinirden deli ediyor. Hangi günahı işledik ki, tarihin bu en çirkin canavarlarından her şehrin göbeğinde on binlercesi var, kovsan da gitmezler, yıksan da baş edemezsin. Pasajlardan daha gaddar bir canavar yok, ölü yiyici oyuklar! Çatısından bodrumundaki çay ocağına, helasına kadar körü körüne bir ızdırap mağarası! Şehrin kalbine batırılmış kör dikenler!

Akşam serinliğinde kasabanın çay bahçesinde tartışıyoruz. 10 yıldır hiç çatışma çıkmadığı halde, korucular, dizlerinin arasına keleşleri almış, uyuşuk gözlerle dinliyorlar. Hemen şu tepelerin ardında tarih boyu hiç kullanılmamış taşlarla dolu ne çok tarla... Bin yıldır oturuyoruz, henüz bir yarısı hiç kullanılmayıp taşlara terkedilmiş devasa bir toprak parçası. Rüzgâr bile bir avuç toprak savuramıyor taş tepelerden, müebbet cehalete mıhlanmış bu tepeler hâlâ bizim. Ecevit'e katılıyorum, taş toplayıp tarla açsınlar. Ne olur sanki, şu keleşi tuttukları gibi, kederli bir ağacın dallarından tutsalar! Pasaj içlerinde WC'yi gösteren küçük teneke tabelaların kirli bej rengi, herkesin gözbebeği aynı renk!

Bolu Tüneli çökmüş, depremde bir daha çökmüş, ikisini de siyasal iktidar gizledi, iki yıldır Bolu Dağı'yla uğraşıp nihayet çift yol yaptılar, tünelden umut kesildi, katrilyonlarca para sokağa döküldü! Basın yine sustu. Siyaset değil, kayık sefası. Tartışması Özal döneminde başlayan hızlı trenin ilk ayağı Ayaş tüneli, ses-soluk yok, ne oldu demeden, Nurol inşaat yarıya kadar gelmiş, katrilyonlarca para harcandıktan sonra, "kârlı" değil diye, tünel yarıda bırakılıp vazgeçilmiş! Basın susuyor, dünyanın haberi yok! Mimar odaları siz de mi susuyorsunuz, sen de mi Brütüs! Ne diyelim, inat etmişler kimse insafa gelmeyecek.

Adana'ya kaçıncı gidişim, ilk gidişim 1980, sokaklarında eli bıçaklı, bitirim, yakası bağrı açık binlerce höt-kulak kesen kirli kara suratlı bıçkınlar nereye gitti. Biçimsiz, yırtık şalvarlarıyla cadde kenarlarında akşam saatlerinden sabaha dek iş tutan on binlerce sefil, şişko kadınlar yoklar. Belediye helâlarından daha çirkin yüzlerce pavyon, gazinoyla Singapur'a benziyordu, artık değil!

İşte otuz yıldır su var, Keban'ın etrafında hâlâ ot, böcek yok! Türküleriyle adını duyduğumuzda gözlerimizi yaşartan Harput! Elazığ'ın hemen yanı başında Harput kalesinden rüzgâr her gece bir taşı tambur nağmesiyle düşürüyor. Her ziyaretçinin adımları üç-dört taşı daha uçuruma sürüklüyor! Sadece eski kale içlerinde, eski şehirlerde yaşayan, tozdan ince, kemik rengi, pudra toprağı, rüzgâr uçuramıyor. Avuç avuç insanın yiyesi geliyor bu incecik toprağı. Çocuk sahibi olmak için kadınlar yiyormuş zaten eski türbe duvarlarını kazıyıp. Tarihin bu en muhteşem kalelerini insanlar, atlar, develer, kervanlar, geniş alınlı paşalar terk etti. Tek tek taşları da terk ediyor, bu incecik toprak, tarihin ruh helvası gibi, terk etmiyor. Biraz daha ufalmak, tavada biraz daha kavrulmak için, tahta kaşık gibi adımlarımızı bekliyor! Böyle bir diyar bulmuşuz, ne tez unutmuşuz.

Malatya, hayal kırıklığı, çirkin bir şehir. Otogarı modern, havalı. Özal'ın kurduğu Houston hastanesi, cici üniversitesi ve şehir girişinde yeni açılan iki büyük alışveriş mağazası, modern! Laik şeriatın kanlı çatışması büyük mağaza önlerinde sinsice devam ediyor, OYAK'ın dev mağazası sinek avlıyor. Eski Malatya, Malatya'nın birkaç kilometre dışında, eski

Osmanlı, Selçuklu eserleri hem bakımsız, hem de çirkin ucuz yapılarla kuşatılmış. Kayısıdan başka tek bir tür ağaç yok! Dondurma çeşidinde, pastada kayısıyı kullanamıyor, çirkin, ambalajlarla vitrinlere dolduruyoruz, bir hoşafı yapılıyor kuru kuru, bir lokumunu yapmışlar, kaysının entegre tesisleri yok, çiğ çiğ toplayıp, çiğ çiğ satıyoruz. Kıraç dağların eteklerinde kayısı ağaçları cehaletin felaket tellalı gibi, birileri hâlâ Çankaya köşkünde şeref madalyaları alıyor! Ne diyelim Allah daha beterinden saklasın.

Liseli bir çocuk, "Malatya'nın ünlüleri çok meşhurdur" gibi övünesi bir cümle kuruyor, Papa'yı vuran Ağca, Ahmet Emin Yalman'ı vuran Hüseyin Üzmez ve Oral Çelik'in delikanlı özelliklerini övüyor. Ben de büyük şehirden söz ediyorum, bir hafta önce Kızılay Meydanı'nda travestiler ellerinde bıçak polise saldırıya geçmişti, polis arabasını tekmeleyen travestinin lakabı, Malatyalı Tuğçe, diyorum. Eskiden kabadayıları, külhanları olurdu büyük şehrin, artık, gözü dönmüş, polise, halka dayılık yapanlar, Malatyalı Tuğçeler!

Osmanlı'nın İstanbul dışında iki-üç güzel şehrinden biri Edirne! Nüfusu yüz binin altında. Dünkü küçük kasaba Çorlu, üç yüz bini geçmiş. Tarihimizin bu en klas yapısı, mimari şaheserimiz Selimiye, birkaç kilometre etrafında altı-yedi asırda, duayla, şükürle, sabırla oluşmuş irili ufaklı camiyi, hamamı, çarşıyı koltuğunun altına alıp, yoksulluk ve yalnızlık içinde, başını kaldırmış küskünce Anadolu'ya doğru bakıyor, gelen var mı? Hanlar, hamamlar mücrim gibi titriyor.

Yoksulluğuna, cehalete rağmen Selimiye, kimseye vermek istemiyor kutsal emanetleri. Acısını içine bastırmış, belki, çok sonra gelecek başka bir kavmi bekliyor. Bu muhteşem şehir, basit bir kasaba olmuş. Nasıl olmuş, ağlarsın. Hesabını bu dangalak sağcılardan mı soracağız, acısını hiç çekmemiş insanlardan hesap sorulabilir mi? Selimiye'nin gölgesine sığınmış küçük camiler, eski evler, her gece göklere usulca üfleyerek söndürüyorlar yıldızları, minarelerinden başka yıldızı kıskanır gibiler! Kırık dökük öksüren taşları, artık ses vermiyor. Ses vermiyor, dedelerimizin kırmızı sırmalı, yeşil, mav: çiçekli, pembe, üç kıtanın öptüğü eteklerinden! Hangi yolcu, kirli havlusuyla bohça gibi bağlamış eski muslukları, artık ağlasan da başında, bir tek damla su vermiyor. Ağırbaşlılığından çeşmeler de kimseye etmiyor şikayet. Ah, annemin beni doğurup höllükde büyüttüğü Anadolu'nun güzel çocukları, her taşı gurur dolu gözlerin gizli yaşlarıyla dolu Selimiye'yle yollarımız ayrılıyor! O ünlü otoban, bu yüzden mi şehrin beşon kilometre ötesinden geçiyor. Hangi taşına baksanız buğulu aynalar gibi, geniş alınlı paşaların, dervişlerin, kendi halinde insanların yüzlerini değil, fır dönen küçük sineklerden başka birşey görmüyorsun. Ey milli lahanalar, milli aptallar, bu topraklarda Türk bayrağından daha yukarda bir değer varsa göklerde, o da Selimiye'dir, öyle ağır bir gurur taşıyor ki, onu, ondan başka taşıyacak kimse kalmadı içimizde!

Diyarbakır'da Ergani-Kulp maçı, Er-ga-ni, Err-gaa-nii diye bağıran Ergani taraftarları "Kulp"la dalgasını geçiyor, çünkü onlar bağırınca komik oluyor! "Gulp... Gulp.. Gulp.."

On üç yaşında bir garson çocuk, "abi ne olur benimle bir bardak çay iç!", etrafımı saran gençlerden sıyrılıyorum, "beni tanıyor musun?", "Hayır!", "Niçin benimle oturmak istiyorsun?" Gülüyor, ses vermiyor! Çayımızı içiyoruz, muhabbete giriyor: "Abi ne güzel, birazdan gideceksin!", gülüyorum, tekrar yüzüme: "Ne mutlu sana birazdan İstanbul'a döneceksin".. Hayatım boyunca bu denli acı bir kırbaç yemedim yüzüme! Cehalet, kalkınma masalının şerbeti olmuş. Tünel açacağız dediler, katrilyonlar uçtu, baraj üstüne baraj, iki yüzü geçti, ülkenin en işsiz mesleği ziraat mühendisleri, nükleer santrale razı gelsek, hadi beş tanesine izin verdik, desek, otuza kadar çıkarlar, yine elektrik kesintisiyle, sayılarını barajlar gibi unuturuz. İşte Hasankeyf! Kaç bin yıldır güneş yüzü görmemiş eserleri on günde baraj altında boğduruyorlar. Bilge Kağan'ın abidelerinden tek taş olsaydı, aynı şeyi yaparlar mıydı? Yaparlardı, örnek mi, işte Selçuklu eserleri. Ancak, barajı yapanlar solcu müteahhitler olsaydı, karşı çıkarlardı. Tarihin ihanete uğradığı bu denli şanssız bir coğrafya parçası oldu mu? Baraj olacak, bok mu olacak, işte Keban, ne bir ot, ne bir böcek kıyısında. Köpek tüccarlar ne çok şey istiyor bu cinler, masallar ülkesinden, üzülerek önünden geçeceğimiz bir kırık çömlek bırakmadılar. Kalkınma değil, av partisi. Dağlar, taşlar, ovalar yağma Hasan'ın yağmacı milli tüccarları, bu yüzden mi her açılan höyükte kemikleri dahi korkudan birbirine sarılmış, ölülerin! Ayakları taşa çamura batmış, Anadolu köyünde testiden su içerek büyümüş bu insanlar, siyasetçi olduğunda, neden önce kendi toprağını, kendi namusunu satıyor. On bin yılın fırtınasının, rüzgârının, zelzelesinin düşüremediği o taşları, bir götü boklu müteahhit borsada satıyor, işe yaramaz kürek mahkûmu köle bir zenci gibi denize atıp boğdurtuyor. Yeminle inat etmişler, bu ülkede güzel birşey koymayacaklar. Kalbinin en ince teli titriyor Anadolu'nun.

Malatya Banaz'da bir fıkra anlatıyor bir genç, anne, çocuk, baba, dut toplamış yiyorlarmış, baba oğluna, oğlum "dut ye de dutun büyümüş" demiş, anne de kocasına dönüp, "Biraz da sen ye, herif" diye söylenmiş.

Eskiden yatağını, yorganını alan yoksul halk, çaresizlik içinde İstanbul'a göçüyordu. Göçün rengi değişti. Anadolu gençliği gözü dönmüş bir hırsla İstanbul'a göçüyor. Memleketinde, kasabasında oturmak isteyen bir tek genç yok. Tanıdığım, konuştuğum tüm genç kızlar, hayallerini, istikballerini İstanbul'a göre kurmuş. Sadeliğin, kendi halindeliğin imajı ölmüş, uçurum gibi İstanbul düşlüyorlar. Kaba muhafazakârlık sosyal dokuyu hiçbir gencin duygularını yeşertmeyecek şekilde tarihten kazımış, her gün tavada kızaran balık gibi beton caddelerde boşu boşuna turlayan gençler, başka bir rüya bilmiyor. Hayata dair tüm duygularını öldüren bu şehirde, derin bir sarsıntı, korkudan kaynaklı büyük bir kaçmak refleksi. Hep birlikte aynı cümle gençliğin ağıtı: Boğuluyoruz burada!

Büyük şehri düşleyen genç kardeşlerim, buralar Malatyalı Tuğçelerle dolu, dut yiyin de önce, biraz dutunuz büyüsün! Sonra gelin! En yoksul şehirlerin en lüks lokantaları kebapçı. Hamam-gazino estetiği ortası bir zevkle döşenmiş. İslamcı, Anaplı, Refahlı müteahhitler, hırsla parçalıyor, dişliyor, koparıyor. Çeneleri, pençeleri gelişmiş. Özal'ı nasıl sevmesinler. Özal'ın iktidar olduğu 1983'den beri, un, bulgur, lahana, patatesi bu bin yıllık sofrayı terk ettiler. Gün boyu, kızgın güneş altında betonarme gölgede mıy mıy oturup, uyuz uyuz ayaklarını kaşıyıp, bir cuma namazı için üç saatini abdeste, oyalanmaya harcayan esnaf gitmiş, para hırsıyla köpürmüş başka bir ırk Anadolu'yu istila etmiş. Cumayı iki rekat kılan, sünnetleri bırakıp, dükkânının başına dönüyor. Hali vakti yerinde, kalender, mütevazı bir müslüman görmek imkânsız. Şehrin motor kurumlarında, partilerinde, tartışmalarında, uyduruk yerel kanallarında hep onlar, bağırıyor, çarpışıyor, birbirlerini yiyor!

Anadolu'nun her köşe başını tutmuş delileri nerede? Anadolu kasabasına ruhunu veren, pazarında, çarşısında alayla gezinip gündelik eğlenceler çıkartan hırpani, kara yüzlü, deliler yok. Bence, deliler de "televizyona" taktı, gün boyu ekran karşısında oyalanıyorlar!

Dört-beş katlı çirkin apartmanlardan herhalde on milyon tane yaptık, aynı sıva, aynı beton, aynı çirkinlik, doymadık, doymuyoruz, ölüm kusan devasa, hantal tanklar gibi nerde hayata dair bir eski doku, bir eski zaman neşesi, bir tutam ot var, yan yana dizilip şehri, kasabayı birkaç yıl içinde canavarlaştırıyorlar! Bütün amaçları coğrafik-estetik bir panik yaratıp ahaliyi büyük şehirlere kovalamak.

Anadolu kasabalarını kargalar terk ediyor, hızla azalıyorlar! Beş yıl önce Samsun'da, on yıl önce Karadeniz kıyısı kargadan geçilmezdi! Bir bilen yok mu? Kargalar neden yok oluyor. Cinler, periler, türbeler, kervansaraylar değil de sanki, kargalar gidince, masal işte şimdi bozuluyor!

Bursa, Eskişehir, Sivas, nereye gitsem, başımı, meslek liselerinden içeri sokmak isterim, öğrencilerin başarılı eserlerinin sergilendiği, Atatürk büstünün arkalarına bakarım, bir editörlük alışkanlığı, hani, güzel işler var da biz görmüyor muyuz diye. Kayseri öğretmenler lokalinin duvarlarında öğrenci çalışmalarını izledim, aha geldik gidiyoruz bu dünyadan, kırk yıllık ömrümde bir natürmort göremedim. Sanayii nefisenin kurulması yüz elli yılı geçti, bir natürmort beceremiyoruz, şöyle tadından çatlamış bir üzüm tanesi, balı akan bir kavun dilimini resmedemedik. İstanbul'a gidiyor bu çocuklar, post-modern çalımlarından geçilmiyor. Bak kardeşim, bana basit bir ayvayı resmet, şöyle bakınca diyeyim ki, işte ayva! Nesnenin var oluşunu çizemezsek, ölümünü, sıkıntısını, karmaşasını, bin bir çeşit düzensizliğini anlatma hakkımız olmaz. Galiba çizdikleri şeyin kendi şirin sıcacık evleri, dünyaları olduğuna kimse inanmıyor.

İşte üniversiteli gençler başıma toplanmış, bunları anlatıyorum, tartışıyoruz, dağının, taşının resmini yapamıyorsun, Erciyes'in Pınarbaşı yaylasından görünüşünü resmet, görelim. Orta yaşında sakalı ağarmış bir adam, neler oluyor burada, diye başını soktu, lafları anlamaya çalışıyor. Adamcağız bir müddet daha dinledi, sıkıntıya girdi, baktı olacak gibi değil, lafın nerden gittiğini de anlayıp, araya giremiyor, ortaya bağırdı: "Bak evladım, Allah devletin eline düşürmesin, hastanesine düşürmesin, ben başka laf bilmem!" deyip, kayboldu!

Allah şiiri de, resmi de cumhuriyetin, devletin eline düşürdü, kelek şiirler, kelek kavun resimlerini kakaladılar, şimdi gençlik, yemiyor bu kelek şiirleri, okumuyor, heyecan, coşku duymuyor!

Bin derdi, bin çilesi olsun, ama şöyle kadın edasıyla yürüyen bir kadın göremedim.

Yurdumuzun her bir köşesini çirkinliğiyle bütünleştiren 'üniterleştiren' kelebek kadar hafif, mum gibi solgun, sünger parçalarından oluşmuş ekmek! Hiçbir yörenin, fırınının o kasabaya rengini, ruhunu veren, patlayarak, köpürerek kabaran kızarmış ekmekleri yok artık. Uçsuz bucaksız dağlarda en uzak şehirlerde de aynı ucuz, basit ekmek!

Altın renkli başaktan kefen bezi gibi solgun renkte ekmek yapmayı nasıl becerdik. Tonlarca ağırlıkta değirmen taşının çiğneye çiğneye aşındığı buğday tanesinden kağıt helvasından hafif, ot, saman gibi ekmek yapmayı nasıl becerdik. Buğdayın taştan topraktan dahi bol olduğu bu topraklarda birileri hınzır köpek neşesiyle avuçlarını salyasıyla oğuşturuyor olmalı. Nerde görsek, tarih boyu öpüp, başımıza koyduğumuz kutsal soframızın en mübarek nesnesi, Anadolu'yu terk ediyor. Yeni yetişen nesil, ekmeğin işte böyle basit birşey olduğunu sanıp, gösterdiğim öfkeyi-tepkiyi şaşkınlıkla izliyor, "ne diyor bu adam", bir ekmek için neden vahşiler gibi bağırıyor! Anadoludaki gençlikle aynı ufku, aynı saati göstermiyor gözlerimiz.

Gezdiğim tüm üniversitelerde tek bir hela kapısı olmasın, PKK'yla MHP'nin küfürleşmesiyle, dolmasın. MHP'liler hela kapılarında da üstünlüğü sağlamış durumda. Eskisi gibi .ik-.m' çizimleri pek yok, TV'lerimiz bu açığı kapamış durumda. Üniversite helasında gördüğüm en ilginç atışma şöyleydi. Bir çocuk uzun bir makale döşenmiş, "iç barış", "demokrasi" lafları geçiyor, ("iç barış" kavramından anlıyoruz ki, HADEP'li) İçimden, ne yapsın çocuk, gazetesi sürekli kapatılıyor, dedim. MHP'linin tepkisi ilginç: Tüm bu makaleyi örtecek bir şekilde koskocaman bir MHP yazmış, "bokuyla". Bu boktan, püsürükten muhabbeti ben de sevmiyorum ama, hani kanlarıyla yazıyorlardı eskiden. Gazetelerinde MHP asla eleştirilmeyecek yasası çıkartan Aydın Doğan duymasın, halkın tek serbest kürsüsü hela kapılarına da sansür koyup, CNN'leştirir.

Sümela Manastırı'nda binlerce yıldır parçalanmış, kazınmış freskolardan birazcık görünen resimlerin üstüne dahi yazmışlar: MHP! Gidin, görün! Ne diyelim.. Teşşekkürleeaar Türkiye.

Şu sosyolojik cümlemi ispatlamam için kalın bir kitap yazmam gerekir, ama inancım tam: "Taşraya barbarlık, zihinsel köylülük ve kaba muhafazakarlık üniversitelerin açılmasıyla girdi!"...

Yanı başında şeker fabrikası bulunan bir kasabada anlattılar. Kadınlar yoksulluktan, şeker çuvallarını yıkayıp çolukçocuğa iç donu yapıyormuş, çuvalın üstünde de bir yazı: net 70 kilo! Bir gün, caminin hocası secdeye varırken, şalvarı sökülüp kaymış. Arkadan şu yazı: Net 70 kilo!

Cinler, periler, kurtlar, kuşlar, Kılıç Aslanlar, Alaaddin Keykubatlar gittiler. Anadolu'nun korkunç derin ağzında bir kaç çürük diş kaldı, o da Selçuklu'dan. Taş, kum, çakıl erimiş kümbetlerde, türbelerde. Kutalmış Süleyman hâlâ buyruklarını yağdırıyor çamurlaşmış taşlarda! Bu çift kartal başlıklı komutanlar bizimle aynı rüyanın tarihinde yatmak istemiyor. Hemen üç-dört metre yanında, dört-beş katlı beton yapılarla kapatılmış, dışardan, uzaktan görünmüyorlar. Bu denli ucuz, yalaka binaların, soylu, gururlu kartal bakışlarını aştığını görmüş olsaydı, bir günde İznik Ovası'nda atlı yüz bin Haçlı'yı doğrayan Kılıç Aslan, bir götü boklu müteahhitin bir günde yaptıklarına şahit olsaydı... Kahrından tozlu tozlu dumanlar çıkarıyor kervansaraylar, minareler testi gibi küçülmüş. Ateş parçası kan kırmızı kiremit taşlar göz göz oyulmuş. Anadolu'da birkaç Selçuklu eseri de öküz belediye başkanlarının, ucuz müteahhitlerin sırtlan iştahlarıyla sıkıştırılmış, görülmüyorlar ve siyasal güçlerini, hela kapılarına boklarıyla kutsal simgelerini yazan gençlerden alıyorlar.

Açsak kapısını türbenin, Ortaasya'dan kopup gelen milyonlarca atlısına yine emirlerini yağdırır mı, üç garson, iki kara yüzlü komi kaldı elinde, olsun, ellerinden her iş gelir! Artık neyin tarihini yazsın, Kırşehir'de yol kenarına çömelmiş Aşık Paşa! Yarılmış duvarlardan hepimizi boğacak bir nefretle bakıyor eski coğrafyanın padişahları. Bahçeler, türbeler, surlar, bin yıldır bir tas su serpilmemiş. Halk dilinde "kibrit kavağı" denilen suyla bir haftada boy veren kavaklar gibi ucuz binalar. Halk dilinde dallanıp budaklanan, budaklandığı için işe yaramayan kara kavak gibi, kara kara müteahhitler. Bu müteahhitlerin çocukları, ülkesi, tarihi, masalı hiç olmayacak. Ne diyecekler çocuklarına, kalbur zaman içinde, develer tellal iken, bir ülke varmış! Sular götürmüş! Sudan ucuz, müteahhitler götürmüş. Vatan değil, müteahhitlerin şöminesinin önüne serdikleri post.

Ünlü bir işadamıymış adı Süheyl mi, ne bok unuttum, İstanbul'da bir müze kuracakmış, müzenin en değerli parçası Michael Jackson'un şapkası, ekranda şapkayı okşayıp övünüyor, gurur duyuyor! Herhalde, Selçuklu sultanlarının türbesindeki kumları hastalığa iyi geliyor diye çiğ çiğ yiyen köylü halkımız da şapka çıkartır bu cahilliğe!

Coğrafyamızın en güzel bahçelerini "ordu" kapmış diye bir geyik vardır, şimdi, üniversiteler orduyla yarışıyor. Uludağ Ü. dağın eteklerinde, on dakikada dağda kayboluyorsun, çimenler üstünde gençler renkli kelebekler gibi. Çukurova Ü. Seyhan gölü ve ormanlığın içinde, kaç tane güzel üniversite gördüm, talebe mi oluyorsun cin mi oluyorsun, üniversiteye mi gidiyorsun, masala mı giriyorsun. Karadeniz'in hemen kıyısında kapkara çamlar ve kıpkırmızı toprağın içinde Karadeniz Ü. Birbirinden güzel köşklerde "bilim" olur mu artık, genç kızlar dekanların, haremleri gibi. Yemişler, içmişler, eğlence başlamış, neler duyuyorsun neler, duyduklarımızı anlatsak, durur akan dereler. Niye anlatayım, Harun Reşidlerin magazin yazarı mıyım? Eğlence başlamış, hepsi şahbaz, hepsi ayvaz!

Son beş yılda ülkemizdeki en azgın büyüme, üniversite bütçelerinde oldu. Basın susuyor, denetleyen yok, karışan yok, kırmızı halılar döşenmiş, sofralar donatılmış. Bir beş yıl sonra dünyanın en zengin üniversitelerine sahip olacağız. Gürcistan, Romanya, Ermenistan, yani, üç diyarın bütçeleriyle yarışa kalkmış durumdalar. Mesela Gazi Üniversitesi otuz bin talebe. En azı iki yüz milyon harç, en çoğu iki milyar, bir çarpın, on yıldır toplanıyor, faizini de ekleyin. Yüz trilyonlarla oynuyorlar ve bilimsel harcamalar sıfır. Henüz yurtdışına talebe göndermek, öğretim binası açmayı bilim sanıyorlar. Un var, şeker var, cariyeler var, bilim yok. Son otuz yılda yetmiş bin sağcı kadroyla, torpille yetiştirilmiş öküz yavruları, elli bine yaklaşan araştırma görevlisi, hela kapılarına boklarıyla MHP yazmaktan başka "makale" bilmiyor. Gençlerin canını sıkmak, doğduklarına pişman etmek, hayattan, insanlıktan, bilimden soğutmak için herşeyi yapıyorlar. Örnek mi istiyorsunuz? Adana, Trabzon, Malatya, Sivas, gidin görün şehirlerde tek bir kitapçı dükkânı yok. Olanlar, elli çeşidi geçmez, genellikle islamcı kitabevleri, tesbih, seccade ve Harun Yahya kitapları... Koca üniversitelerin kurulduğu şehirde tek bir kitapçı yaşamıyor. Ancak, harçlar için slogan atan gençler hâlâ içerde. En güzel yemekler, en soğuk biralar, en güzel serinlik, dinlenme yerleri üniversite, en kuytu mekanlar, rüzgarın en güzeli, çimenlerin, çiçeklerin en güzelleri, en haşnafişna vaziyetleri üniversitede, bir tek bilim yok. Olsun, gözleri doysun, vatanı milleti seviyorlar ya, bilim adamından başka ne bekleyebiliriz.

Bilim nedir? Şudur: Fransa'nın yüzde yedisi tarımla uğraşır, ama dünya tarımında ilk yediye girerler. Bizim yüzde ellimiz tarımla uğraşır, ilk otuzda yokuzdur. Bilim budur. Sonra siyasiler ekrana fırlayıp bağırırlar, dünya piyasasının üstünde taban fiyat veriyoruz, diye, başa kakar, ağlarlar. Ağlamayın eşşekoğlu eşşek Harun Reşidler, yüz tane üniversiten var, dağ taş, baraj, dağ, taş üniversite, yüz bin öğretim görevlisi, bilim yapın... Kaysıdan hoşaf, fındıktan da aganigi-naganigi, başka ne bok bilirsiniz.

Başka parti yok, MHP ile Refah taşrada çekişen iki parti. Türk sağı tarih boyu liderden kaynaklı, ya da sudan sebeplerle bölünmüştü, ilk defa kanlı bir mevzu, mecliste başörtü tartışmasında MHP destek vermeyip, üstelik kendi milletvekilinin başını açmasından dolayı, Refahlılar bir binyıl daha MHP'yle yan yana gelmez, iğreniyorlar!

Güngörmüş bir öğretmen, bir toplantıda, MHP'ye dair bir fıkra anlatıyor, Remzi Oğuz Arık, Coğrafyadan Vatana adlı kitabıyla milliyetçiliğin büyük isimlerinden, Meseleler adlı kitabında "Köy Köpeği" adlı hikâyesi nefis. Yabancı bilim adamlarıyla bir madene gidiyorlarmış, madeni perişan, tüyleri dökülmüş bir köy köpeği koruyormuş ve ne zaman gitseler köpek onlara dokunmuyor, yalakalaşıp, bu yabancılara sürtünüp, şımarmak, sevilmek istiyormuş. Remzi Oğuz, bu ne biçim köpek, madeni koruması gerekiyor, bize havlaması gerekiyor, ama, tam tersi, bizi bir kurtarıcı gibi görüyor diyor, oranın bir köylüsüne. Köylü, efendim, bu köpek göründüğü gibi masum değildir, her gün köyden birini ısırıyor, parçalıyor, diyor. Sebep? Maden açılmadan köylü bu köpeği her gün dövermiş, köpeğin de gideceği yer olmadığı için, başını eğer, sopalara katlanırmış. Bir gün maden açılınca, köpek sığınacağı başkalarını bulmuş ve artık yiyeceğini yabancılardan aldığı için, her gün köye saldırı düzenleyip birini ısırıyor. Sonra? Maden kapandıktan sonra, köylüler bir olup "imece"yle köpeği öldürmüşler!

Bu fıkrayı da, Refah'ın yenilikçe kanadı, Erbakancılar için

anlatıyor. Bir gün Bektaşi yolda giderken bir kötürüm dilenci görmüş, dilenci, yalvarıyor Allah'a, Allahım, körüm, sağırım, ayaklarım tutmuyor... Bektaşi kafasına vurmuş, "Allah senle niye uğraşsın, yenisinden bir daha yapar!"..

Anadolu'da o denli bıkkınlık verdi ki otobüs firmaları, arkadaşlar, büyük şehirlere hiç değilse Varan'la git, diye yalvarmaya başladı. Aralıksız daktilonun başında sekiz saattir oturuyorum, hareket saatine beş-altı dakika kala taksiyle yetişiyorum. Varan otobüslerindeki o meşhur incelik, sakinlik, yola çıktığınızı bile hissetmiyorsunuz.

Üç-dört dakika geçmiyor, tuhaf şeyler oluyor beynimde. Öleceğim, Muavine bağırıyorum, sesim çıkmıyor, kolumu kaldıramıyorum. Başımda bir ateş topu, "vakit geldi, gidiyorum" diyorum usulca.. Kaskatı kesilip, bayılıyorum. Gücüm bitti. Gerçek anlaşılıyor: Birden sol koltuğa, montumun, kitapların üstüne korkunç bir böğürtüyle kusuyorum.

Muavin, yardımcı şoför panikle geliyor. "Lavaboya gidelim', diye koltukaltlarımdan tutuyorlar. Ayakta, bu sefer dizlerime ve koridora kusuyorum. "Özür dilerim, özür dilerim, hayatımda hiç başıma gelmedi böyle birşey" diyorum...

Baygınlığın uçurumu gidiyor, baş dönmem geçiyor. Yolculara Varan'da hiç beklemedikleri bir rezalet yaşattım. Sürüklenerek lavaboya tıkıştırılıyorum. Bağırsaklarım "utanacağımı" hiç düşünmüyor. Ağzına kadar doluyor, ishal olmuş bir manda bu kadar çıkartamaz. İnsanın bokuyla yüzleşmesi ne ağır bir mahkeme! Etrafta su arıyorum, tuhaf madeni düğmeler. Herşeyi yapıyorum düğmelere, yok, su gelmiyor. Kendime öyle inanmıştım ki, böyle bir kepazeliğin kurbanı olacağımı hiç düşünmemiştim. Muavinin yanına çıkıyorum, "Allah aşkına şu suyu göster, hangi düğmedir bu, bulamıyorum!. Yardımcı şoför tekmeyle dövüp otobüsten beni atacak gibi azarlıyor, korkuyla, sesimi çıkartmadan bekliyorum. Lavaboda olup biteni görse yardımcı şoför, hiç şansım kalmayacak, dağ başında atarlar beni, tüm otobüse anons ediyor zaten bağırarak.

Birkaç dakika sonra nefes kesici bekleyişim sona erdi, muavin lavabodan başını çıkardı, gülümseyerek, eliyle bir zafer işareti yaptı, oh be kurtuldum.

Muavin koridordaki kusmukları temizliyor, elinden bezi alıp yardıma çalışıyorum, yardımcı şoför, sinirle yine bağırıyor : "sen otur kardeşim, karışma!".. Yanımdaki montu ve üstümü temizlemeye çalışıyorum, yardımcı şoför yine sinirli: "kardeşim rezil ettin ortalığı, fazla karıştırma, çocuk temizler!"..

Üstüm başım kusmuk, öyle duruyorum. Kaba temizlik bitti, muavin bir şişe kolonyayı üstüme boca etti. Sade, temiz, sessiz bir çocuk muavin! İğrenmeden usul usul, yüzünde bir gülümsemeyle yaptı işini. İnsan ancak annesine karşılığını ödeyemeyeceği bir mahcubiyet taşır. Bir yolunu bulup, şükran dolu bir konuşma bir de yüklü bir bahşiş vermek istiyorum. Öyle tatlı yüzlü ki, bahşiş vermeye utanıyorum. Bir meyve çubuğu kadar ince, İnsan kanına benzeyen şeyi, tarih boyu hep köleler taşıdı. Ah benim kara yüzlü kardeşim, böyle mi temizledin bin yıldır efendilerinin kusmuğunu! Böyle sessiz, böyle kuzu gibi, efendilerine hizmet ettin bin yıldır!

Muhabbete girmeli, gönlünü almalıyım, "ne güzel her gün İzmir'e, İstanbul'a gidiyorsun" dedim, "gidiyorum da, kalmadan, her gün dönüyorum abi..." Isınıyor bana, açılıyor konuşuyor... Anadolu'daki o küçücük garson çocuk gibi, bir yerinde konuşmanın aynı lafı ediyor, "Ne güzel abi, ne mutlu sana, birazdan ineceksin!"

Anadolu Gezisi

Radikal'den Ramize Erer, Leman'dan Tuncay Akgün, iki yaşında konuşmayı yeni çözmeye çalışan çocukları Memet ve tıka-basa doldurulmuş pejo arabalarıyla Ankara'ya gelip bir gece kaldılar, ertesi gün, "hadi sen de gel" Eğin'e (Kemaliye) gidiyoruz. Ellerinde havuç ve ananas resimli havlular, ordövr tabağı desenli kısa şortlu adamları, deli kireçli badanalı pansiyonlar önünde kıçını yağlayan, taşaklarını yoğuran ihtiyarları kebap vaziyetlerde görmemek için, plajlı, denizli yerleri sevmiyorum. Ramize, "dağları" görürüz dedi, kılıç balığı gibi takıldım peşlerine. Tuncay, Eğin'de dedesinden kalma evi tamir ediyor, yolları elli kişiye sormuş, elimizde bakılmaktan parçalanmış ve sapsarı karabasan haritalar, vurduk Kırıkkale'ye. Radyoyu ne zaman açsak "ey yolcu gafletten uyan" diyen sümüklü bir İslam vaazı. "Sen uyan ulan gafletten" deyip, bir daha radyo açmadık. Kırıkkale, kaldırımı olmayan, çirkin, sıkıcı, Anadolu'ya başlangıç için paslı ve sinekli bir kasap bıçağı, moral bozucu. Uçsuz bucaksız ovalarda tuzsuz tereyağ renginde kerpiç evler, köylerin bir yarısı dün akşam bomba düşmüş, deprem olmuş gibi yıkıntı, bir köylü çocuğu yıkıntılar içindeki keçileri kışkışlıyor. Kan davası gibi sıcak tarlalardan buğday henüz kaldırılıyor, dağların her biri cinayet işlemiş insan yüzü gibi. Yozgat'ta her tesisin adı Yimpaş'la başlıyor, Anadolu denen bu yoksul ve güzel evi, temiz ahlağın zevkli ticaretiyle, İstanbul holdinglerine karşı inatla döşemek istiyorlar, zevksiz, barbarca birşeyleri kaçırmanın çirkin, bozuk ve ruhumuza sokulan bir kazık gibi tabelalar, "kalkınma" hevesi.

Yimpaş tabelalarının altında yırtık pılı pırtısıyla baltayla büyütülen on yaşlarında köylü çocukları sırtlarını asfalta dönüp kıs kıs gülüp, uçuruma doğru sigara üflüyorlar. Hiç bitmeyecek cerehat ve küf sarısı ovanın tam ortasından uzayan kara tren yolları, çürümüş vagonlar, terkedilmiş istasyonlar, artık asker taşımıyor, çocuklar askerlere su satmıyor, eski bir şiir gibi istasyonlar kangren bir hastalık, cumhuriyet ülküsüyle çok çalışmış bu inançlı kol, üçkağıtçı siyasetçiler, holdinglerin kurbanı olmuş, burada anlıyorum, kafam niye karışık, dilim neden demiryolları gibi dolaşıyor! Ah Anadolu'nun en az yemek yiyip, bin şükürle en çok çalışan kara trenleri! Yollarına eşlik eden upuzun kavak ağaçlarının herbirinin altına kirli kara kanıyla kesilmiş kanlı organını hatıra diye kesip, emanet bırakmış, vagonlar uzaylı farelere benziyor, son yolculuklarına bir mendil sallayan yok!

Dağınık kına saçlı, konuşmayı unutmuş ihtiyar kocakarıların kurumuş memeleri gibi herkesin kaçtığı köyler, tek bir ışığın yanmadığı yüzlerce kilometre, çaresizlik üreten sığınaklar gibi neşesiz insan yüzleri, Özal, 80'lerin başında döviz girsin diye, tüm damızlıkları satıp dolar topladı, hayali ihracatçılarına; çılgın mezheplerin yakıp kavurduğu köy evlerinde eşşek, tavuk, keçi dudaklarını ıslatacak bir damla su bulunmuyor! Yolculuğumuz boyu tek bir sürü göremiyoruz. Köpek öldüren neşesiz insan yüzleri! Hititler'den kalma küçük, zalim taş tepelere sığınmış köy evleri. Dağ, taş, toz-toprak içinde yoksulluğun kirli çamaşırlarını çitiliyor. Yaban domuzlarının ayak izlerine benzeyen imamhatip hocaları gibi taş tepeler, Kur'an kursları bu dağlar, bin yıldır aynı bıçak ve kurban kokusuyla aynı duayı okuyan kör hafız!

Sivas, sanki hepimize son sözünü söylemiş ve ölmüş! Yüzyılların yıkıcı imanı, salyalanmış köpek burnundaki tüylerin rengiyle tüm şehri yalıyor. Anadolu'nun en muhteşem iki binası şehrin göbeğinde: Çifte Minare, karşı komşusu Gök medrese. Sivaslılar çoluk-çocuk, anne, büyükanne, terliklerini sürükleyip ve hepsi son nefesine kadar çekirdek çitleyerek Gök medresenin içindeki antik dükkanların yanına gidiyorlar. Ne zamandır alaycı bir kahkaha, telaşlı bir yüz görmedik. Her nesne ucuz bir taklit. Çay bahçesinin parlak kırmızı plastik sandalyelerine arabeskçi Hakan Taşıyan, tek başına kırık şarap şişelerini avcuyla buruşturup teypten veryansın kusuyor! Birkaç gün sonra, güneş tutulması için gelmiş Japon turist kafilesinin ardına düşmüş sıkıntıdan kudurmuş yoksul çocuk sürüleri. Bizim güneşimiz Gök Medrese'nin önünde yedi asır önce tutuldu, bu iki bina üzerine bin yıldır mimari. yapamadık, iki simitçi çocuk, "simit alır mısın?" dedi, "sağol almayacağız" dedik, "o zaman sigara" dediler. Sigara verdik, sırtlarını çifte minarenin kapısına dayayıp beleş sigaraları törenle tüttürdüler!

Sabah yola dingin çıkalım, Sivas Büyük Otel'de yer ayırıyoruz, gece yarısına kadar otel lokantasında pespaye, kıç deliği bızık sesiyle şarkılar söyleyen bir kadın, program kapanmaya doğru elinde tesbih, güya kabadayı dörtbeş delikanlı girdi otele, uzun zamandır kümes basamamış çakal gibi çelimsiz vücudları, ancak manda kafası kadar iri, damarlı geniş alınlarıyla kafa tokuşturuyorlar personele, program bitiyor, dediler, gençler "halli halli" bakınarak, hani paramız da var gibisinden, kadın kalçası gibi omuz sallayarak ve dikelmiş organlarını fermuar üstünden hart hart kaşıyarak oteli terkederken, sessizleşen otelin asansör kapısı açıldı, içinden asansörü dolduracak kadar iri temizlikçi kadın elinde kova ve süpürgeyle terliklerini sürüyerek çıkıverdi! Artık terliklerini sürüyerek yürüyen birini görürsem seri cinayetlerime başlayacağım, kafayı yiyeceğim.

Sivas'a girmeden dağ başında Sorgun yakınlarında canlı alabalık lokantasına girdik, dolapta ne varsa güneş ve sinekler canını çıkartmış, mayıştırmış, şimdi kirli bir çeket ve sakatat da asılan duvara çakılıp bükülmüş iri çivinin çığlığı allak bullak etti beni, büyük salata, balık ve ayran istedik, onaltı yaşlarında utangaç, çalışkan bir köy çocuğu, saygı ve mahçuplukla meşe kömürünün lezzetine bizi hayran bıraktı. Mutfakta içinde florasan lambası olan elektrik ızgarası sinekleri çekiyor çat sesiyle çarparak yavaş yavaş külleştirerek öldürüyor, hayata bir iki vız vız etme şansı bulamadan ölen milyonlarca sinek, böyle feci bir ölüm görmedim. Madımak bin yıl geçse unutulmayacak!

Divriği yolunun uçsuz bucaksız taş tepelerine bulutlar ağır demir sandalyeler gibi oturmuş, kerpiçten, kırma taştan ağılların bin yıldır tek bir taşı düşmemiş, her yaylada birkaç arıcı mutlaka var. Arıcılar da sohbet, PKK'dan çok, Amerikalı bilimadamlarına dair. "Bundan yirmi yıl önce yiğenim, Amerika'dan bilimadamı geldi, yanına bir çoban verdik, dağlarda yatıyor, yanında bir ispirto ocağı hep kaynıyor, hergün ocağa bir başka ot koparıp atıyor, bizim çoban otları topluyor. Günler böyle gidiyor, birgün ocağa bir ot attı, buldum buldum diye dağlara kaçtı, neyi buldu, ot, kaynayan suyu durdurmuş, (Çoban'a söyleniyor) e benim hayvan oğlum, penisilini buldu işte, ateşi durdurdu, e benim hayvan oğlum baksana, hangi otu atmış..." Yani çoban otu görseymiş, penisilini onlardan evvel biz bulup zengin olacaktık.

Yine bir başka Amerikalı bilimadamı, dağlarda yatıp uyur, dağda nereye sıçacak, yer yok, götünü nereye silecek bez yok, kopardı bir tutam ot, sildi götünü meğer basuru varmış iyileşti, (yine çobana söyleniyor) e benim hayvan oğlum baksana hangi ota siliyor götünü... Basur ilacını da bu talihsizlik yüzünden Amerikalılar'a kaptırıyoruz.

Ünlü palavracı Tello pehlivanın nefis yalan hikâyesi geliyor aklıma, Amerikalılar Atatürk'ün beynini istemiş, ne edek demişler, onlara Atatürk'ün değil, bir kabzımal'ın beynini çıkartıp göndermişiz, o gün bu gün Amerikalılar sebze-meyve işinden çok iyi anlarlar, diyor Tello pehlivan...

Tek-tük güçsüz insanların birkaç keçinin bokunu çiğnediği ağılların önünde çömelip günboyu donmuş bakışlarla baktığı kadiri mutlak dağlar! Nüktesi ve neşesi olan insanlar burada ancak turist olur. Tabiatın en yaman şahane film yıldızı dağlar. Coşkun dereler onları görünce dili damağı tutuluyor, kupkuru kesilip, açlıktan balta sapına sarılan yılanlar gibi kucağına sarılmak istiyor. Çiçeklerini ya dikenlerin içine sokmuş, ya uçurumların dibine koymuş, tek bir çiçeğini koklatmıyor! Dünya döndükçe süren bir sarhoşluk dağlar, karşı konulmaz eteklerinde yaşayan evler, köyler, kuzular, camiler, hepsi dilenci, herkes ondan birşey istiyor, bu toprakların insanı zekasını, kahramanlığını, sanatını, onun soylu tepelerine taşıyamıyor, gururlu, efendi, emredici ve uzaktan hepimizi yönetiyor. Gökyüzünün uçsuz bucaksız sonsuzluğuyla donmuş eşek boklarını aynı yalçın tepelerinde uyutuyor, düz ovalara yüz vermiyor, sırtüstü sürünen derelerle dalgasını geçiyor, tabiatın şen kahkahası, hiçbir çağlayanın sesi, soğuk gururunu yumuşatıp, bir öpücük olsun alamıyor ondan!

Ah Anadolu'nun dövme demir göğüslü insafsız şövalyeleri, burada, hayatta hiçkimseye teşekkür etmeden ebediyen kalmak istiyorum, geride bıraktığım şehir, tanrı soluğu gibi bir sevgili vermedi bana, tüm hayatım yanılsama. Mutlak gerçek, işte aklımı başımdan alan, her duruşu aç karnına çubuk şarabı gibi, sana helâl olsun Tanrım, geri dönüşü olmayan ahlak işte bu! Nasıl yaratıldıysa ilk gününden beri işte o, deli gibi coşkusu, koşusu olmayan kimsenin sırtını sıvazlamayan vahşi sevgilim! Gerekirse bir fırtınayla silip süpürür telafi eder tüm günahlarınızı, yalanlarınızı, tüm sıkıntılarınızın, sevgililerinizin nafile olduğunu öğretir, gerekirse, derelerin kafasına indirir kayalarını, "kes artık ulan şu şırıltı sesini, zırlama", uçarcasına geçen bir galaksi taşına, sabaha doğru ovada ölmüş ihtiyar için minareden yükselen sela sesine bir taşını dökmeden, yine de tarihin en muhteşem sancakları gibi kaşlarını havaya dikerek, fırtınalarıyla patlayarak, boğulurcasına bulutları yararak geçer, amcıklaşmış ovalara, hayatlarımıza, donmuş, buzul tükürüklerini savurur!

Göçebe şaman ırkım meydan okuyamadı dağlara, ihanet etti, kız görünüşlü, nazlı, uslu akan derelere, yemyeşil vadilere tecavüz etmek kolayına geldi, uzun bacaklı selvileri, kavakları pek sevdi, dağların yalnız ürkek kekliklerinin cılız kemiklerini sıyırıp, çıtırdayarak yedi, kanlı, dehşetli bir korkuyla dağları siper olarak kullandı, siperde soluk ışıklar içinde gizlenenler, sofu hocaların kurbanı olur, dağ-bayır türbe, dağların başdöndürücü günbatımından kaçıp, şaman ırkım sandukalara tapınmış!

Her yanım şiddetli bir sarpkaya iltihabı gibi. Divriği göründü! Kovboy kasabası gibi rüzgarın önüne katacağı bir tutam ot yok, Lee Van Cleef bir yerden çıkacak. Ağızları kemikten kilit uyuşmuş ihtiyarlar, eski tahtadan kafes dükkanların gölgeli tentelerine sığınmışlar, Meksika köylüleri gibi, uyuyorlar mı, zamanın bomboş deliklerinde uyuz fareler gibi sıkışıp kalmış, açlıktan, kahırdan ölüyorlar mı? 12 Eylül öncesi otuz binin üstündeki nüfus 5-6 bine inmiş. Tüm dükkanların vitrinlerinde sıra sıra viskiler, cinse cins şaraplar, tuzsuz, renksiz bir çöl yavanlığı, dağların yüksek kayalıkları önünde çakıllaştırıp kum kum döken, insanoğlunun en büyük tanrısı güneş tüm zamanların zalim imparatoru. Su, su diye dük-

68

kanlara saldırıyoruz, zayıf, mecalsiz, bağırsak içinde oda gibi lokantalar, bir bayır üzerinde dört-beş dükkan, bir küçük paslı çöptenekesini yan çevirmişler bakkal olmuş, on yaşlarında civa gibi bir çocuk, dağdan mı, hapisten mi yeni çıkmış, Kadir İnanır gibi süslü ve siyah yelekli, ütülü ve mercimek çorbasının ta içine kımıldamadan bakan yemyeşil gözlü köylü delikanlısına "ağbi başka isteğin var mı?" diye soruyor, gümüş künyeli, uçuk sarı gömlekli, ince ince düzgünce taranmış ve kremlenmiş kavruk siyah yüzüyle köylü delikanlısı, kaset kapağına fotoğraf çektiriyor gibi bir pozla, "bir döner, sade...!"

Türk tarihinin en sade eseri Divriği Ulu Camii! Tüm sanat tarihçilerinin Anadolu'nun en eşsiz, ulaşılmaz dediği Ulu Camii! Osmanlı, Selimiye'nin, Süleymaniye'nin gökleri örten kubbeleri, bulutları delen minareleriyle yücelerle yarışa çıkmış, boşuna, Selçuklu'yu geçemedi. Kavurucu güneş, beynimizi lapalaştırıyor, Ulu Camii'nin bin yıllık taş serinliğini bırakamıyoruz, hangi mimardır, bin yıllık bu serinliği ayakta tutup taşlara gömen! Kaleye bakan o muhteşem kapısındaki çift başlı Selçuklu kartalına son defa dokunurken anladım ki, ben de, Osmanlı'ya, Cumhuriyete, şaman ırkımın tüm uygarlık tarihine meydan okuyan bu gotik öfkenin içinde doğdum, buralarda! Tavşan, tilki kurnazlığıyla siyaset yapanlar, Osmanlı'nın 700. yıl şenliklerinde gelsinler, Ulu Camii'nin avlusunda, bu zarif estetik heybeti niçin bir santim aşamadıklarını düşünsünler! Bugün, Anadolu dediğimiz bin yıllık kültür, tek bir yapıdır, işte Divriği Ulu Camii! Ben de sana kurban olmak için geldim, sendeki hayatı istiyorum, nihayet çalacağım bir kapı çıktı önüme! Ne olur beni de al, şu kayadan, mermerden süslü, geçmeli süslemelerinin içine! Yoksa, bıraktığım şehirde, piç kurusu sevgilileri piç kurusu medya, piç kurusu holdingler kertenkele kuyruğu gibi oynatıyor bizi!...

Zaten camii içinde sağcı imam yardımcısı da bizi kovdu,

çakallara emanet edilmiş tarihimizin en büyük eseri! Bu adamı çöp yakma istasyonunda öldürmeliyim, ya da, bize küfreden dudaklarını kazma darbeleriyle parçalayıp kıyma yaptıktan sonra, son kazma darbesini burnunun tam ortasına geçirmeliyim, yarasalar gibi camii içinde duvardan duvara çarpan bağnazlıklarını artık kaldıramıyorum, şeytanlar ve kruvaze takım giyip siyah mersedeslerle bu topraklarda oy toplayan bu makas suratlı tilki milliyetçileri, kazmayı, mersedesin arka camından ense köküne vurarak kurtulmak istiyorum, kendi toprağımızdan bizi kovuyor. Camii içinde çürümüş sanduka parçalarını mafyatik hesaplarıyla parça parça eden bu çakallar atalarımızın soylu imanına ve estetiğine işkence ede ede öldürmeden, bunu yapmalıyım. Saçlarımı sıkıntıyla geriye atıyorum, çakal sağcıların hiçbir sürprizi yok, Türkiye'nin dağında bayırında aynı cehalet aynı kertenkele gözler! İşte bu surat, Selçuklu ve Osmanlı'yı ve şimdi de Cumhuriyet'i yıkıp parçalayan, bozuk çürümüş, lağım suyuyla doldurulmuş beyinler!

Divriği'den Arapgir'e, ordan Kemaliye'ye geçeceğiz, haritada bir kestirme yol, dükkânlara soruyoruz, bu araba gider mi bu yoldan, gider ağbi, diyorlar, gider ağbi diyen o adamı bulsam, kesintisiz bir ay hızarla keserim, hayatımızın en tehlikeli ölüm-kalım yoluna girdiğimizin, dağlar, yollar, haritalar hakkında hiçbir şey bilmediğimizi henüz bilmiyoruz, dağın eteğinde yol tam ortadan ikiye ayrılıyor, kara kara düşünüyoruz, hangisi yol, tekerlek izi fazla olan diyoruz. İzler ikisinde de aynı yoğunlukta, tabelasız ikiye tam ortadan ayrılan yol sayısı yol uzadıkça, ona, onbeşe çıkıyor, nereye gittiğimizi karıştırıyoruz, karayolları değil katıryolları, birbirini takip eden sıradağların birinden inip diğerine tırmanıyoruz, yolun tam ortası yağmur sularının sürüklediği iri kaya parçalarıyla dolu, patates kabuğu gibi biçimsiz soyulmuş dağların en tepelerine çıkıyor, her on metrede arabayı durdurup yolu temizliyoruz, binbir ince ayarla, cambazlıkla geçiyoruz, yürüsek daha hızlı giderdik, benzin tahminimizden önce bitiyor, hava tahminimizden çok önce kararıyor, geriye dönüş ihtimalimiz kalmıyor, yetmiş-seksen kilometre tek bir tabela, insan göremiyoruz, nihayet hoplaya-zıplaya bir köy minibüsü görüyoruz, sevinçten minibüsü yalayacağız, dağlar-taşlar korkudan zonkluyor, şoför, pejo arabamıza ve arabadaki minik Memet'e baktı, "ağbi siz delisiniz, ne işiniz var", "nasıl gideriz" dedik, "gidemezsiniz" ve masal tarifler başladı, "böle gidicen köyün içinden geçecen, direk karşıya geçecen.. Otuz kilometre yine kimse yok, ata binmiş yaşlı bir ihtiyar kesti önümüzü, "oğlum siz delisez!", "nasıl gidicez dede!", dede kırbacıyla bir de bizim aptallığımızı kırbaçlıyor, "gidemezsiniz, siz delirmişseniz"... Masal tarif yine başladı, böyle gidecen, önüne bir değirmen çıkacak. Vurduk yola, yolu kapatan kayalar asılmıyor, virajlar dönülmüyor, uçurumların çizgisi tam tekerleği doldurmuyor, zaten bu yolda bir sürü PKK ve özel tim hikâyesi dinlemiştik, dağın başında onaltı yaşında bir çocuk, Beyoğlu'nda gezer gibi, önümüze çıktı, biraz hınzırca gülüp, biraz da bizi süzüp, yol gösterdi, tahminim bize acıdılar, ya da şimdi sırası değil deyip, bıraktılar, tarih, zaman dışı bir manzara, değirmeni bir bulsam kurban keseceğim sağ kolumu, değirmenini bulduk kimseler yok, bir küçük çocuk, değirmenin çatı arasında tahtalarla oynuyor, indi geldi, "dümdüz gidicen, karşına dağ çıkacan, tepede evler görecen...", kimseye teşekkür edecek halimiz yok, bir tabela, bir asfalt parçası görsem, kanımı asfalta dökeceğim, ne güneş, ne ova, dünyanın en büyük nimeti yol, yedi başlı canavar, dağları bekleyen bir bulut vardı o da çekip gitti, içimizdeki küçük korkuların kof kabuklarını uçurumlardan aşağı atıyoruz, camlarımız açık, arabadan büyük iki kangal köpek saldırdı, köpeklerin azı dişleri camlara çarpıyor, köpeklerin korkusu uçurumları yendi, önce haşlama, kızarma, sonra kavurmaya, sonra da her birimizin

71

suratı vahşi bir akbabaya dönüştü, yüzyirmi kilometrelik yolu altı saattir gidiyoruz, in-cin yok, nihayet bir dağın tepesinde, iki Kürt delikanlısı bir mezrada karşıladı bizi, "nasıl gideceğiz", dedik, şu dağı dönün, yol asfalta dönecek dedi, sevinçten maymuna döndüm, Tuncay'a, şunlara hediye birşey verelim, torpido gözünden camel sigaralarını çıkardım, Tuncay, "utanırım veremem" dedi, ben, arabanın üstünden, kafesindeki maymuna atar gibi bir paket sigara attım, yaptığım hareketten utandım, bir günlük sıkıntı insanlık ayarımızı bozdu, vahşileşmiştik, oysa şehirden dün gelmiştik, onlar, hep burda, hergün başlarına bombalar düşüyor, buna rağmen, nazik, saygılı ve "masalsı" insanlıklarını gizlemiyorlar... Asfaltı gördük, biz birazdan tüyeceğiz... Ama bu insanların uçsuz bucaksız dağ başlarındaki bin yıllık yalnızlığı, bu dağlarda söylenen türküleri içime gömdü... Yavri yavri gelen giden mi var, seni kimden sorayım!...

Ne gelen var, ne giden, kimi kimden soracağız? Asfalta vurduğumuzda bir yaşlı adam çıktı önümüze, yine masaldaki gibi şaşkınlıkla bir bize bir geldiğimiz yola baktı: "Siz deliseniz?" dedi, artık şiveyi öğrenmiş, tüm korkularımızı uçurumlardan fırlatmıştık, "biz deliyek dayı" deyip, asfaltın neşesiyle, ruhumuzda kopmakta olan parçaları, dağbaşında öğrendiğimiz türkülerin uzun havasıyla toparlamaya başladık...

Döndüğümüz gün deprem oldu, enkaz altında ve şehrin göbeğindeki insanlara oniki saat kimse ulaşamıyor, geldiğimiz dağ başlarından beter! Herbir siyasinin arkasında otuz tane koruma var, koca şehirde otuz tane kurtarma uzmanı, sivil savunmacı yok. Amerikan sapığı gibi bu adamların götüne fare sokmadan, bu vahşi-manyak sağcılara, bu ülkenin dağında-taşında-şehrindeki amansız çaresizliği anlatmanın imkanı yok... (Önümüzdeki haftalarda cennet köşemiz Kemaliye)

Eğin Kemaliye

Erzincan'ın en uzak kasabası Kemaliye'nin nüfusu yüzyılın başında otuzbeşbinin üstünde iken, bugün ikibin civarında. Güzel kasaba yarışması yapılsa, Türkiye'de değil, canlı bir resim gibi, dünyada ilk beşin içinde yer alır. İnsana bağışladığı sağlık, neşe ve coşku, insanda çok derinden bir duygu patlamasına yol açıyor! Yüzlerce kilometre uçurumlar, derin yarıklar ve Fırat'la süslenmiş doğa. Manzara, seyri öyle abartıyor ki, insana ölünceye kadar bu topraklarda yalnız yaşama hissi veriyor.

Eğin adının Türk kökenli "cennet gibi güzel bahçe" anlamına geldiği eski Türk metinlerine dayanılarak söyleniyorsa da, akarsu anlamında kullanılan Ermenice "Akn-Ağn" kelimesinden türediği de ileri sürülüyor.

Zaten halk tüm köy isimlerini eski Ermenice adıyla kullanıyor. Milli mücadele yıllarında, Eğin kelimesini "hiçbir milli mefhumu ifade etmediği" gerekçesiyle o yılardan meclisle yoğun haberleşme içinde olan ilçe ileri gelenleri Mustafa Kemal'e hayranlıklarından, Kemaliye olarak değiştirir. Resmi evraklar, trafik levhalarında Kemaliye diye geçse de, kasabada tek kişi surçi lisan Kemaliye demiyor, Mustafa Kemal'i sevmediklerinden asla değil, çok daha köklü, eski zamanlara sırtlarını dayamak hoşlarına gidiyor.

Anadolu'nun bu en yorgun kasabası Eğin, vücuda ve ruha dinginlik veren muhteşem bir sağlık haritasında heyecen verici bir havayı soluyor. Zengin, tehlikeli uçurumlar. Taş tepelere kondurulmuş kartal pençesi evler. İnsanın hayal gücünü kırbaçlayan çürümüş, meyvemsi köyler! Asırlardır yolu-izi olmayışı, türkülerini zehir zemberek, gurbet, ayrılık, dert anası yapmış ve kan kaybından, böğürerek ağlamaktan artık bir mağara sessizliğine dönüşmüş, Kasaba, efsanedeki Ergenekon'a benziyor. Destana göre, dört tarafı yüksek, yalçın dağların içinde kapalı bir vadide sıkışıp kalmış Türkler dağları, demirle yakarak, delerek, büyük tünellerle dışarı çıkarlar. Katırların, geyiklerin asırlardır yol bulamadığı bu tepeler, at üstünde keçi kılından bir kilime sarılıp tipili havada kaybolmuş sevgililerin hikâyeleriyle dolu. Şimdi bu tünelleri Erzincan valisi Recep Yazıcıoğlu açtı, şehrin çıkışında tünellerin üstüne de valinin adını yazdılar.

Arapgir'den zikzaklı ve uçurumlarla dolu yoldan birbuçuk saatte geliyorsunuz. Gece karanlığında girdiğimiz kasabada bir cüce karşıladı bizi, masalvari bir korku yaşadık. Tek bir deli göremedik, kimbilir Anadolu'nun delisi olmayan tek kasabası. Yollar gündüz vakti bile her biri ayrı belgesel tilki, tavşan dolu, nerde yeşillik, kıtır kıtır erik dalları varsa, üstünde oynaşan sincapları görebilirsiniz.

Kasaba sırtını ünlü Sarıçiçek yaylalarına veriyor, karşıda da yine ünlü Munzur dağları uzayıp gidiyor, bu yaylaları görmeden öpüp, koklayıp, sevişeceğiniz her sevgili eksiktir! Yılda yetmişbin ton tulum peyniri üretilen yaylalar, PKK savaşından beri bomboş, aşiretler, köylüler kullanamıyor. Her dağ başında bir arıcı çadırı, bir işleri de Eğin'de çok büyük şöhreti olan caşır mantarı toplamak.

Eğin denilince akla, sırtını verdiği dağların her oyuğundan fışkıran sular gelir! Her kayanın suyu ayrı tadda ve her suyun bir yöresel adı var. Sular, kayaların içinden büyük bir cümbüş, zerafet ve doğanın zaferi eşliğinde çağlıyor, şelaleler asırlardır durmaksızın mutlulukla zamandan, beş vakitten hızlı akıyor!

Kasabanın ortasından geçen Fırat'ın saf, çocuksu durgun akışına bir an inanıyor, siz de ruhunuzu kayalarda döğüp, köpüren çığlıklarla akıntıda kaybolmak istiyorsunuz. Kilometrelerce derin vadi, yarıklar içinde hiç bağırmadan, öksürmeden dökülüp, gelip giden Fırat, sana kaç bin köy feda ettik, kaç yüzbin sevgili kurban verdik. Dağlara değil, ruhlarımıza sarılıyor, Fırat'ı seyretmek, sularda uzanmış, yılanvari türbe gibi. Eğinliler Fırat diyor, Fırat'ın kolu Karasu. Dağları delip geçen Fırat mı, yoksa dağlar mı acılarını dindirmek için, Fırat'ın sudan dişlerine göğüslerini dişletip, parçalatıyor, işte bu yüzden bin yıldır bu türkülerde kan akıyor!

Tabiatın güzelliği, kalbinizin acılarını, sonsuz bir güzellik içinde alıp, şelalelerin gümbürtüsüyle piri pak edip, Tanrıya yemin etmiş muazzam tepelerden aşağı bırakıp, afyon gibi uyuşturuyor zihninizi. Dangıl-dungul bir yolcu bile bu manzara karşısında bir bakışta filozof kesilir, bu gözle bakınca, kayaların böğründen su değil, Ermeniler gittikten sonra artık yapılmayan, tarihe kalmış "dut rakısı" fışkırıyor!

Eğin'i tüm Anadolu'dan ayıran özellik, tarlanın ve tarımın hiç olmayışı. Eğin, dağların kaburga kemiklerinde bir kasaba. İçinden kaynayan sular tek kahramanı. Bu sular Eğin'i, Anadolu'nun en taze, ballı yemişlerinin yetiştiği cennet bir kasabası haline getiriyor. Binin üstünde bahçe, her bahçenin içinde dünya güzeli gölgelikler içinde eski ahşap evler. Biçimli tahtalar, süslü sofalar, nemli toprak avlular... Bahçelerde acı kabukları şimdi kuruyarak soyulan cevizler. Tüm kasabaya yayılan kurumuş dutların kokusu. Eti dolgun patlayacak gibi uyukulu gözleriyle eriklerin her rengi. Avuç içinde usulca döndürülüp okşanarak sarı tüylerinden kurtulmayı bekleyen ayvalar. Terden sırılsıklam ekşi kara üzümler. Öpücüğüyle dudaklarımı buruşturmayı bekleyen hurmalar! Hitit gerdanlıkları gibi dallarına ince ince işlenmiş kuşburnu! Binbir şükür ve bolluk! Binbir, ısırılmış kadın teni morluklarıyla çürümüş meyvelerin kokusu! Tanrının lezzetiyle uçuşuyorlar. Sonra düşüverince nemli bahçenin üstüne burun üstü, orada otlarla gece boyu ne konuşuyorlar! Toprağın üstünden, ballı çürümüş, küçücük meyveleri eğilip alamadım. Çimenlerin üstüne, geceboyu akıttı balını, küçük böceklerin, dudakları kuru otların üstüne. Bozmak istemedim bu derin muhâbbeti. Yine de eğildim, tüyleri yapış yapış ciğer gibi çürümüş bir ayvanın yanına. Telefon numaramı bırakıverdim, belki arayıverir sıkıntılı gecelerimin birinde! Hemen gözüme, kırmızının en ince moruyla süslenmiş nar çiçeğini gördüm. Oracıkta aldatıverdim ayvayı, delice koşuverdim, narların kan ve alev yarıklı çatlamış boyunlarına, Tanrım, dudaklarım kan çanağına dönünceye dek ısırsam mı? Sert yapraklı gölgeli ağaçlar, kasabanın külhanbeyi gibi, "hop, dokunma mahallemizin kızına!". Ben de bu ülkenin çocuğuyum, diyemedim, korktum, dokunamadım. Nar çiçeğime uzanamamanın acısını zehirli bir çıngırak gibi gözlerime takdım, artık nereye gitsem, oracıkta bırakıverdiğim büyük, kanlı aşkım narçiçeklerini görüyorum, başına bin defa dünyadan ağır felaketleri yağsa da, o benim Anadolum. Kirazlarını küpe diye kulaklarına takıp bahçelerinde koşuşturan tek bir neşeli çocuk görmedim.

Eski bir köy konağının penceresinden Tuncay, ben, Ramize, işte bu bahçelere bakıp, "bu ülke bu güzel kasabayı daha önce bize neden anlatmadı, öğretmedi" diye hayıflanıyorduk. Ramize, balkan göçmeni, sarışın, bu ülkenin en çok satan dergilerinde yirmi yıldır çiziyor, en çok ürün veren kadın çizer. Birden önümüzden kafile halinde Erdal İnönü geçti. Japon bilim adamlarını gezdiriyor, dar kasaba sokaklarında. Japonlar bizi yarıbellerine değin eğilerek selamladı. Sevinç İnönü, Ramize'yi görünce, objektifine sarıldı: "Aaa bu köyün kızları ne güzel sarı sarı oluyor" diye deklanşöre bastı.

Eğinli'nin meyve toplayacak hali yok, bahçeler çürüyüp yere düşüyor, dar kasaba yollarını ağaçlardan düşüp, çürümüş kara eriklerin izleri süslüyor, hayret, tek bir sinek bile üşüşmüyor, sinek yok ama uzun bacaklı ilginç böcekler çok, o kadar su var tek bir kurbağa yok, sokaklarda insanlar başı yerde yürüyor, iç içe girmiş evlerin bahçelerinde Allah sonsuz bir mutlulukla veriyor işte, kadınlar avluda çorap örüyor. Tuncay'ın büyük halası seksen yaşında, daha biz soluklanmadan Keloğlan gibi Tıngıl'ın hikâyelerini anlatmaya koyuldu, süpürge çalısı kadar incelmiş dişlerinin arasından Türkçenin meyve bahçelerinden de güzel aldığı şekiller ve yüz ifadeleri arasında çılgına döndüm. Kelimeleri cam, fincan yüklü kervan gibi sıraya koyup ince uzun geçitlerden geçirip, ağaç yapraklarındaki çiğ tanelerinden cadı küreleri yapıp, sessiz kapıların aralıklarından, arkeologlar gibi antik kemik parçalarını bir düzene sokup, yoksul ama gururlu, biraz da gününü gün eden, vurdum duymaz Tıngıl'ın hikâyesini anlatıverdi. Her evin önünde Hint fakirleri gibi uzanmış çuvallar üstünde dut kurutuluyor, yalnız dut ve duttan yapılan pekmez, her evin imal etmek zorunda olduğu bir ürün, geçim kaynağı. Tanımadıkları insanları, kibarlık ve zerafetle ve eve davet için yarışıyorlar, yemişlerini övüyorlar. Meyvelerini istediğiniz kadar avuçlayın, ne kadar avuçlarsanız o kadar mutlu oluyorlar, kasabanın neresinde kıymetli bir paket bıraksanız, kimse dönüp merak etmiyor, zaten hiçbir vaka olmadığı için cezaevini yıllar önce kilitlemişler! Sular fısıldayarak, şırıldayarak gecenin nöbetini tutuyor.

Suların sesi sanki, yalçın kayalarda sürüklenen tiz ve acılı sesleri örtüyor, Eğinli yorulmuş, "ey yalçın kayalar sizin istediğiniz gibi olsun" deyip, Tanrı'nın verdiğine şükrederek, susmuş. Yetmediği için, tarih boyu gurbetçi olmuş, kitaplar, İstanbul'un hamalları, bakkalları, manavları Eğinli'dir, diye yazıyor.

Yamacına kurulduğu sivri tepenin tam tepe noktasında büyük oyuktan şelale, zincirlerin boşalma şakırtısıyla kasabanın kafasına dökülüyor. İnsanlara uzanan Tanrı'nın bu çırılçıplak sudan elleri, dar kasabanın kaderini değiştirmenin üzüntüsüyle, şarıl-şarıl iken, hevesi kırılıp, küçük kanallara sıkışıp, solucansı lülelerle birkaç bakımsız bahçe geçtikten sonra, fısıltısı dahi duyulmadan Fırat'a atlıyor. Seyrediyoruz! Uçan sular havada yırtıcı kuşlar gibi şekiller çiziyor, köpükten kuşlar çatırdayarak sert kayaların üstüne düşüyor! Seyrediyoruz, delice fışkıran su, dağlarından eksik olmayan keklik sürüleri gibi mahzunlaşıp, külden ince su zerrecikleri kasabanın gözlerini buğulandırıp, çürümüş meyve ağaçlarının yanıbaşından minik köpük şovlarıyla küsüp, kaçıveriyor!

1987 yılında kasabanın tam ortasında, onlarca tarihi dükkan ve kasabaya güzelliğini veren tarihi çarşı bir yangınla kül oluyor. İnsan, Fırat on adım aşağıda, her evin içinde kaynak suları, bu kadar suyun içinde bu kadar büyük bir yangın nasıl çıkıyor, diye soruyor!

Kalın, uzun iğneli değil, toplu iğne yapraklı, şemsiyemsi çam ağaçları ki, çocukluğumun Trabzon'undan tanırım onları, bolluğu, burada da bir zamanlar yaşamış Ermeni kültürünü ele veriyor ki, yerküremizde kar, en güzel onun üstünde durur, ki, yerküremizde yağmur taneleri en güzel onun iğne yapraklarından süzülür! Çam ağaçları eski itibarını kaybetmiş, ancak, köşe-bucak gezdikçe, köylerde, yapılarda, Ermeni kültürünün ve tarihinin en fıyakalı kasabasının Eğin olduğunu öğreniyoruz, biz ordayken, kasaba girişinde eski bir kiliseyi, büfe ve çay bahçesi yapmışlar, kasabanın tek "aile bahçesi" olmaya aday! Kaymakamlığın bastığı "Kemaliye" kitabında yüzyıllar boyunca esnafın kimliği üzerine araştırmalar var, esnaf, büyük ustalar çoğunlukla Ermeni, Parlak, ütopik geçmişde, Anadolu insanının hayalini, taşa, gümüşe, tencereye, tahtaya en güzel onlar işledi, sonra aramıza soğukluk girdi, bir onlar mı, 1967 yılında, bir kız kaçırma olayından dolayı alevilerle de soğukluk girip, aleviler kasabadan çıkarılıyor! Ama, sanki·Ermeni ustalar, tepelerin üstünden eksik olmayan bulutlar içinde bir beyaz yelkenli içinde hala Eğin'i seyrediyorlar! Bir Eğin atasözü, çuvaldızını acıyla biraz da bize batırıyor: "Gitti beyler, paşalar, kellere kaldı köşeler!"

Sevimsiz siyasi manevraları, nahoş kokulu politikalarıyla tanıdığımız Doğu Perinçek'in, köyünü görüyoruz, bu kadar mı güzel olur, hırçın, inatçı bu solcu liderin yüzünde hep bitmeyen bir ışık, hep alevli gözler görmüş, sormuşumdur, diş ağrısından beter, bir çuval inciri berbat eden politikalarına rağmen yüzünün sırrı neden dökülmüyor? Doğduğu köyü görünce, bu bulaşık savaşçıyı çok sevdim! Kimbilir, çocukluğunu yaşadığı o köyün ağaçlarındaki masalı bulamamanın isyanıdır! Bu kadar güzel bir köyde büyüyen çocuk, bu şehri kusmadan bu şehri parçalamadan durabilir mi?

1975-1985 yılları arasında İslami camiada ses getiren Abdulkadir Duru ve Kemaliye'de kurup, kendi çıkarttığı "Özden" gazetesi, Duru'nun ölmesine rağmen hala çıkıyor. Duru, "Özdenören" adını verdiği fikir sistemiyle, büyük teknolojik yapılara karşı, "kendi imkanlarımızla" kalkınmanın islami formülünü anlattı, durdu. 12 Eylül'de kasaba kendisine sahip çıkmadığı için kasabasına küstü, şimdi arkasında bıraktığı tesis, çok çirkin bir terminal lokantası! İlginç kişiliği kasabaya uzun yıllar renk verdi!

Abdulkadir beyefendi haklıydı. Bugün Eğin, dramatik bir yoksulluk yaşarken, son çare olarak insanlar, eşsiz tabiatın güzelliğiyle övünüyorlar. Keşke ürettikleriyle övünebilselerdi. Tanrı'nın ve doğanın güzelliğine hepimiz hayranız, biraz da birbirimize hayran olabilseydik.

Ölgün ışıklar, hasta gibi hareketsiz evler, gerilimle kapalı perdeler arasında yaşanan kasabanın iç sokağında, bir akşam vakti, erkekli-kadınlı, kızlı bir kına gecesine rastladım. Erkeklerin hayranlık uyandıracak bir yavaşlıkla nerdeyse bir saat süren halayı, hüzünden ağlattı beni. Ben halayın böyle derin narkotik gücü olduğunu ve düpedüz duygusal bir krize girebileceğimi hiç bilemezdim. Hemen kitapları karıştırdım, seyrettiğim, ünlü "kına hala"yıymış. İnsan yüzünde ve vücudunda acı bir su gibi melodilerin sarhoşluk veren bir üslupla yanarak eridiğine ilk defa şahit oluyordum. Allak-bullak olmama sebep, ruhsal bir dinginlik ve kutsal bir ağırlık içinde oynanan halayın arkasında, gözle görünmeyen törensel bir trajedinin yatıyor olması...

Şöyle, neredeyse hiç kımıldamıyorlarmış gibi yavaş bir akıcılıkla halaybaşı sırtını arkada bir yere yaslıyor ve orda öyle kalıyor, halay boyunca sırtının o şekilde durmasına "denge" olarak imkan yok, ama yapıyor. Sonra yumuşak darbelerle, ayaklarını önde bir yere dokundurup, korkuyla geri çekiyor. Bu ritm, öyle etkili, büyülü ki, hadi gel de patlayarak yanaklarına dökülen gözyaşlarına hakim ol. Olamazsın, çünkü... Kına götürmüyor halaybaşı, sanki, yüksek bir uçurumun dar keçi yolunda, sırtını dağa yapıştırmış, ayaklarından biri boşlukta usulca basacak taş arıyor, geçitin darlığı yüzünden korkulu bir yavaşlık. Ve doğaya meydan okuyarak, yine de titrek ritmlerle dansederek geçiyorlar, hayatın bu kanlı geçitini...

Orada, benim mutsuz kardeşlerim, Nilgün Marmara, Tezer Özlü, Sylvia Plath'ı andım. Bu kanlı geçiti, birbirimizin omuzlarına tutunarak, evet, bir ayağımız boşlukta, evet, sırtımız uçurumun terden yamacına yapışmış, evet, ama, usulca, yine de dansederek geçebilir miydik. Oyunun hiç şakası yok, halayda bir acemilik yapıp, iç coşkusunun ritmine kendini kaptıranlar, uçurumdan düşüp, gidiyor! Bin yıllık kültürümüz, orada benim uçarı kanatlarım, şımarık kuşlara benzeyen kelimelerimle dalga geçip, ancak "kutsal bir ağırbaşlılıkla" geçebilirsiniz, diye nasihat etti!

Anadolu erkeğinin ağırlığı altında işte bu Tanrısal oyuncu, bu mutlu sır yatıyor!.. Sevgili Anadolu! Düşlerimizin meyvesi, ahlağımızın duygu dolu muhteşem emenati! Acılı, zehir zemberek suyun içinde titreyen alev gibi bükülen erkek bedenleriyle oynanan kına halayları! Öyle çıplak, öyle mineral bir zehirden ki, ne zaman neşeye, hazza koşsak, ayaklarımız dolanıyor, buz parçası gibi kırılıyor kemiklerimiz, kimbilir belki de bu yüzden, çıkıp o kasabadan bu şehri hala inşa edemiyoruz!

Silah icad olunmadan Eğin'in yayları, yaycıları meşhur. Hatta, kemancıları öyle meşhur ki, yöreye "kemancılar diyarı" adı veriliyor. Eğin'in tüm evleri, sanatsal, tarihi özellikler taşıyor. Hepsinin ortak telaşı, ağaçların içinden başlarını kaldırıp Fırat'ı görebilme heyecanı. İkinci özellikleri, tüm evler yokuş, eğim üzerinde oturuyor olması. Geleneksel sofalı, avlulu evlerin dış yüzeyleri, biçimli ve sanki hep aynı ustanın elinden çıkmış süslü ahşapla kaplı. Son yıllarda hepsinin damı çinko. Yaz aylarında herkes memleketine dönüp, evini onarıyor, kasabada çekiç sesi, su sesi eksik olmuyor.

Eğin, yoksulluk fırtınasına kapılmış, dut pekmezinden başka ürünü kalmamış. Anadolu'nun doğusunda kaybolmuş, kırık-dökük ama mutlu bir yelkenli. Üretim, ekonomi yüzyıl önce çok canlıyken, bugün sıfır. Eğin'in coğrafyasından da güzeli, türküleri. Büyük şairleri "beni Eğin türküleriyle gömün" diye vasiyet ediyor. Tarih boyu Elazığ, Malatya, Harput kültürleriyle kardeş yaşamış. Türküleri öyle meşhur ki, coğrafyayı soyutlayıp Eğin'lileri kuzey kutbuna yerleştirin, Eğinliler bu türkülerle orayı da Eğin kadar güzel yapabilirler!

Belki de Anadolu'da, belki de dünyada, nerdeyse tüm türkülerini kadınlar yazmış tek vatan Eğin! Türkülerde kadınlar zangır zangır ağlıyor, saç baş yolup ağıt söylüyor. Hepsinde şu mısralar mutlaka var: "Gitme ağam", "dön ağam", "nerden kaldın ağam", "beni mektupla avutma ağam", "beni unuttun mu ağam", "gelen giden mi var, seni kimlere soram". Ve yüzyıllardır eğinli kadınlar, mektuplarını, uçsuz bucaksız tepelerden götürecek kimseleri olmadığı için, gidip mektuplarını Fırat'a atarlar!

Kasabalarımız Anadolu'nun kan çıbanları gibi. Neden yorulmak bilmeyen sabırlı kollarıyla insanımız, vahşi tutkularını, hayali arzularını kasabasının dışında aradı! Kanayan yaralarımıza merhemi yüzyıllardır kasabamızın dışında arıyoruz. Ve belki bir bayram günü, geri dönüp.. Kasabalarımızı yaşlı büyük ninelerimiz gibi sevdik.

Bugün şehirlerimizde kırkbinin üstünde hemşehri derneği olduğu söyleniyor. Türkiye'nin siyasetini, yönetimini, meclisini, bu hemşehri derneklerinin harala gürele politikaları yönetiyor. Kafasını muhafazakar hastalıklarına vurarak çıldırmış çığlıklar atıyor ülkem. Hepimiz, şehrin yarım-yamalak oluşmamış, basık, çirkin, dangıl dungul insan ilişkilerini, sosyaliteyi beceremiyoruz. Çünkü, aydınlarımız, ihtiyar kasabalarımızın iç sıkıntılarını anlayacak yetenekte, kültürde olamadılar. Sadece, oradan gelip, amele, kapıcı, bakkal, hamal olan insanlarımızın çirkin giysilerini ve şehirde verdikleri amansız ekmek kavgasının rezalet görüntüsünden utandılar ve dalgalarını geçtiler! Bu insanlarımızı anlatan romancılarımızı da "tarihdışı" kabul edip, edebiyattan kovdular!

Türkiye Fareleri

Bir şiir yazarı: Darendeli Ahmet Ertem, iki küçük sahife, fiyatı 3 kuruş, on dörtlükten oluşan kitabın ismi: Bit Büyük Düşmandır. İki beyitini vereyim: İnsandan insana yer değiştirir /Her girdiği yere dert eriştirir / Vapurda, tirende, handa, otelde / Durup dinlenmeden döl serpiştirir... Biti bağlayamaz zincirle urgan / İyi bakınmalı olmadan kurban / Bu küçük düşmandan korunmak için / Can yanmadan önce yakmalı yorgan...

Son dörtlük: "Ertem sen de dinle bu hak sözünü / Açık tut düşmana karşı gözünü / Tehlike küçükten başlar da büyür / Çürütür insanın bir bit özünü...

40'lı yıllarda askerde 'bit kırma molası' verilirdi, asker çömelir, elbise içindeki bitleri ayıklardı. Benim çocukluğumda dahi ilkokulda, öğretmen bit kırma molası verirdi, herkes nöbetleşe sıra arkadaşının saçları arasında bit kırardı, akşam eve geldiğimizde, bir fasıl da annemiz bizi kucağına alır, bit kırardı.

Asırlar boyu insanoğlunun diğer en büyük düşmanı ise sivrisinektir, bizim kırkpınar güreşçileri gibi Hazreti İsa'nın da İncil'de ikide bir yağlanmasının sebebi budur, çayırda soyunmak her yiğidin harcı değildir, yağlanmadan sokağa çıkmak mümkün değildir, çok şaşıracaksınız ve hiç düşünmediniz ama, yağmalanmanın en büyük sebebi "sivrisineklere" karşı korunmaktır.

Kadınların hamamböceklerinden korkmasının sebebi ise, tarih öncesine, insan öncesine dayanıyor, ağaçlarda yaşadığımız, uyuduğumuz günlerde, dişinin aybaşı akıntılarına kara küçük böceklerin gelip, girmesi...

1930'lu yıllarda "Türkiye" isminin inanılmaz bir büyüsü, havası vardı, çok hacimli şu kitapların güzelliğine bakın, biri: "Türkiye Buğdayları, diğeri: "Türkiye Toprakları"... Şimdi de elimde, zoolog Mithatali Tolunay ve ziyaretçi Şevket Tuncok'un 38'de yayınladığı "Türkiye Fareleri" kitabı (Yurdumuzda kemirici ve böcek yiyen hayvanlar).

İnsanoğlunun tarih sahnesine çıktığı günden bugüne tabiata karşı verdiği en büyük ölüm-kalım savaşı farelere karşıdır. Çok iyi koşabilen, sıçrayabilen, tırmanabilen, yüzebilen, küçük deliklerden geçebilen fareler, hayata sımsıkı sarılmış yaratıklardır, 1-3 ay gibi kısa sürede 6-21 yavru doğurur, katlanmayla bir yılda, sadece bir dişiden 500-2000 fare ürer. İnsanoğlunun gürültülü koşuşturmasında çıt çıkarmadan ekmek kutusunu dans pisti gibi kullanır, hünerli cambazlığıyla dolapları baloya çevirir, hiçbirşey bulamazsa, kibrit çöpünü dahi kemirip, sırf sıçramış olmak için sıçrayıp hela deliğinin derinliklerinde bin nazla gezinir!

Farelere ürkek, korkak yakıştırmasını biz yaparız, onlar, aşırı hassaslardır, koklama, işitme kudretleri inanılmazdır, küçük çocukların, uyumakta olan kocakarıların kulak diplerinde dillerini dolandırırlar, bizler haince ısırdı, deriz... Yeni giyilmiş iç çamaşırlarından fışkıran nemli sabun kokusuna hiçbir fare dayanamaz. 14., 15. asırda tüm Avrupa şehirleri veba yüzünden tümüyle kapatıldı, yarısı yok oldu, mesela Londra nüfusu yüzde yetmiş bütünüyle öldü. Çok daha yakınlarda 1890'da Çin'in 51 şehri vebadan kırıldı, 1907'de Hindistan'da 1.200.000 kişi kurban gitti. Ekmeğin içindeki mayanın kokusuyla dahi sarhoş olabilen kederli bir o kadar da becerikli hayvanlardır. Bizler, ev faresi, tarla faresi diye ikiye-üçe ayırırız, oysa onların da familyası vardır. Yabani dağ fareleri ormanlarda ve liman şehirlerinde müthiştir, mesela Adana faresiyle Antep faresi, vs. üst dudağının yarıklığıyla, keskin dişlerinin biçimi, sırt tüylerinin rengiyle çeşit çeşit ayrılırlar. 1727'de göçmen fareler Asya'da o kadar çoğaldı ki, Volga nehrini yüzerek geçtiler, gemilerle Hindistan'dan İngiltere'ye, Amerika'ya kadar çoğaldılar.

Fare sidiğinin besine, suya karışması, fare piresinin, kedi, köpek piresi gibi insan üzerine sıçraması bir zamanların en büyük korkusuydu, tüyleri arasında birkaç tümenlik ordu taşıyan bir yaratıktan kim korkmaz! Yalnız kuduz, veba değil, bilinen yüzlerce bulaşıcı hastalığı bulaştırır. Hadi biz korunduk, kümes hayvanlarına bulaştırırlar, onlardan da bize...

Fareyi öldürmeden mücadele edemezsiniz, karşılıklı konuşarak sorunu çözemezsiniz, fare, umutsuz bir kötüdür, elinden birşey gelmez, ne yapsa pis kokar! Bir tavuskuşu olmayı o da çok isterdi, kimbilir, ama o ne bir protestan, ne bir katolik, hiçbir müttefiki olmayan çok çirkin bir kötü.

Yakalanma anında birden ölü numarası yapabilir, oysa ne hazin bir savunmadır bu, bugüne kadar o ölü numarası yapar, ama insanoğlundan bir kişi dahi çıkıp pişmanlık içinde ağlamaz, geriye bir şansı kalır, iğne deliği gibi bir yerden lokomotif telaşıyla geçip, kaybolmak.

Eski aile fotoğraflarımıza bakarken, resimde olmayan bu fareleri hatırlayıp, bu karede birileri eksik duygusuna kapılır, kardeşlerimi bir daha sayar, boklu ıslak tüyleriyle onları hatırlarım.

Öyle hızla çoğalırlar ki, hadi evcilleştirin, hadi baş edin onlarla, yurdumuzun ilk "ecnebileridir" onlar, bugün Kıbrıs'ın insana kapalı Maraş bölgesinde farelere karşı yılanlar bırakılmamış olsaydı, tüm Kıbrıs'ı istila edebilirlerdi, şimdi adayı yılanlar istila etti. Tabiattaki siyaset ile ne kadar benzeşiyoruz, hırsızlar türeyince, çakal ve fareler, yani mafya çoğalıyor, mafya çoğaldıkça, yılanlar devreye giriyor... Tanrı insanların kalbini ne güzel okuyor, bu kadar sosyolojiye ne gerek vardı!

Özgürlüklerin tarihini, Aydınlanmayla, Fransız ihtilaliyle başlatmak ne kadar yanlış, ilk büyük ve gerçek özgürlüğün tarihi, tabiata karşı verilen kavgadır! Ama her iki özgürlüğü de, tabiattaki fareleri zehirleyerek, Fransız ihtilalinde de papazları, aristokratları asarak elde ettik.

Gecenin koyu karanlığında acaip bir fare hastalığı var, bir tören gibi. Bu hastalığın adı: Sıçanlar Kralı. Şöyle bir hastalık: 28 tane fare kuyruklarıyla birbirlerine bağlanıyorlar ve ölünceye kadar öyle kalıyorlar. Neden yirmi sekiz, neden kuyrukları birbirine dolanık, bilinmiyor!

Gündüzleri uyur, gecelerin boğucu sıcağından sabaha doğru faaliyete geçerler, et ve yağları diğer yiyeceklere üstün tutarlar, içerde konuşulanları dinlemek gibi bir huyları vardır, soğuk zamanlarda kucak kucağa yatarlar, aç kaldıklarında birbirlerini yerler. Fareler aslında herşeyi yerler, aklınıza gelmeyecek sertlikte eşyaları dahi kemirir, bir duvarın içine kapansalar dahi, kemirip çıkabilirler, yani İsa'nın öğütlerini okumadıkları halde, bu zor ve ağır hayatı bizden iyi kıvırırlar!

Gemilerde çuval çuval mal taşıyan tayfaların aniden enselerine atlayıp kestikleri hikâyeleri çoktur. Bir başka özellikleri, kazara bir bacağı kapana kısılacak olursa, kendi bacağını ısırarak koparır, kaçar! Korktukları için yapıyorlar bunu, birgün ısırıp yemek zorunda kalırız diye, besili bacakları olmalarını isterler, ama sanmıyorum, Gülay Aslıtürk gibi dişileri güzelim bacaklarına kıyabilsin!

1936 yılında tarla fareleri ülkemizi istila etti, bu büyük felaketten birkaç yıl önce 1933-34 yıllarında ülkemizde leylekler ile kartallar arasında büyük bir meydan savaşı yaşandı, özellikle Erzincan-Erzurum arasında halkımız ve kahraman Türk silahlı kuvvetleri araya tüfekleriyle girerek savaşı durdurmaya çalıştılar. Leylekler ve kartallar yılanları fazlasıyla tüketince, tarla fareleri bu aşırı yılansız hürriyet ortamından yararlanmış olabilirler.

Bir psikiyatristin korkak ve fazlasıyla tedirgin bir fareye söyleyebileceği ne vardır, tüm insanoğlu onlara düşman, bu hayvanlar buna rağmen yaşayabiliyorlar, o halde, psikiyatristlerin ölümün ve hayatın anahtarları ellerindeymiş gibi soğuk tahta gözleriyle panik içindeki insanlara teşhis koyma merakları, ne kadar acı ve zavallı bir insanlık durumu!

Psikiyatristler papazın süpürgesidir, günah çıkartanları dinlerler, hem küçücük odalarında ayaklarına dolanan fareleri defetmek için süpürgelerini yanlarından eksik etmezler!

Bir yumurtayı ancak üç fare taşıyabilir, biri kucağına alır ve sırt üstü döner, diğer ikisi, kucağında yumurta bulunan sırtüstü dönmüş fareyi başından ve kuyruğundan sürükleyerek götürür!

Bir fareyi ilk yakalama girişiminde işini bitirmeniz gerekir, çünkü farenin en hızlı öğrendiği şey "kaçmaktır", kaçmayı bir kere öğrenmiş fareyi yakalamanız zordur. Siz delikleri teftiş için bir gününüzü harcarken o yerin dibine girer, on beş yavru daha bırakır!

İnsanoğlunun tabiat ve hayvan severliği büyük bir yalandır! Tabiatı parklaştırmak, hayvanları da evcilleştirmek kurtuluş değildir, çünkü insan zekası tabiata karşı gelişmiştir! Yani zekamızı tabiata karşı korunmak için edindik! Ve tabiattan korkup kaçtık!

Yaşamak için öldürdük! Modem çağların en etkileyici kitaplarından biri Adam Smith'in Milletlerin Zenginliği kitabı iki-üç cümledir: Piyasaya müdahale etmeyin, tabiatta olduğu gibi kendiliğinden denge kurulacaktır, bırakınız geçsinler.

Adam Smith'in yanıldığı nokta, dünyamızı bir kızıl kıyamete çevirmiştir, çünkü tabiatta hiçbir zaman denge kurulamadı. Orada biz vardık ve hep öldürdük! Kendimize korunaklı şehirler yapıp, kale burçlarından tekrar oklarımızı tabiata çevirdik! Önce kral devletlerin şatafatlı sarayları vardı. Kapitalistler evlerini bu saraylar gibi yaptılar. Bir İngiliz lordunun yüz seyisi, yüzlerce hizmetçisi vardı. Kapitalizm, bu verimsiz lüksün getirdiği şatosundaki statüyü korumak için daha çok sömürmek zorunda kaldı. Burjuvazinin yükselişi, tüm anlatılarda böyledir!

Ve burjuvalar, fareler, bitler, sivrisineklerden daha hızlı üreyerek, 17., 18., 19., asırlarda Afrika, Hindistan, Çin, Amerika'nın tümünde yüz milyonlarca insan öldürdü, onlarca kavmi, ırkı yeryüzünden sildi.

Karatepeler'in sakinleri Apaçiler'le, Çinliler'in, onların gözünde hiç bir farkı yoktu, zorunlu askerliği getirerek, yoksul halk çocuklarını uçsuz, bucaksız topraklarda kırdılar. Milli devlet, milli bayrak gibi son iki yüz yılımızın en büyük ossuruğunu icat edip, Afrika yerlilerini öldürüp, kahramanlık, şerefi icat ettiler!

Adam Smith'in denge dediği şey, buydu, pragmatist Amerikan filozofları, John Stuart Mili gibilerce "sosyal emperyalizm" bir uygarlık hakkı ve kültürü gibi savunuldu, küçük balığı büyük balık yiyecekti...

Çünkü "iştah" en büyük değerdi, adını "kâr" koydular bu iştahın, bir insanın ne kadar "iştahı" varsa, o hırslı bir kapitalist demektir, işte dünyamıza cenneti bu insanlar getirecek.

Gerçekte Marsilya Lima'nın da ki farelerle Trabzon Limanı'ndaki farelerin soyu aynıydı, kapitalistler için Türk, Hintli, Zenci fark etmiyordu, bugün globalizm, ya da modernite denen şey tam da budur, bir malın, dil, din, ırk, coğrafya, fark etmeden dolaşımı.

Peki bizi bu uluslararası bulaşıcı farelere karşı kim koruyacak! Dün de bugün de ormanda büyüyen bir çocuğun yaşama şansı yoktur.

Anadolu Medeniyetler Müzesi'ne giderseniz, orada, tarih öncesinden insanların hayvanlardan farklılaştığı noktayı görürsünüz, çakmaktaşlarının uçlarını bıçak gibi düzleştirip, ilk taştan bıçağı, sopayı kullanan yaratık insan olmuştur. Aleti (tekniği) öğrendik tabiata karşı, alet (enstrüman) insanoğlunun özüdür, o olmadan yaşayamaz. Bugün de bir sürü aletimiz var, buzdolabı, televizyon, sinema... Tüm bunlar "konforumuz" için, konfor başka şey, savunma başka şey, savunma için silah, anayasa, hukuk, vb. inşa ettik.

İnsanoğlundan aleti alın, geriye savunmasız, zavallı bir yaratık kalır, kemirici dişleri, pençeleri de yok ki, tabiatta çıplak bedeniyle yaşayabilsin.

Vebalı fare sürüsü kapitalistlere karşı bizi koruyacak "alet" yoktur, insanoğlu modern çağımızda, ilk sopayı, aleti icat ettiği günden önceki kadar, acımasız tabiatın ortasında yapayalnızdır.

Bizi kim koruyacak, kendimize güvenimizi hangi savunma mekanizmasıyla inşa edeceğiz? Beni Cavit Çağlar'ın, medyanın karşısında, ya da karakolda kim koruyacaktır? Hiç kimse? Bu yüzden Amerika'da her bir yurttaşa bir psikiyatrisi düşüyor!

İnsanoğlu tarih sahnesine çıktığı günden bugüne en büyük, tek vazgeçilmez silahı, savunma aleti elinden alınmak üzeredir. Sopasını kaybetmiş insanoğlunu hiçbir savunma mekanizması ayakta tutamaz, çağımızın ürküntü veren devasa bunalımının kökü buradadır.

Aletsiz bir insana bir psikiyatristin verebileceği bir papaz süpürgesi dahi yoktur.

Yaptıkları tek şey, önümüze bacakları savaşta kopmuş bir

askerin resmini koymak, acı buna derler, bu kahraman senin için savaştı.

Ben aklımı yitirmiş deli miyim, şu kısacık ömrümü, burjuvalar saraydan kalelerinde rahat etsin diye, kardeşlerimi öldürerek mi geçireceğim...

Siz aklınızı yitirmiş deli misiniz, fare sürüsü kapitalistlerin otlağına "vatan" diyorsunuz... Çocukluğumda çok gördüm, bilirsiniz, çingene dilenciler bebek kaçırıp, gözünü oyup, bacaklarını kırıp, öyle dilendirirlerdi, halk acıyıp para versin diye...

İşte burjuva kapitalistler bizden kaçırmış, sakatlayıp, ucube yapmış, işte vatanınız, ona acıyın diyorlar! Nasıl oluyor bu, hem müslümanlar, hem de vebalı burjuvalar bu servetleri tam da dağlarda otuz bin kişi ölürken yaptılar. Her bir yoksul gencin kanından bir sonradan görme cahil üredi!

Milli devletlerin pırasa anlakı bu!

Şu sahneye bakın, devlet, Susurluk raporu hazırlayıp, Kanal D televizyonundan banka çetesinin ele başısı olarak eski Emlakbank Genel Müdürü Aydın Ay ay din'in ismini en başa yazıyor. Bu adam halen rekabet kurulu başkanı. Devlet kendisini çete ilan ediyor, ve medya, köşe yazarları, ve yine devlet sesini çıkarmıyor! Nedir bu?

Çünkü bu "çete" değil, bu: SUÇ SENDİKASI. Yukarda, orada, birbirlerinin kuyruğu birbirine dolanmış yirmi sekiz fare öylece duruyor! Birbirlerini hem yiyorlar, hem de orda öylece duruyorlar, sıçanlar kralı hastalığı bu.

Bizi bu sıçanlardan kim koruyacak!

Bizi modern çağda koruyacak aletlerden biri "örgüt", diğeri "eleştiridir", baklava çalan çocuklara bile örgütten 9 yıl ceza veriyorlar, hangi örgüt diyorsun, eleştiri mi, işte medyanın, dergilerin hali, hangisi, bağımsız eleştirisini siyasete, kültüre yöneltebiliyor, orada yirmi sekiz fare kuyrukları birbirlerinin köşe yazılana dolanmış öylece duruyorlar!

Örgüt ya da eleştiri bugün siyasal bir duruş için değil, artık tabiatta kalabilmek için insanoğlunun tek silahıdır.

Kafesler ve Deliler

Üçüncü Sultan Murad 1574'te tahta oturdu. Tarihçiler en pespaye, rezil padişah olarak Üçüncü Murad'ı gösterir. 100-130 çocuğu oldu, ölümünden sonra 19'u erkek, otuzu kız olmak üzere 49 çocuk kaldı, hatta, yedi cariyenin de gebe olduğu, ölümü üzerine denize atılarak cariyelerin boğdurulduğu söylenir.

Üçüncü Murad 19 yaşındayken, Türk korsanlarının yakaladığı ünlü Venedikli Safiye Sultanı (yabancılar "Baffo" der) 15 yaşında koynuna koyarlar. Küçücük pembe dudakları, uzun kirpikleri, doyumsuz gül yüzü, manalı gözleriyle Safiye Sultan Üçüncü Murad'ı büyüler, aşkın görünmez kanatlarında hicranlara sokuverir. Safiye Sultanla Osmanlı sarayında saltanat kadınlarının büyük ihtişamı başlayıverir. Saraydaki büyük çekişme Üçüncü Murad'ın ilk aşkı Nurbani Sultan ile Safiye Sultan arasındadır, bir iç savaştan daha tahripkardır bu çekişme. Yıllar geçip saraydaki rakipleri ve kocası ölünce, Osmanlı sarayının en dirayetli kadınlarından biri olarak tarihe geçer.

Safiye Sultan'ın oğlu Üçüncü Mehmed tahta geçtiğinde ilk işi 19 kardeşim saraydaki dilsizlere boğdurtmak olur, cel-

lat dilsizler, küçük bebekleri analarının memesinden, beşik-
lerinden çekip alırlar. Acı haykırışların vaveylesinden geriye
Üçüncü Mehmed'in dört oğlu kalır: Selim, Cihangir, Ahmed,
Mustafa. Üçüncü Mehmed'in de ölümünden sonra, Osmanlı
tahtına ilk defa sünnetsiz bir padişah oturur, bu, 1. Ah-
med'dir. Tarih 1603 Hür. (Celali isyanlarıyla uğraştı, bir de
güzel kütüphane yaptırdı.). Koynuna Mahifiruz'u koydularsa
da, onun gözü, bir papaz kızı, işve, cilvede emsalsiz Rum ır-
kından Mahpeyker Sultan'daydı, "başta, önde giden" anla-
mında adını Kösem Sultan koydu.

Kösem'in kocası 1. Ahmed ölünce, sarayda bir gelenek in
şa edildi, taht, oğula değil, padişahın büyük kardeşine tesli-
medildi, böylelikle 1. Ahmed'in kardeşi Deli Mustafa bir yıl-
lığına iktidara geçti, o sıralarda çok küçük olan Kösem'in oğ-
lu Dördüncü Murad'a da tahtın.yolu açılmış oldu!

Kösem'in kocası 1. Ahmed sarayda bir gelenek daha başla-
tır, şehzadeleri kafese kapatma. Yanlarına genç bir cariye bıra-
kılan şehzadeler kilitli kafes içinde çıldırarak gün sayarlar.

İşte Deli Mustafa, on dokuz şehzadenin ölüm haykırışları-
nı dinlemiş, çocuk yaşta kafese kapatılmış, boğdurtulacağı
anı beklerken delirmiştir. Tahta çıktığında hafızası, bilinci
yerinde değildi, ne ata binebiliyor, ne de cariyelerle ilgileni-
yordu. Dünya tarihinin en masalsı padişahıydı, altın saçma
hastalığı vardı. Her yerde, herkese altın saçıyordu. Hatta ka-
yıkta giderken, denizdeki balıklara dahi altın saçıyordu. (De-
li Mustafa sayesinde tarihimizde ilk defa, devlet hazinesini
şeyhülislamlara, zenginlere değil, halka dağıtan bir padişahla
tanışmış olduk.)

Bugünlerde Kösem Sultan çoktan siyaset sahnesindeydi.
Dünya siyaset tarihinin en zengin hanım sultanlarından biriy-
di, aynı zamanda Türk tarihinde eşine bir daha rastlanmayan
en kudretli kadın. Bir ayak divanı siyasetçisiydi. Saray dan de-
falarca kovulmasına rağmen, halka yaptığı bağışlar, yardımlar,

yeniçeri ağalarına, cinci hocalara yedirdiği paralarla padişaha karşı ayak divanlarının hazırlayıcısı, gizli yöneticisiydi.

Türk siyaset tarihinde üstünde pek durulmamış, en büyük demokrasi oluşumu, dünya siyasi tarihinde eşine az rastlanır bir doğrudan demokrasi örneği olan ayak divanları, aynı zamanda Türk tarihinin trajik sahneleriyle doludur. Deli Mustafa'dan sonra tahta geçen Genç Osman örneğinde olduğu gibi. Bostancı başısı, yeniçeri ağası, tellakı, berberi, şehrin ileri gelenleri sarayın önüne gelir, padişahla yüz yüze görüşürler. Padişahlar ayak divanından kaçamaz, ayak divanında alınan kararlar mutlak geçerlidir. Padişahlar ayak divanı yoluyla tahttan indirilir, çocuk, deli padişahların tahta geçmesinin tek yolu da ayak divanlarıdır. Vezirlerin kellesi orada istenir.

Kösem Sultan'ın dedikodu, entrika, halkı manipüle edip gaza getirerek oluşturduğu ayak divanları çığırından çıktı. Ayak divanları Kösem sayesinde yeniçeri ağalarının, sokak serserilerinin egemenliğine girdi. Bunun en trajik örneği,-1. Ahmed'in karısı, Kösem'in rakibi, Mahifiruz'un oğlu Genç Osman'ın Deli Mustafa'dan sonra iktidara geçmesiyle başlar. Kösem'in ayak oyunlarıyla, tarihte ilk defa bir padişahın yüzüne tükürülerek, aşağılanarak, hatta ibne oğlan muamelesi yapılarak, sokak köpeği gibi tekmelenerek rezillik içinde, tahttan acımasız, küstah, iğrenç sahneler içinde indirilmiştir.

Kösem muradına ermiş, Dördüncü Murad çocuk yaşta tahta geçmiş, böylelikle ilk on yıl idareyi Kösem ele geçirmiştir. Dördüncü Murad çok mu akıllıydı, hem içkici, hem içki yasakçısı, zaten sirozdan öldü. Bir Revan seferi, bir de Bağdat seferi var. Entrikalarla gevşemiş ülkeyi bir korku imparatorluğuna çevirmesi tarihçileri pek sevindirir, çünkü İstanbul'un başka türlü idare edilemeyeceğine inanırlar. İyi ki elinde kitle silahları yoktu, bir Stalin, Hitler olabilirdi. Pala ve pençeyle ne kadar insan boğdurtulur, doğranırsa o kadarını yaptı. Osmanlı padişahları içinde onun kadar kelle götüren yoktur. Bağdat seferine çıkarken yol üstündeki kaymakamları, valileri birer birer götürttü. Hatta bir gün atıyla giderken tesadüfen önüne çıkan yaşlı bir at arabacısını, niye önüme çıktın diye öldürtür. Anası Kösem'in bitmek bilmeyen hırs ve servetine dokunmaz.

4. Murad'dan sonra tahta, asla deli olmayan Deli İbrahim geçti. Padişahların en ciddisi, en eğlencelisiydi. Anası Kösem'i saraydan kovacak kadar aklı başındaydı. Bir padişahın tahttan indirilmesi için en güçlü delil, onun deli olmasıydı, bu yüzden Deli İbrahim'i delirttiler. Deli İbrahim sekiz yıllık iktidarının ilk dört yılında saraya çeki düzen verdi, ancak, ikinci dört yıl gerçekten delirdi.

Deli İbrahim'in de çocukluğu kafeste geçmişti, basık tavanlı, demir parmaklı bir odada 15 yıl. Boğdurtulan şehzadelerin çığlıklarıyla büyüdü. Bu yüzden sık sık sinir krizleri geçiriyordu. Kösem Sultan üç kıtanın en güzel en körpe cariyelerini cuma günleri sırayla Deli İbrahim'in koynuna gönderiyordu, tık yok. İşte bu tarihimizin en büyük faciasıydı, çünkü tahtın boğdurtula boğdurtula tek bir varisi kalmamıştı. Bu yüzden saray zevk ve sefahat yuvasına dönüştürüldü...

Kösem tüm servetini cinci hocalara, şifacılara harcadı. Öyle ki, bir defasında Deli İbrahim'e üfleyen yoksul, pis ve karanlık bir odada kalan sıradan bir mahalle hocası, Kösem'in arka çıkmasıyla İstanbul'un en etkili, en zengin, Padişahın da "hocası" oluverdi... Cinci Hocanın şeyhleri, ileri gelenler "oğlum bu işlere bulaşma" dedilerse de, cinci hoca, saraya gidip Deli İbrahim'i bir odaya kapattı. Oda tütsülendi, cinler padişahı çağrıldı. Güçlü bir telkini olan hoca, çeşitli macunlarla, peri padişahlarıyla konuşmalarıyla Deli İbrahim'i etkisi altına aldı, artık ne diyorsa, o... Cinci Hoca yalnız para olarak sekiz yılda bir milyon dokuz yüz yirmi bin dokuz duka altın sahibi oldu...

Cincilere servet yağdırırken, macunculara da iş düştü, (bi-

95

rini söyleyeyim, çok kolay: kuru inciri sütte kaynatın...) Deli İbrahim'e bastılar macunu. Ve mutlu haber 1641 yılının bir bahar sabahı geldi. Bu haber, Kösem'in Deli İbrahim'in koynuna gönderdiği bir Rus kızı olan Turhan Sultan'dan geliyordu. Macunlar işe yaramıştı.

Macunlar öyle işe yaradı ki, dört-beş ay içinde haremde hamile kalmayan cariye kalmadı, Osmanlı'ya yüzyıl yetecek şehzadeler sürüsü gelmişti.

Bir kere kadının tadını alan Deli İbrahim, gözlerinde derin şehvetli sevdalar yaşadığı cariyelerin koynunda sinir krizlerini unutuyordu. Artık İstanbul'un dilberi, yosması, şişkosu, köçeği, ne bulurlarsa Deli İbrahim'in koynundaydı.

Kadınlarının bir dediğini iki yapmadı, daha da ileri gitti, anasının küpelerini, mücevherlerini, takılarını yosmalara dağıttı. İşte bu da Kösem'i delirtti. Daha da ileri gitti, saraya telli duvaklı getirdiği için Telli Haseki denilen, ki bunların en ünlüsüdür, gelenekleri, adabı yıkıp, sultan kızlarına, Telli Haseki'ye hizmet ettirdi. Haseki yemek yerken, sultan kızları hizmetçi gibi ayakta beklemek zorundaydı ki, bu da Kösem'in asla affetmeyeceği bir şeydi. Ve Kösem'i saraydan kovdu. (Kösem çeşitli dönemlerde üç-dört defa saraydan kovulmuştur, tıpkı Süleyman Demirel gibi...)

Telli Haseki her gece Deli İbrahim'e masallar anlatıyordu ve Deli İbrahim bu masalları çok seviyordu. Bu masallardan birinde "bir padişah varmış, bütün sarayı samur kaplıymış" diye bir cümle geçince, Deli İbrahim, "neden benim sarayım da samurla kaplı olmasın" diye ferman verdi. İstanbul'da yaşayan herkes bir samur vergi verecekti... Saraydaki samurlar sadece bir odayı kaplıyordu, sonra her yeri kaplatmaya başladı.

Cinci Hoca devreye girip, bu samurların bazıları cinlerin padişahına aittir, onları ayıklamamız lazım, der. Deli İbrahim'le Cinci Hoca sarayın önüne oturup samurları ayıklarlar, Cinci Hoca böylelikle samurların yarısını kendi serveti olarak götürür. Samur toplama işi o kadar büyük dedikodu, ayaklanmaların önünü açtı ki, tarihçiler bu döneme, Lale Devri gibi Samur Devri der. Bir gün bir adam Deli İbrahim'e, bu samurlar, Meriç nehrinde su samurlarında bulunur, orada çoktur, der. Deli İbrahim Edirne'ye gider. Halk, yoksul, perişan, açtır, yakacak odunu dahi yoktur. Deli İbrahim'in adamları Meriç nehrinde sazandan başka birşey bulamaz. Hatta Deli İbrahim neden Edirne'nin odunları eğri duman veriyor, diye Edirne odununun ateşini beğenmez. İstanbul'dan düzgün odun getirttirir, bir adamı da öldürtür, neden odunun eğri büğrü duman veriyor, diye.

Bir gün Deli İbrahim İstanbul'u gezerken, kafasına yine kadın vurur. Tez, İstanbul'un en şişko kadınını getirin, der. Bu ünlü bir Ermeni yosmasıdır, tam 150 kilodur. Deli İbrahim'i büyülemiş, sarayın bir numaralı cariyesi oluvermiştir.

Bir yabancı yazara göre de Deli İbrahim cinsel arzularını daha da artırmak için, yatak odasının tüm duvarlarını aynalarla kaplatır.

Çok ilginçtir, Deli İbrahim, tüm Osmanlı kadınları tarafından bir efsaneye, hatta bir "evliya"ya dönüştürülür. Türbesi, 1920'li yıllara kadar Osmanlı kadınları tarafından ziyaretgaha dönüştürülür. Tarihin deli dediği İbrahim'de kadınların aradığı neydi, üç yüzyıl türbesine neden koştular, bilinmez.

Deli İbrahim'in deliliğine yorumlanan "Samur Olay"ıysa da, ikincisi, Turhan Sultan'dan olan Avcı Mehmet'i bebekken sinir krizinde havuza fırlatmasıdır.

Kösem Sultan, torunu Avcı Mehmet'in yedi yaşına gelmesini zor bekledi. Çocuğun heybetli görünmesi için kıyafetlerini hazırladı. Başına sorgucu, alnına mürekkeple Allah yazısını yazdırtıp, yıllardır uğraşıp paralar yedirdiği yeniçeri ağalarıyla ayak divanını toplayıp, Deli İbrahim'i tahttan indirdi. Deli İbrahim onurundan, gururundan taviz vermeden, kendini kafese kapatmaya gelenlere küfretti, pezevenkler dedi, karşı koydu. Kapının kilidine önce kurşun döktüler, sonra içeri bir cariye koyup, tüm duvarları, pencereleri iyice ördüler.

Safiye Sultan-Kösem Sultan-Turhan Sultan'la geçen bu yüzyıl imparatorluğun kafesler ve deliler tarihidir. Avrupa'da bitmek bilmeyen otuz yıl savaşları sürüyordu. Avcı Mehmet tahta çıkınca, entrikalarla dolu sarayı, iki büyük yangın, bir büyük deprem görmüş İstanbul'u bırakıp Edirne'ye yerleşir. Allah'ın bir lütfü çok akıllı, Köprülüler gibi sadrazamlara idareyi bırakır. Ve ömür boyu İstanbul'a gelmeyerek, av hayvanlarının peşinde koşar. Kim bilir, babasının su samurlarının peşine düşmesinin psikolojik etkisi, bilinmez.

Yedi yaşındaki Avcı Mehmet tahta oturunca, Kösem Sultan'la Turhan arasında büyük bir çekişme başlar, Kösem, dünkü körpe cariyesi, Turhan Sultan'a diş geçiremez. Diş geçiremeyeceğini, anlayınca, Avcı Mehmet'i tahttan indirip, daha saf bir adam olan Süleyman'ı tahta çıkartmak ister. Turhan Sultan tarafından boğdurtulur. Turhan Sultan gerçek bir sultandır. Tarihçiler, saray geleneklerini, Osmanlı idaresini nasıl büyük bir soyluluk, ciddiyet içinde yerine getirdiğini övgüyle anlatırlar...

Bin bölümlük bitmeyen bir dizi olabilecek Kösem'in hayatı anlatılmakla bitmez, Kösem'in bir kızı Ayşe Sultan 7, Fatma Sultan tam 12 kere evlendirildi. Saray geleneklerinde sultan kızları küçük yaşta evlendirilirdi. Buluğa girdiklerinde gerdeğe girerlerdi. Fatma Sultan 3 yaşında Derya kaptanı Yusuf Paşa'ya verilmiş, kaptanın ölmesiyle Fatma Sultan 4 yaşında dul kalmıştır. Beyhan Sultan iki yaşında Hazerpare Ahmed Paşa'yla evlendirilir, Deli İbrahim, kızıyla evlenmeden önce Ahmet Paşa'yı eşinden boşandırır.

Hem Ayşe Sultan'ın tüm kocaları, hem Fatma Sultan'ın kocaları, ki, aralarında eceliyle ölen yok gibidir, ya ayaklanmalarda öldürülmüş, ya da sultan babaları tarafından boğdurtulmuşlardır.

Cariyelerin dört döndüğü bu sarayda elbet bir gün Padişah da kızlar ağasını saraydan kovar, kovulan kızlar ağaları gelenek olarak Mısır'a sürülür. Ege'de Maltalı korsanlar tarafından gemi soyulup, öldürülür.

Halkın galeyana gelmesiyle İstanbul'da yüzlerce savaş gemisi inşa ettirilip, elçiler duymasın diye Malta'ya denilip, gizlice Girit fethine çıkılır. Deli İbrahim - Kösem savaşları sürerken, bu Girit Savaşı da tam yirmi beş sene sürer.

İlk etapta Girit'in Hanya şehri ele geçirilir. Diğer yarısını almak yirmi beş sene. Girit'ten dönen kaptanıderyayı halk fatih gibi karşılar, ancak, padişahın büyük hazineler harcadığı bu savaş sonucu, Kaptan Paşa getire getire iki eski antik taş getirip sarayın önüne koyar. Deli İbrahim, taşların önünden geçtikçe kaptan paşa'ya hakaretler eder, bu mu bana Girit'ten getirdiğin, ben sana hazineler harcadım, der. Aslında kaptan paşanın hazineleri gizlediği dedikodusu, kellesini götürttürür.

Girit'ten hazine yerine taş getirilmesi; yalnız Deli -İbrahim değil, tüm İstanbul kafayı yer.

Kösem Sultan boş durmuyor, hapishanelere gidip, borçluların borçlarını ödüyordu, yoksul mahallelere gidip bekâr kızlara çeyizler hediye ediyordu. Hamamlara gidip, halkı bedava yıkattırıyordu, sarayın haksızlığını görmüş insanlara gizlice elini uzatıp yardım ediyor, halk arasında "devletin direği", "Allah başınızdan eksik etmesin" dualarıyla ismini efsaneleştiriyordu. Öyle de oldu: Valdei Muazzam.

Birçok tarihçiye göre serveti, Osmanlı hazinesinden büyüktü, öldüğünde Mısır Çarşısındaki depolardan çıkan mücevherat eşyalar herkesi şaşırttı. O kadar çok türbe, cami yapılıyordu ki, elli yıl geçmeden İstanbul halkı "cami yapılmasın", "yeter" diye ayaklanıyordu.

Ayaklanmada Cellat Kara Ali, Deli İbrahim'in sadrazamı Ahmet Paşa'yı öldürdü, cesedini Sultanahmet meydanına attı. O günlerde halk, insan vücudundan çıkan yağın romatizmaya iyi geldiğine inanıyordu. Zevk ve sefahat aleminde iyice yağlanmış sadrazam Ahmet Paşa'nın vücudundan geri sadece kemikler kaldı.Kösem'in iğrenç oyunları bitmedi, 4. Mehmet'in (Avcı Mehmet) tahta çıkmasıyla Turhan Sultan'a diş geçirtemeyeceğini anlayınca, akıllara durgunluk veren dedikodular türetti, Turhan Sultan oğluyla aşk yapıyor, diye. Dört yüzyıl geçti, aynı hamam, eski tas, dul demediler, yetim demediler, emekli demediler, düzdüler. Süleyman Demirel'in yağlarının romatizmaya dahi iyi geleceğine inanmıyorum. Umut edebileceğimiz ne halk, ne de satın alınmamış aydın bıraktılar. 70'li yıllarda miting meydanlarında Muhteşem Süleyman pankartı astırıyordu. Yabancıların muhteşem dediği, Kanuni'dir, tek eşi Hürrem'e sadık kalmış, 46 yıl Osmanlı'yı idare eden cihan padişahıdır. Süleyman Demirel onun kızlar ağası dahi olamaz, zaten kendisi de Kırkpınar ağası oluverdi.

Kırk yıllık iktidarı boyunca Demirel, Kösem'in siyasetini harfiyen uyguladı. Halkın siyaset sahnesinden kovulduğu "altın kuyusuydu" bu. Demokrasiyi Kösem gibi, kendi kovulduğunda hatırlıyordu. Kösem gibi, devlet hazinelerini, medya patronlarına, holdinglere dağıttı. Kovuldukça, Kösem'in ayak divanı dediği gibi, o da demokrasi dedi. Kırk yılın hazinesi, kredileri, bugün üstteki otuz-kırk holdingin cebine indi.

Deli İbrahim, sarayı samurla kaplatırsam, hem Osmanlı, hem ben huzura kavuşurum diye inanıyordu. Demirel de samur yerine şapkaların peşine düştü. Binlerce şapka siparişi verdi, her ziyarete gelene hediye etti. Çankaya Köşkü şapkayla özdeşleşti. Öyle ki Demirel'in iktidar dönemine yazarlar şapka devri adını verdi.

Birazcık sosyal psikoloji biliyorsanız, Temmuz sıcağında Ankara'yı bir gözleyin, kırk derece sıcakta dahi, bugün Ankara'da tek bir insan şapka takmaz... Neden?

Bülbül Ötüşlü Kuşlar

Tarlalardaki buğday, arpa danelerini yemesinler diye Amerika ve Afrika'da (50'li yıllardaki rakamlara göre) yılda yüz milyon kuş öldürülüyordu. Anadolu'nun birçok şehrinde de serçeler yuva kurmasın, tahılları yemesinler diye ağaç dikilmez. Suya ilaç katmak, zehirli dane vermek, yuvalarını dağıtmak, tünedikleri bölgelere dinamitle baskınlar düzenlemek, bilinen savaş metotları.

Dünya avcılık tarihi "rekorlar" tarihiydi, rekorlar kitabı, İngiliz lordlarının rekorlarıyla dolu. Palavra ya da muziplik değil, bir lord 200.000 (iki yüz bin) çulluk, 300.000 bıldırcın öldürmüş. Günlük rekorlar da önemli, akşama kadar 350 çulluk, 2500 ördek. Modern görünüşlü profesyonel avcı lordlar kırsal hayatın sonunu getirdiler, tabiatın en güzel rengini rekor uğruna tükettiler. Avcılık sanatı gereği kariyerlerini tamamlamak için de hacca gider gibi, mutlaka Afrika'ya gidilir, fil, aslan, gergedan gibi büyük avlar tertiplenir, emeklilik yıllarında şöminenin üstüne kelleler, soylu hayatın kutsal nişanları gibi konurdu.

Savaş çok uzun sürdü ve soylu beyler gün boyu masmavi

göklerde gördükleri her karartıya tetik bastılar. Tanrı'nın en güzel renklerle bezediği en güzel rüyalardan daha güzel kuşları öldürüp neyin intikamını alıyorlardı. Tabiata karşı avcının tüfeğinden daha vahşi bir canavar icat edilmedi, trap ve skeet sporu bu vahşiliği bir nebze durdurmak için icat edildi. 18. yüzyıla kadar insanoğlunun en büyük korkusu ve tehdidi tabiattaki vahşi hayvanlardı. 18. yüzyılda Britanya adalarında tek bir kurt kalmamıştır.

Kalın kafalı lordlar insanları yola getirdikleri "kırbacı" tabiata karşı kullanamıyordu, bu yüzden en soylu spor "avcılık" en heyecanlı seyirlik oyun da, hayvanların kırbaçla dize getirildiği "sirk"...

En büyük krallar bile "avcılığıyla" övünürdü. Tarih içinde avcılık "kahramanlıktan", günümüzde "sporculuğa" kadar geriledi.

Dünyanın en süslü kuşları cennet kuşlarıdır. Avrupalılar bu kuşları zenci kölelerle birlikte uzak denizlerden getirmiştir ve her yıl İngiliz-Fransız hanımlarının şapkalarını süslemek için yılda 50.000 cennet kuşunun şahane tüyleri, operaları ve tiyatroları süslüyordu.

Nedense buna rağmen insanoğlunun en sevdiği hayvan kuştur. İnsanoğlu tüm kuş türlerini sever, şiirler, türküler söyler, anlaşamadığı, evcilleştiremediği tek kuş ise: kargadır. Tüm masal ve efsanelerde kargadan uğursuzlukla bahsedilir, felaket, bela habercisi olarak görülür.

Ve ilginçtir, hiçbir kuş insanlık kültüründe karga kadar yer kaplamamıştır. Gürültücü, cüretkâr, saldırgan bir kuştur, siyah, cırlak sesi, krav, krav diye gaklayan, hemen her coğrafya da yaşamayı başarabilen tek kuş türüdür. Kuşların en zekisidir. İnsanlık tarihinde en çok tacize uğrayan "yaratık"tır. Çünkü kargalar toplumcu kuşlardır, tek bir bireylerini kaptırmaz, intikamlarını acı alırlar.

İnsanların tarih boyu tacizi, hainliğine rağmen kargalar,

insanlarla içice ve asla insanların rızası olmadan yaşamayı becerebilen tek kuş türüdür. Yalnız kargalar insan avcundan yiyecek almazlar, yani tenezzül etmezler. Aslında evcilleştirilemeyen tek hayvan türü: kurttur, bağımsızlığına düşkündür, ancak aç kalınca arkadaşlarına saldırır ve tek başına bir kafese tıkabilirsiniz. Yeryüzü sakinleri içinde kafesi olmayan tek canlı türü kargadır, kargayı yakaladığınızda tüm arkadaşları saldırıya geçer, baş edemezsiniz.

Dinozorlarla başlayan, Adem'le devam eden yeryüzü tarihi içinde "yenilmeyen", "baş edilmeyen" ve tarihin en büyük dinleri, halkları, edebiyatçıları tarafından lanetlenip tacize uğrayan karga, özgürlüğü kendi kafasına göre yaşayan tek canlı türüdür.

Serçeler, sığırcıklar, leylekler de toplumcu kuşlardır yani birlikte hareket ederler, ancak düşen, yaralanan arkadaşlarını burunlarını döndürüp bakmazlar, kartallar soylu bir gururu, uçsuz bucaksız özgürlüğü temsil ederler ancak, iki gün yem verin yalaka haline gelirler.

Neden hiçbir kültür, millet kargayı kendine "sembol" edinmedi.

Siyah, çirkin, bed sesli bu hayvanları insanoğlunun sevmeye niyeti yok, çünkü Yunan'dan beri şekilciyiz, estetiğimize uymaz, formlarımıza uymadığı için de uygarlığımızı bozar.

Felsefeyi, şiiri, kılıcı, siyaseti, çapayı, bilgisayarı icat eden insanoğlu, toplumculuğu, özgürlüğü henüz bir kocakarı ilacı gibi anlıyor. Bin bir kuşun yemek hazzını, öldürmenin hazzını, galip gelmenin hazzını, bin bir şarabın hazzını, erotizmin hazzını, hatta çocuk cinselliğinin hazzını, ne çok haz peşinde koştu, hepsini marazi taşkınlıklarla dolu deliliklerin kafesine kapatıverdi.

Fethetmek, galip gelmek, üste çıkmak, sonunda bu Don Juan uygarlığının gerçek bir eşcinsel olduğunu öğreniyoruz. Kadın erkeği, erkek kadını "kapatarak", "ele geçirerek" haz duyuyor!

İşte bu küçük orospu kanaryalar bunun taşkın örneği. Estetik formlardan cinsel haz duymak da bir seks hastalığı: Sekso estetik. Kanaryalar kapatıldıkları kafeslerini öyle severler ki, bütün sene boyu çiftleşirler, yatağına girmesi için erkeğinin günlerce ötmesinden "haz" duyarlar. Yataktan çıkar çıkmaz, kutlamak için yine öterler. Şarkı söylemek, çiftleşmekten başka işi olmayan kanaryaların düzüşmelerini engellemek için mutlaka kafesi ortadan iki bölüme ayırmalısınız. Hanfendi arzulu, ateşli non-stop seks hayatı için mutlaka bala batmış ıslanmış bisküvi ister. Geceleri kafesinin örtülmesini ister. Tuvaletlerini dahi düzenli ve temiz yaparlar, leğende banyo isterler, mutlaka hafif bir duş almadan rahat etmezler. Öyle narindirler ki, tünedikleri küçük çıtaları yıkarsanız, neminden üşüyebilirler.

Bu sarımsı, mavimsi sürtükler insanların yardımı olmadan asla yaşayamazlar. Tünedikleri çıtalar dahi birbirlerine yakın olmalı, iki kanat çırpışı onları yorabilir. Sert tüyleri sevmezler, tabiatta en sık tüy değiştiren hayvanlardır. Sık sık elbise değiştiren kanaryaların en güzel en renkli tüyleri .ötlerindedir.

Köşk stili kafeslerinde mutlu bir hayat süren kanaryalar hayata dair hiçbir şey bilmezler, güzel ötebilmeleri için eğitilmeleri şarttır. Muhabbet kuşları gibi taklitcidirler.

Şarkıları, ötmeleri, yalandır, oysa tabiatın gerçek nar bülbülleri, arap bülbülleri olgunlanmış vişne yediklerinde sarhoş olurlar...

Bu şıllık kanaryalar, Ankara radyosu sanatçıları gibi bir yudum içki bile 657 devlet memurlarına yasasına göre aykırı olduğu için, kuru tatsız, renksiz bir ötüşleri vardır. Çiftleşmek için dişiyle hır çıkarmalarını insanoğlu "ne güzel ötüyor" sanır.

Oysa, bülbülün gümüşsü ışıltılarla vişnenin efkarını, dokunsan dökülüverecek çiçeklere dağıtırken, gecenin ciğerini sızlatan seslerini hiçbir yürek söylemez.

Çünkü, gaganın bıçakçı parlaklığı için bitkileri tatlı ısırıklarla, kabukları, meyveleri cimciklemeleri gerekir. Kanaryalar, sahte çıta, plastik oyuncaklarla kendilerini avuturlar.

Onlara doğadan söz edip kafeslerini açsanız dahi, döner dolaşır o vizitesiz çalıştığı kafesine geri döner! Yeteneklerine diyeceğim yok ama, tabiatın en korkak gözlü hayvanlarıdır. Ankara hastanesinin doğum bölümünün tam karşısındaki evimde on yıl kaldım, sol tarafım hapishane. On yıl boyu sabahlara kadar gecenin ıssızlığında doğum sancısı çeken kadınların feryatlarıyla sabahı zor ederdim. Dile kolay on yıl, her gece.

Sesleri duymamak için üstüme kalın yorganlar çekerdim... Odamın tam da altında kahve gibi çalışan sernofil demeği vardı. Doğum çığlıklarından kaçtıkça, alt kattan gelen bülbül ötüşlü kanaryaların seslerini duyardım. İşte bu yüzden bu orospuların cemaziyülevvelini bilirim.

Kanaryaları merak edip kahveye uğrar oldum. Kore gazisi, emekli, yaşlı bey fendi amcalar! Her biri kendi kafesini masasına koymuş, akşama kadar kanaryalarıyla koklaşır, ötüşürdü. Dudaklarıyla öpücük gibi kuş taklidi sesler çıkartır, kuşlar öttükçe, berber koltuğunda çene altı traşı gibi tatlı cezbeyle başını geriye, sağa sola atardı. Boyunlarını geriye attıkça da "kızım, kızım, kızım" diye yatak odası sesiyle inlerlerdi.

Çoğunun elinde eski bobinli-sarmalı teyplerden vardı, bobinler bülbül sesiyle doluydu. Sesleri kanaryalara dinletip, eğitirlerdi. Akşama kadar bozulan, sarılan bantlarla didişip "dur kızım, dur bir tanem, bekle kızım, az kaldı kızım" diye kanaryalarını sakinleştirirlerdi.

Sarımsı, mavimsi, yeşilimsi popo tüyleriyle kafesin içinde bin bir cilveli çalım satan küçük orospularla, yaşını başını almış kart pezevenk ihtiyarların gün boyu haşna fişnaları izleyenleri de sapıklaştırdı.

Kore gazisi amcam, öyle kendini kaptırır ki, ağlayacak gibi olur, ben de yan masadan çayımı içer usulca röntgenci gibi kendimi suçlardım.

Pembenin sarısı sürtüklerle, kemik suratlı, kül saçlı ihtiyarlar öyle uzun öpüşürlerdi ki, ihtiyarın gözleri zümrüt taşlı elmas yüzük gibi parıldar, maden suyu gibi top top gözyaşları dökerlerdi. İhtiyar gazi katlanmış mendilini itinayla arka cebinden çıkartıp gözyaşlarını silerken, yan masadan benim gibi röntgen çeken bir başkasının sessizce attığı lafı duyardım: "Kart horoz, yaşından utan!"

Parçalanmış patates suratlı yaşlı bir adamdı, kollarının kılları öyle çoktu ki, her bir işe yarayan çakıların makasıyla onları sık sık traş ederdi. Bir zaman sonra dikkatim benim gibi kafesleri dikizleyen bu ihtiyara döndü. "Baba sen ne iş yapıyorsun?" dedim, "şu arkada odun yarıyom" dedi.

Kuş cıvıltıları altında odun yaran adam, çorabını çıkartır, tırnak makasıyla ayak tırnaklarını keserdi. Sonra parmak uçlarındaki nasırları ince elemeyle, yüzünü acıtıp inceden keserdi. Düşmeyen parçalar olursa, ağzına ayak parmağını alıp ön dişleriyle şeytan tırnaklarım bir güzel koparır tükürürdü. Yün çoraplarını da sobanın borusuna yapıştırırdı.

Oduncuya fırsatını bulup "kuşları sever misin?" dedim, "bir kere denedim, kovdu pezevenk!" dedi. İlerleyen konuşmalardan öğrendim ki, oduncu kahveye ilk girdiği gün şahane kuşları görüp kafeslerine sevgiyle yaklaşmış. Ancak kanaryalar birden kafese yaklaşanlardan çok korkarmış, bunu bilen Koreli amcam, oduncuyu sert bir hamleyle iteklemiş.

Oduncu Koreli'ye karşı öyle derin bir kin tuttu ki, küskün, içerlemiş haliyle bir gün bana: "bekliyorum burada, Koreli yokken, ötümden bir kıl kopartıp şu küçük orospuya bıyık takacam!." Koreli'yle de samimi olduk, bir gün masama oturup onlarca çakmak döktü önüme, çakmak koleksiyonu da yapıyormuş, yani çok yönlü bir adam, çakmaklardan birini eline alıp "bunu görüyor musun, bununla ormanda yalnız başına kalsan korkma bu seni kurtarır!.." Çakmağın bir yönünde pusula vardı. Öyle bir ormanda yalnız kalırsan dedi ki, gerçekten kendimi ormanda yalnız hissettim...

Her neyse, hastanenin arkasındaki evimde gece bire doğru her gece Brezilya'dan müzik diye bir program vardı. Şu lanet dünyada mutlu oldun mu derseniz, gecenin birinde başlayan Brezilya'dan müzik programı derim. Kızgın bir duygu fırtınasına yakalanır, başımı, kenetlediğim ellerimin avcunda yumuşacık yastığa gömerdim. Ayaklarımdan alnıma uçuşarak gezinen kor gibi bir bulut beni vişne ruhu gibi sarhoş ederdi.

Ancak, çok geçmez, ürpertici, dehşet veren doğum feryatları durmaksızın odayı istila ederdi. Sarhoş bir delinin karanlıkta boğdurtulan sesi gibi. Buzdan bir göle düşer, korkuyla soğurum. Azgın hayvanların böğürtüsü gibi feryatlar saatler geçtikçe beni duvardan duvara çarpar. Gecenin karanlığı pis kokulu kuyruğu burnunda iblis gibi içine alırdı beni. Nerden bilebilirim, bu korkunç çığlıkları hiç bir kitap yazmıyordu. Bir değil, üç değil, sabaha kadar... Tabiatın içinde böyle ürkütücü şeytani seslerin mezarlık yarasaları gibi üstüme çullanacağını hiç düşünmemiştim.

Dünyanın tüm yaban domuzlarını bir kuyuya doldursanız böyle çirkin ürpertici sesler olamaz. Bir gecede saçlarınız ağarır, teniniz bir gecede eski püskü bir elbiseye dönüşür.

Yorganları başıma çeker, yumuşak yosunlu dalgaların, kumlu şırıltılı seslerini hayal ederdim. Nefesi çiçek kokan çocuk şarkılarını yüzlerce kez söyler, doğum feryadı sesleri unutmaya çalışırdım.

Köpürmüş kuduzlu çığlıklardan kurtulmak için açık denizde basit bir yelkenli düşünürdüm, uzun uzun. Korkunç sesler birden, sıkıntılı bir bulanıklıkla fırtınayı getirir, kürek denize düşer. Hayal içinde küreğin peşinden diplere dalardım. Ben dalardım, masmavi denize koyu yeşile, koyu yeşil kapkaranlık böceklerle dolu dibe inerdi, ben dalardım kürek dibe vurur, nefesim yetişmez, kürek gözden kaybolurdu.

İşte derinliğin sınırında, alt kattaki sernofil derneğinin kuş çığlıklarını duyardım. Daha yumuşacıktır, daha terbiyelidir diye kanaryaların sesine gömülüverirdim.

Bu müthiş bir buluştu. Benim için tanrısal, pırıl pırıl bir kurtuluştu. Ne zaman doğumhaneden sesler gelse, kulağımı kuşların cıvıltılarıyla dolu döşemeye dayardım...

Bir zaman sonra kuş sesleri "uzmanı" oluverdim. Keşke bu kadar incelmeseydi kulak zarlarım. Saflığıyla övündüğüm kuş cıvıltılarının içinde, dehşetli tiz'likte bambaşka, o güne kadar fark etmediğim cırıltılar duydum. Bu tiz ses "ötüş" değildi, ışıltılı değildi, suya düşen inci parlaklığında değildi.

Tekerlek altında ezilmiş fare cırıltısı gibi. Sabaha doğru duyuyordum bu sesleri. Düşündüm, kuşları aşağıda yiyen biri mi vardı, yoksa kuşlar kafeslerinde yalnız kaldığında duymadığımız bu sesleri mi çıkartıyor, ne olabilir?

Aylar geçti, kanaryalardan bu çirkin ayıltıların yükselebileceğine inanamadım. Kuşlar da hortlayabilir mi? Bilmediğimiz bir korkuya kapılabilir mi? Vehim ürünü bir sürü düşünce ürettim.

Gün ışıdığında Koreli'nin yanına gidip tüm gerçekleri söylemeliyim. "Amcacığım, bu kuşlar geceleri böyle güzel ötmüyor!.." Adamı öldürsem daha iyi. Adam, tüm sermayesini bu sese yatırmış, geçip gitmiş altmış yıllık hayatının tüm renkli hayalleri bu seste. Dahası, gece tuhaf sesler duyan bu adam hallüsyonlar içinde zavallı, kafayı yemiş, demez mi?

Kimseye söylemedim. En derin acılar içindeki bu çirkin sesi öğrenebilmek için kuşlarla ilgili bir dizi kitap okudum. Kuştan anlayan insanların ağzını aradım. Bir kanaryadan cırıltılı ses beklenebilir mi?

Ruhumu yakan gerginliğim bir zaman sonra nihayete erdi. Sonsuzluğun büyüsünü çözmüş gibi rahat ettim.

Kuluçkanın son günü, gagasıyla yumurtayı delmeye çalı-
şan yavru kuş zarı delerken zorlanır. Aynen doğumhanedeki
kadınlar gibi. Anne-baba kanaryalar çığlıklarla zarı delmesi-
ne yardımcı olur. Aynı doğumhanedeki feryatlar gibi. Ve,
çığlıkların gücü, etkisi, gaga gibi zarı delip yavrunun çıkışı-
nı kolaylaştırır...

İnsan gövdesinin böyle uzun facia bir sesle uzun yolculu-
ğuna yola çıkması muhteşem bir iç parlamasıyla kendime ge-
tirdi beni.

Sonsuzluğun çığlığı! Zarımızı delip, bizi hayata fırlatan
çığlık! Annelerin çığlığı! Çelik zırhlardan daha sert, öte dün-
yadan bu dünyaya fırlatılan annelerin sonsuz sesi!.. Zar delen
ses! Bir bekâr odasında, hayatın en derin uykusunda, yeniden
doğruldum. Kalbimizin ve beynimizin sınırlarım aşan bir
acıyla fırlatılan bu çığlıkları ömür boyu içimizde saklıyor,
unutuyoruz, en incelmiş psikolojik anlarda dahi onu duyamı-
yoruz.

Bu çığlık, Tanrı'mın mektubu gibi, bedenimize sarılı!..

Dünyanın bu en berrak coşkulu çığlığını, tüm anneleri öy-
lesine sevdim, öylesine kıskandım ki... Belki de bu çığlığı
taklit için yazar oldum. Bu yüzden, sürtük, şıllık, sarımsı ka-
naryalar gibi, ihtiyar, pezevenk, kart yazarların ağzının, dili-
nin ucuna bakıp, ötüşlerini, kelimelerini öğrenmeye çalışıyo-
rum...

Çünkü kargalar familyasından değiliz. Bizi koruyacak ger-
çek bir ailemiz, gerçek ülkemiz olmadı!..

Büyük Kaptan

Celal Bayar yüzü devirip "dalya" dedi. Vehbi Koç, İsmet İnönü ne çok yaşadı. Osman Bölükbaşı ise insanın inanası gelmiyor, hâlâ yaşıyor, bu sempatik, şakacı lider artık, "drakula"ya benzeyen yaşlı yüzüyle Ankara gecelerinde bir yerlerde hâlâ görünüp, kayboluyor. İhsan Sabri Çağlayangil'in maşallahı vardı, sadece aktif siyasette altmış yılı geçti. Türkeş sekseni devirdi. Hayli uzun sürdü bekleyişleri. Kaburga kemiklerine dönmüş yüzleriyle ölmek bilmiyorlar. İhtiyarlık, insanda duygu karışıklığına yol açar, hem ölsün istersiniz, bu kanlı miras bitsin diye, hem büyüktür, saygı göstermek istersin. Siyasetimizde ihtiyarlar listesi lanetlenecek kadar uzun! Varlıkları tarihimizin en büyük trajedisine dönüşüyor. Kimsenin de saygısı kalmadı, yetmiş milyon beddua ediyor, ölsünler de kurtulalım, temsil ettikleri siyaset çaresizliğe, karışıklığa, işkenceye dönüşüyor...

"Uzun ömürler" üzerine Ankara'da sıkı bir araştırma yapılmalı. Ankara havasının iyot dengesi üzerine Alman bir yazarın araştırmaları var. Uzun yıllar kirli havasıyla meşhur Ankara'nın sıkı kuru havasının insanın sağlığına çok iyi geldiğini unutmuştuk. Demirel, Ecevit, Erbakan da bozkır havasından nasiplerini fazlasıyla alıyorlar. Baykal çok antrenman yapıyor, tek umudu kalmış, umudumuz Ecevit'in yaşlanmış olması, ölür de sosyal demokrasi bana kalır, diyor. Boşuna bir umut. Çünkü Ankara'da uzun yaşamak için asla spor yapmayacaksın, Özal, yürüme bandında öldü... Ankara'nın kuru bozkır havasına güveneceksin, öyle uzun ömür biçiyor ki, Türk siyaset tarihinde teorileştirilmesi zorunlu bir ana sebep haline geliyor!

Beş yüzyıl sonra sorarsa birkaç tarihçi, bu memlekete ne oldu böyle! Sormayın, çok kuru havası vardı. Astım, solunum hastalarının Ankara'ya gönderildiği öteden beri bilinir. Keçilerle ilgili okuduğum bir kitapta da yabancı bir yazar, Ankara'nın kuru havasının şöhretinden söz edince, kuru hava artık şaka, eğlence değil, gerçekten, Türk siyasi tarihine, Türk demokrasi tarihine bela olmaya aday şehir diye düşündüm.

Mustafa Kemal dahi, Ankara'nın kuru havasının Türk siyasetini çökertecek sebeplerden biri olacağını düşünmemiş olmalı, Ankara'nın başkent oluşunun başka sebepleri vardı. Anadolu'nun göbeğinde bir küçük bozkır şehri, modern Türkiye'nin öncüsü olacaktı, çünkü, sosyal ve teknik alanda bomboş bu bakir kent, cumhuriyet inkılaplarına ve tüm aydınların hayallerine uygun bir yer, mühendisler, mimarlar projelerini hayata burada geçirebilirdi...

Siyaset tarihinde "uzun hayattan" daha büyük bir kuvvet yoktur. Mustafa Kemal'in hiç hesap etmediği bozkır havası, kurduğu cumhuriyeti yedi, bitirdi. Ülkeyi hortlaklar yönetiyor. Yaşlı liderler, sinir yıpratıcı, eziyet verici bir ömür sürüyorlar. Bir nevi siyasi kardinaller, siyasi ruhbanlık sınıfı oluştu. Eskiden bu sınıfı senatoda istihdam ediyorduk, şimdi senato da yok, acıklı, kuru kemik eprimiş suratlarıyla "bana katlanmalısınız" diyorlar. TV'ler, kameralar, bir öksürük, tıksırıklarını dahi ekrana getirmiyor, bir tıksırık görsek de

111

müjde alıp sevinsek. Gelin görün ki bu halk, ne İnönü'nün, ne Demirel'in, ne Türkeş'in ne Celal Bayar'ın, ne Vehbi Koç'un ne Çağlayangil'in bir tıksırığı dahi göremedi.

Malik Aksel'in kitabında okumuştum, Ankara'da, eskiden yerin altından top sesleri gelirmiş. Bu topraklara gömülü bir "yer tanrısı mı" var. Gılgamış destanından bir yer tanrıları olduğunu biliyoruz, bu yüzden toprağın içinde büyüyen soğan, patates yemiyorlar. İlk insanlar, göklerdeki yıldırımın, şimşeklerin sesinden ürküp, gök tanrısını buldukları gibi, yerin altından kaynak sularının, ya da volkanik patlamaların sesini duyup bir yer tanrısı mı edindiler. Ancak, çok ikna edici bir yaratılış mitolojileri var.

Yer tanrısı bir gün kafayı çekip insan yaratmış, özürlüler, deliler, sakatlar işte, yer tanrısının içkili olduğu gün yaratıldığı için böyle doğmuşlar. Yani insanlar "tanrı"ya biz neden böyleyiz, dediklerinde, onlara bu ikna edici rasyonel açıklama yapılmış oluyor. Ancak, biz bugünkü tanrımıza, neden eşit değiliz, neden bazıları çok yiyor, diye soru sorduğumuzda ikna edici açıklama yapamıyorlar. Bu yüzden, tanrılarımız çok ses çıkarıyorlar. Yukarda adı geçen ihtiyarlarımız cumhuriyet tarihinin en çok ses çıkartan siyasetçileridir, tüm kameraları satın almışlardır, tüm ekranlar onlarındır, yüz binlerce insan, onların bir cümlesini, hangi meydanda nasıl ettiği ile uğraşır. Yer, gök, yetmiş milyon, bu ihtiyarların suratlarına kilitlenmişizdir. Bir "gürültünün" karambolüyle yönetiliriz.

İnsanoğlu da hep Tanrı'dan bir ses beklemedi mi, rüzgârın, yıldırımın, şimşeklerin ve kaynak sularının gürültülerinde hep o sesi aramadı mı? Bu gün televizyonun çıkardığı sese, radyoya yönelmemiz nedendir, vahiy de bir ses değil miydi, İsa'nın çarmıhtaki müjdesi bir ses değil miydi, cihan imparatorluğu kurmuş Osmanlı'nın savaşa giderken mehterdeki kösleri düşünün, ilkel kabilelerin tamtamlarını, kilisedeki koroları, çok sesli müziği, orkestrayı, büyük tiyatroları, tanburu, davulu, kavalı, "sesleri" düşünün... Ses, Tanrı'ya ulaşmanın, ya da seslenmenin, ya da Tanrı'nın kendini ruhumuzu duyurduğu yerdir. Ses, bizi çağıran, alıkoyan, ağır, hantal zamanı unutturan, hemen başımızı çevirdiğimiz, hemen kendimizi içinde bulduğumuz, o melodik, estetik, büyüleyici ya da o muhteşem insanoğlunun, tabiatın gürültüsü...

Dünya edebiyatının büyük yazarı Foulkner, aynı adı taşıyan eserinde, hayat "ses ve öfkeden" ibarettir, diyor... Halkın, yoksulların, insanoğlunun "sesi" çıkmıyor artık, tüm sesler işgal altında, o satın alınmış gürültü şehrin ve hayatımızın tüm seslerini bastırıyor!

Bir de başka sesler vardı bu şehirde, kalbimize nehirler gibi dolan, ulu çınarların ruhlarımızı tatlandıran binlerce yaprağının hışırtısı!.. Küçük kasabamızın tam orta yerinde saltanatsız saraylar gibi, bir büyük mabet gibi, ziyaret yeri gibi, mermerleri, taşları oyan sabrıyla, dev bir meleğin kanatları gibi şahlanmış, ulu çınarlar vardı!..

Kızılay'dan Bakanlıklar'a, Güvenpark ve arkasından Genelkurmay'a, nizamiyenin önünden Saraçhane mahallesi ve eski milli kütüphane çevresinde ilk bakışta binlerce, aynı yaşlarda çınar ağacı dikkatinizi çekecektir. Atatürk Bulvarı yani Bakanlıklar tek yoldu, akasya ağaçlarıyla çevriliydi. (Nurullah Ataç, Azra Erhat'la Ankara akşamları romantik yürüyüşler yaparken, bu akasyaların Ankara'nın simgesi olduğunu söyler, Nurullah Ataç'ın kızı da anılarında, babasının annesini aldatmadığını, Azra hanımı imayla, o kadın erdemli bir kadındı, dedikodu yapıyorlar, diyor.) Menderes gidiş-geliş çifti yol inşa etti ve Bakanlıklar'a binlerce çınar ağacı dikiverdi. Kızılay göbekte, metro inşaatı nedeniyle sökülen çınar ağaçları da şimdi tekrar dikiliyor.

Ankara bulvarlarında kavak ağacı bulamazsınız, ara sokaklara ve gecekondulara uzanmanız gerekir, çünkü mayıs ayında fazla pamuk çıkartan bu ağacın artık dikilmemesi gerektiği konusunda bir resmi tebligat yayınlandığı söyleniyor.

Çınar ağaçlarının ise, muhafazakar kültürle derinden bağlılığı var, bir nevi Anadolu'nun kutsal varlığı. Çınar dışında dikilen diğer sembolik ağaçlar kurudu, posası çıktı, soldu, budanmalar nedeniyle karınlarında çirkin bir gebelik peydah oldu, söksen sökülmüyorlar, kuru, dikenli, biçimsiz duruşlarıyla tüm ara sokaklarda kendilerini devirecek rüzgârı bekliyorlar.

Fantastik ağaç türleri bu sokaklarda tutmuyor. Kökleri tarihin derinliklerine gömülü çınar ağaçları ise, eski meydanlar, eski kasaba ve şehir merkezlerinde mutlaka başköşeye kurulurdu. Yaşlılıktan kulaklarının kıkırdakları çatlamış yorgun ihtiyarlar akşam namazlarını bekler, memleket, sokak, rüzgâr, "toprak" kokarlardı. Şimdi ise, Atatürk heykelleriyle belirlenmiş cumhuriyet şehirlerinin merkezlerinde çınar ağaçları yok. Şehrin antikaları olarak bir kenarda çürümeyi bekliyorlar. Ki, o ulu ağaçlar, sağanak yağmurlara, fırtınalara gövdelerini siper etmeleriyle, ruhlarımıza kutsal bir tarihi ateş dayanıklılığı verir, bu yakıcı gök ateşini gölgelerinde dindirirlerdi. Geniş yapraklarının deniziyle gök gürültüleriyle eğlenir. İpek yumuşaklığında sakallarıyla ihtiyarları sığıntı duygusunun ağır yarasından kurtarırdı. Koskoca gövdeleriyle eski zaman kahramanlarının seslerini taşırlardı. Boş hayaller kurmaktan ve ölmekten başka hiçbir işe yaramayan ihtiyarları acı çekmiş yorgun eski günlerin at sırtında bahtiyarlık dolu günlerine götürürdü.

Acaba Menderes, çınar ağacını bu yeni şehre, eski bir geleneğin devamı olarak mı dikiverdi? Bilemiyoruz. Çınarın dayanıklı gövdesinin bu beton şehrin canavar trafiğine ve kirli havasına karşı "kalkan" olarak kullandığı ise çok açık. Şimdi de yeni belediyenin Demirtepe'ye doğru selvi ağaçlarını dikmekte olduğunu görüyoruz ki, selviler de muhafazakar kültürün sembol ağaçlarındandır. Cumhuriyet şehrinin göbeğinde bir siyasal ağaç kavgası mı var? Ancak, simsiyah perçemli, simsiyah gözlü tarihin bu yorgun selvilerini şehrin göbeğinde görmek şaşırtıcı! Hoşgeldiniz şehrimize, burası bir mezarlık değil, telaşın, koşuşturmanın, siyasi umutsuzluğun mezarlığı. Kahve koyusu gövdelerinize, birazdan balgam ve kusmukla haydut muamelesi yapılırsa, sizi koruyacak kimse yok burada!

Çınarlar, yalnız kirli ve egzoslu havaya son derece dayanıklı değil, ağaç kurdu ve böceklerine karşı da dayanıklı. Çınar ağacı da orman ağacı değildir, park-bahçe ağacıdır, Türk peyzajının vazgeçilmez parçasıdır. Geleneksel Türk düşüncesi ve edebiyatla imgesel derin anlamlar taşır. Çınarın gövdeden ayrılan kolları, asırları sürükleyen geleneğin taşıyıcı parçaları gibidir. Bin yıl önce misafir geldiğimiz bu yurdu en derin kökleriyle vatanlaştırdığımızın sökülmez şahitleri olarak yanı başımızdadır.

Çınar, koyu gölge verir, yeşilimsi gri kabuğu ve yaprakları geniş, el ayası şeklindedir, sonbaharda yaprakları çok tatlı bir sarı rengini alır ki, sonbahara rengini verir. Meşhur Doğu Çınarı'dır bu. Anavatanı şüphesiz Anadolu'dur. İstenmeyen adam ilan edilmesi ve palas pandıras şehrin dışına atılmasının tarihi laz müteahhitlerin tarihiyle yaşıttır.

Orta Anadolu'nun bir el kadar küçücük kasabaları asırlar boyu güneşin kahredici alev alev yakışında, onun gölgesine sığındı. Yalçın kayalar kadar dayanıklı kolları, bizi en uzaklardaki yüksek dağların kıvrılarak mavi sonsuz göklerine doğru büyüyen tepelerine götürür...

Ankara gölgesiz büyüyen, sertleşen bir şehir. Gözleri kör edilmiş kabuktan bir tarih! Siyasal bir komplonun ve tamamlanmamış işgalin ve talanların tarihi! Şom ağızlı, peçete suratlı, yaygaracı kasaba avukatı vekillerin şehri! Çınar yapraklarından çok, doları var onların. Artık ne yapsınlar, bu yoksul, sade gölgeyi... Her gün son model arabaların içinde, sapsarı sidiğin göz çanaklarında yuva yapmış pisliğiyle, kalın enselerini kaşıyor, gölgeliklerde değil, lobilerde, kulislerde yaşıyorlar.

Artık bu sade, kanaatkar gölgeliğin kimsesi kalmadı. Çocukluğumun Trabzon'unda, Atapark'ta dev gibi büyük bir çınarın koyu gölgesinde büyüdüm. Her akşam bir dizi sıralanmış ihtiyarların kaçak tütün sarmaları. Kesik kesik öksürükleri ihtiyarlıktan değil, çok sert tütündendi. Çok sert tütünün çiğerlerdeki infilakı, hayatla ölümcül bir şaka gibiydi, eğlenir dururlardı. Her akşam aynı ihtiyarlar doluşurdu, ama, sanki her gün başka bir şarkı söylerdi bu dev çınar onlara...

Şimdi, Atatürk bulvarında protokol caddesinin her bir yanında, resmi geçitleri zorunlu olarak alkışlamakla cezalandırılmış eski zamanların kürek mahkûmları gibiler...

Tarihler hep İstanbul etrafında dolandığından, tarihi çınarların ünlülerini de İstanbul'dan okuyoruz. En önemlisi Büyükdere'deki Yedi kardeşler Çınarı. Alt yanları birleşik yedi büyük gövdeden meydana geldiği için bu adı alır. Avrupalılar "Godefroy" çınarı adını verir. 1. Haçlı (1096) seferi komutanı Godefroy de Boullo karargahını bu çınarın altında kurduğu için Osm. İmp. zamanında bu çınar gezinti yeri oldu. II. Mahmud bu çınarın gölgesinde dinlenirdi. 1829 kurban bayramı ve töreni bu çınarın altında yapıldı. Daha sonra bu çınar yandı.

İstanbul çınarlarından diğeri Topkapı sarayının 1. avlusundadır, Fatih'ten kalmadır. Alemdar caddesindeki çınar da ünlüdür. Çok yaşlı olduğu için gövdesi kavrularak yarılmış, içinde küçük bir oda meydana gelmiştir. Çınarların odamsı kovuklarında bir ömür yaşayan birçok derviş, anılarıyla tarihe geçmiştir. Anadolu kasabalarında olduğu gibi, İstanbul'da da hemen her büyük semtin ulu bir çınarı vardı. Ortaköy çınarı, Bebek çınarı, Emirgan çınarı, ünlüdür. Göksu deresindeki Beşkardeşler adlı mevkide Beşkardeşler çınarı vardı, gövdelerden biri yıkıldı, çınarın adı Dört kardeşler çınarı kaldı. Birçok Osmanlı padişahından daha ünlü çınarlara sahiptir İstanbul, Anadolu. En ünlüsü Bursa'dadır. En siyasi çınar ise, Sultanahmet'teki vakvak çınarıdır. 1656'da beş gün süren yeniçeri isyanı sonucu, isyancılar bu ağaçta asıldı. Bu isyanın adı, Çınar vakası olarak kaldı.

Bugün Bursa'da yeni evlenen gençler, Muradiye'deki ulu çınar, Somuncubaba çınarı ve Eskicibaba Çınarı'na uğrarlar. Somuncubaba çınarı, Somuncubaba adlı dervişin Bursa'dan çıktığı kapıdan kendiliğinden yetiştiği söylenir, ve birçok çınarın halk arasında öyküsü hâlâ yaşar. Bursa'da Yıldırım semtinde bulunan "ulufe" adlı çınarın da ilginç öyküsü vardır. Padişah Murad Hüdavendigar, oğlu olan her yeniçerinin anasına maaş bağlar. Yeniçerilerden birisinin karısı, Hüdavendigar'a "Ben size erkek evlat yetiştiremedim, ama, onun kadar kıymetli koca bir çınar yetiştirdim" der, Padişah da yetişen çınarı erkek evlat yerine saymış, kadına maaş bağlamıştır.

Şimdi, bu ulu ağaçlar Ankara'da trafikçilik oynuyor, kaldırım bordürü rolü oynuyor, dayanıklı gövdeleriyle yoldan çıkan kamyon ve son model arabalara engel oluyor. İnsana hüzün veriyor, şehrin merkezinden alınıp, kaldırım kenarlarında "değnekçilik" görevi verilmiş çınarlara! Altında ne ikindileri bekleyen ihtiyarlar, ne sonbaharın kuruttuğu sapsarı yaprakları avcuna alıp çıtır çıtır ovuşturup ezen birileri...Oysa, Anadolu denilen bu büyük geminin korkusuz kaptanlarıydı, onlar. Hey büyük kaptan nerede gölgene yerleştirdiğin yüz çeşit insan?

Ne çok yabancı duruyorlar bu şehre, bin bir telaşla bulvardan aşağı yukarı koşuşturan bir tek insan dahi sırtını vermez onlara. Kalın yaprakları altından, kimse döndürüp başını bakmaz göğüne... Sırtlarına kiralık ev, satılık oto, ODTÜ'lüden matematik dersi yazılı ilanları asılır.

Birbirimize birşey söylemesek de kardeş olurduk kendiliğinden o ulu çınarların altında, akraba olurduk, tanımadığımız insanlarla, hepimizin ortak büyük dedesi, gibiydiler, yolumuz mutlaka oraya düşerdi, bizi eteklerinin altına çağıran çok asil bir sesi vardı. Şimdi anlıyorum ki, bu şehre bizden yabancı, bu ağaçların çınar olabilmesi için, gölgesinde sıralı bir dizi ihtiyarın bahtiyarlıkla oturması lazım, koyu sessizliği bozan yaprak hışırtılarının ihtiyarların aksırıklarını hepimizden gizlemesi lazım, küçücük günahlarımızı, ayıplarımızı, yoksulluğumuzu, bu büyük hışırtının saklaması lazım...

Ama yok artık, o nursuz, bir kez olsun bu çınarın altında gölgeden bir akşamüstü tatmamış Celal Bayar, İnönü, Türkeş, Çağlayangil, Demirel, Ecevit, nicesi... Son elli yılımıza damgasını vurdular, birimizi kemalist yaptılar, diğerimizi şeriatçı... Kimimizi Türk yaptılar kimimizi Kürt... Kimimizi tinerci yaptılar, kimimizi Almancı... Çınarın altı bomboş ve hepimiz bir yerlere dağıldık...

O ulu çınarın ne seslerini duyuyoruz, ne gölgesinden haberdarız artık... Bomboş gölgesine koşup göklere yükselen dallarına haykırmak istiyorum, stadyumdaki tarafların nakaratı gibi...

BÜYÜK KAPTAN TAKIMI BURAYA GETİR!..

Devletin Kayıtlı Cinleri

1980'li yılların ortalarına doğru sağcı-muhafazakar-islamcı gazete, dergilerde Hans Von Aysberg adında bir yabancı bilim adamı, İslam-Tasavvuf-Uzay üçgeni etrafında matematik verileri de kullanarak bilimsel yazılar yazıyordu. Best seller oldu. Türk sağının en ünlü psikiyatristi TRT yönetim kurulu üyesi, merhum Ayhan Songar da benzer İslam-Uzay-Işık- Nur-Sistem başlıkları altında bir dizi kitap yayınladı. Uzaya kanat açmıştık. 80'li yılların ortalarında insanlarımız uzay-İslam konularına bayılıyordu, Mars ile Venüs arasındaki mesafeyi ölçüp mucizevi gerçekleri araştıranlardan geçilmiyordu.

En büyüleyici üslup sahibi Hans Von Aysberg'e aitti. "Arş'tan Arz'a Sonsuzluk Kulesi" ve benzeri tasavvuf-gezegen-mucize başlıkları, ama nedense en tılsımlı kavram olarak "sistem" başlıkları etrafında kitaplarının sayısı hatırlanmaz. İslamcı salyalı, şalvarlı ayetli uzay gezileri bitmiyor, Jüpiter'in seslerini anlatan yazılar felakete doğru sürüklüyordu hepimizi (Kafalarına Jüpiter düşer inşallah).

Kitap okunmayan ülkemizde bu kitaplar milyonlarca satıyordu, İslamcı düşünce, zırh gibi kaskatı bu uzay-İslam kitaplarıyla çevrelenmişti. Yağ tenekesi suratlı bu adamların uzay kitaplarına aydınlar gazeteler alkış tutuyordu, çünkü, onların küçük hesabına göre, halkımız uzaya baktıkça korkacak, korktukça İslamlaşacak... Uzay kitapları aslında, son on beş yılın düşünce biçimini açıklıyor. O günlerde ülkenin en çok satan gazetelerinden Tercüman gazetesi de büyük bir kampanya başlattı, okuyucularına cennet müjdesi gibi veriyordu, tüm sayfa ilanlar, manşetin üstünden duyurular bitmek bilmiyordu. Yabancı bilim adamı adlarından geçilmiyordu. Sonrası, uzaydan süzülen ışıklar, sonra, bilmem kaç yabancı üniversite diploması varmış, sonra, şok, olay, kampanya patlamalarıyla diziler yıllarca sürüyordu.

Bu ucube bilim adamları, Tarzan'ın halatıyla uzaya fırlıyor, zepline biner gibi tasavvufun büyülü kavramlarına dalıyor, varoluşla-kozmosla ilgili dramatik sahneler şeytani bir deliliğe doğru sürüyordu. Velhasıl ülkemiz bir "kozmos" fırtınasına tutulmuştu. En büyük psikiyatristlerimiz, bakanlarımız, herkes (bir zamanlar aya çıkıldığına dair inanmayan bu adamlar), Mars'ın yüzeyinde boşluğa akıp duran bir nurlu çeşme görüntüsüne dayanamıyordu (Canlan çıkar inşallah).

Diyanet İşleri boş durur mu, açlıktan, işsizlikten umutsuzluğa kapılmış insanımıza, İslam'ı uzaylarda arayan, uzayın Nasavari gerçeklerini ehli sünnet ve cemaat düşünceleriyle yoğurup güldeste ediveren Keçiören'de hocalık yapan yazarların kitaplarını bastıkça basıyordu.

Alemlerin rabbi, gizli gerçekler gibi, bu uzay-İslam furyasından ekmek yemeyen İslamcı yayınevi, dergi yok gibidir. Fethullah hocanın "Sızıntı" dergisi ise gerçek bir klasikti, yüzlerce kapak yaptı, yabancı bilim dergilerinden yürüttüğü uzay fotoğraflarını, Satürn'den dökülen şelâle görüntülerini telifsiz olarak bastıkça bastı, yaptıkları tek şey, bu fotoğrafların altına bir ayet yazmaktı...

Milyon cilt basılan bu kitapların özeti şu kadardır. "Her şey bir düzen ve denge içinde", tüm yazarlar bu cümleyi ispatlamaya çalışır, ajite cümleleri de şudur: "siz bu alemlerin ardında ne var sanıyorsunuz?"... Ofli Hoca olsaydı, "ananın .mı var" derdi. Bir gün İstanbul Beyazıt'ta, o.günlerin en meşhur kahvesi Erenler dediğimiz Çorlulu Ali Paşa medresesine gittim. Nargile de içilen turistik bir kahve. Fazlasıyla akıl sağlığı yerinde, işi gücü rahat birkaç arkadaşım anlatıyordu. Hayranıydılar, kimin? Hans Von Aysberg'in. Hatta şimdi yanından gelmişlerdi. Kireçburnu'na götürmüştü onları. Aynen dediği gibi olmuştu; uzaydan inen bir ışık dünyaya iniyordu, arkadaşlar şaşkınlıklarını gizlemiyordu, hatta birçok arkadaş, bu dünya çapındaki bilim adamına evini, bürosunu açmış, bilgisayarını vermişti..

Hans, gerçekten süperdi, sizi uzayda tehlike ve korku dolu bir yolculuğa çıkarıyor, sonra, Tanrılar'ın Arabaları yazarı gibi birtakım mesafeleri topluyor, çıkarıyor, sonunda evinizde Allah'ın varlığına bir daha iman edip rahatlıyorsunuz (Tanrılar'ın Arabaları'na cevap yazan bir bilim adamı şöyle yazmıştı: Benim de evdeki tuvaletle, komşunun banyosu arasındaki mesafeyi çarpın, Güneş'le Mars arasındaki mesafeyi bulursunuz...).

Hans, Tanrı'nın varlığından şüphesi olanlara reçeteler verirken, aslında, binlerce yıldan beri akıp gelen geleneksel muhafazakar çürümüş kültürün yaralarını temizliyordu. Uzaya, Jüpiter'e kaçarak, bu devasa yara: yoksulluk, çaresizlik, zavallılık, eziklik, bozukluklar, uzayın ve ışıkların süzülen renkleriyle boyanıp kapatılıyordu.

Bundan dört yüz yıl önce insanoğlu Pascal'ın bahsini, tartıştı ve bitirdi. Pascal'ın bahsi: Tanrı var mıdır, diyorsun, yok mudur, diyorsun? İnsanoğlu binlerce yılın tartışmasına son noktayı şöyle koydu: Tanrı var desek de, yok desek de, yoksulluk derdinden, kardeşlikten, bölüşmekten vazgeçecek miyiz?

Tanrı'nın vicdanı-adaleti, çoktan yerini insanın vicdanı adaletine bıraktı, insan, inansa da, inanmasa da başkasını öldüremez, inansa da inanmasa da başkasından fazla haklara, imtiyazlara sahip değildir, yani, Tanrının varlığı ya da yokluğu toplumsal alanın işleyişinde bizi ilgilendirmez, ancak tek başına yüz bin rekat namaz kıl, bu da kimseyi ilgilendirmez.

Tanrı varsa da bölüşeceğiz, yoksa da, bu tartışma binlerce yıl süren uyuşukluğu aşarak, binlerce rahibin kellesini kopardı. Bu uzay tartışmaları ise, batı karşısındaki ezikliğimizi giderici psikologluk yapıyor, Hans'lar konuştukça, modern batı bilim parçalanıyor. Hans yazdıkça, batı bilimi çürüyor, bizimkiler zevkten Marslar, Venüsler arasında abdest alıp, akşam namazını kılıp geri dönüyor.

Uzaydaki sistemin bu yazarların ağzında bıraktığı tat ise bambaşka. Ahçı öğüdüdür: Meyve tabağı öyle estetik düzenlenmeli ki, müşteri meyveyi yemeye kıyamasın. Meyve dilimlerinin harika süslü düzeninden dolayı seyrine dalsın. Estetik duygusu, iştahın önüne geçsin. Aslında meyve tabağındaki düzen de ilahi bir düzendir, portakal dilimlerinin üstün-de kirazlar, yandan çevrili kiviler, dane dane üzümler...

Çatalı batıran anarşist, Allahsızdır. Sadece seyret! Hadi yiyelim dediğimizde bu yemeği, Tanrı'nın hakikati bir kısır tartışmaya girer, on binlerce yıl tartışır dururuz...

İşte Özal'ın efsaneleşmiş dev ekonomik hamleleri holdinglerin karınlarını doyururken, ülkemiz düşünce sisteminin kostümleri bunlar idi, milyonlarca uzay-İslam kitabı kol geziyor; Özal ise, Cuma namazından çıkıp, pop şarkıcılarıyla kol kola şarkı söylüyordu. Ne ürkütücü bir tesadüf ki, mırıldandığı tek şarkı da, Samanyolu!

Dünya, bu zırsalak, uzayda yıldızlara teravih namazı kıldırtan bu bilim adamlarının kaleminde, av köpeğinin neşeyle zıplayıp, ağzıyla kaptığı pinpon topuna dönüyordu. Zavallı ülkemiz çağ atlıyordu.

Özal ne ürkütücü bir tesadüf ki, medya yazarları tarafından ülke tarihinin ufku en geniş siyasetçisi seçilmişti. İnsan soruyor, bu halkın beyni bu kadar uzay kitabını nasıl sindirdi?

Uzayın kuru havası, Özal'ın Alaaddin Lambası hayali ekonomisine iyi geldi. Bakanlıktan aldığım maaş, sadece dolmuş parası ve maltepe sigarasına yetiyor, aşırı güçle, başka işlerde yapıyorum, altı-yedi yıl içinde on üç-on dört kilo verip 53 kiloya kadar, bir Habeşli'ye döndüm. Herkes aldığım maaşa "ona da şükür" diyor.

Özal'ın efsanevi sevgi, gönül adamı kültür bakanı N. Kemal Zeybek idi, ki, Allah ondan razı olsun, bu dolmuş ve sigara parası için minnettarlığım sonsuzdur, ömür boyu sesini çıkarmayacak, sabahlara kadar kendisine dua ederek geçireceğim günlerimi.

Ne güzel hikâyeydi o, yazarını yine unuttum. Yoksul bir mahallede balon satan adam. Gün geliyor sokak daha da yoksullaşıyor, adam balonlarını satamıyor. Birşey yiyemediği için zayıflıyor, tüyleşiyor, tüyleştikçe elinde tuttuğu balonlar o zayıf bedeni uçuruyor.

Baloncunun ayaklarının yerden kesilip uçmaya başladığını gören mahalleli, bir ekmek parçası getirip, baloncunun ağzına koyuyor. Ekmek parçasının ağırlığıyla tekrar yere basıyor ayakları. Bu defalarca devam ediyor.

Vücudumun dış kabukları dökülmeye başladı ve uzay seferlerine artık ben de başlıyordum ki, bir haber duydum: Hans, Semra Özal'ın baş falcılığına kadar yükselmiş (işkenceden canını zor kurtarmış solcu gençler böbreklerini kaybetmiş, bir kolları çalışmaz hale gelmiş ve ancak bu kokteyl partilerinin bulaşıkhanesinde çalışabiliyordu), Hans bir "kalın adamlar" tarikatı mı oluşturuyordu. Ve Güneş Taner, garsonların dediğine göre sabahlara kadar paso domuz eti yiyordu. Bundan dört-beş yıl önce Uğur Dündar'ın programında bir medyumun ziyaretine Aydın Menderes, Hasan Celal Güzel, Türkeş'in dahi gittiklerini izleyince muazzam, akıl almaz bir güçle çevrildiğimizi anladım.

Aslında bu uzaycı Kur'ancılar, medyumcular, iyi kalpli insandılar, Leydi Di, nasıl üçüncü dünya ülkelerindeki mayın toplama kampanyalarına katılıyorsa, bu insanlar da halkımızın görmeden bastığı, topal, çolak, ucube, sadist, salak cinleri topluyorlardı. Ancak, yine de Türkeş'in orada ne konuştuğunu öğrenebilmek için neler vermezdim. Bu liderlerin manevi bir suya mı ihtiyaçları vardı? Yoksa, ruhlarının derinliklerinde şeytani bir uyuşmazlık mı? Yoksa, soğuk uğursuzluklarının derin nedenlerini mi anlamaya çalışıyorlardı? Ya da kim gaza getirdi bu liderleri? Yoksa devlet canavarı eğlence mi arıyordu? Ya da, hayatla hiç olmayan bağlarını orada görünmez ellerle mi düzenleyeceklerdi...

Bir insanlık neşesine, bir hüzün dolu şarkıya bürünüp yaşamak varken bunlar niye? Hayatın içinde her gün biraz daha göğün ateşiyle sevişip eriyip gitmek varken, bu ucube arayışlar neden?

Tercüman gazetesinin sahibi, Kemal Ilıcak, henüz İlksan yolsuzluğu ortaya çıkıp kalp krizinden ölmemişti. Gazetenin manşetinde bir özür gördüm. Bahsi geçen uzay-gezegen-İslam yazı dizisi kaldırılmıştı...

Uzayın sesini susturmak, Tanrı'nın sesini kesmek, büyük okuyucu musluğunu kapatmak gibi birşeydi. Derken, iş anlaşıldı. Hans Von Aysberg'in yabancı diplomalarının sahte olduğu söylendi. Adamın gerçek adı: Süleyman'mış, nam-ı diğer: Gaziantepli Süleyman.

O güne kadar kitaplarım harıl harıl basan Diyanet İşleri Başkanlığı da yayınevlerinden kitaplarını kaldırdı. Hayranları ise fazla bozulmadılar, gerekçeleri hazırdı: "Yağğ ağbi, adam Türk'üm, Antepli'yim dese, kitaplarını kim okur, sen halkımızın batı'ya hayranlığım bilmiyor musun, iyi ki adını böyle koyup sattırmış kitaplarını, Allah'ı öğretmiş, fena mı yapmış?"

Aslında Hans, uzayın fırtınasız boşluğunda kaybolmuş bir adam değildi. Dinini, ülkesini seven bir adam. Büyük iddiası var: Tasavvufun verileriyle yeni bir bilim kurulabilir. Bu bin yıllık bir iddia, artık neyse bu gerçekler ortaya çıksa da biz de her gün gazetelerde az pişmiş yumurta kanser yapar, lahana cinselliğe iyi gelir diyen şu Batılı bilim adamlarından kurtulsak.

İşte tasavvuf sanatının doruklarındaki devletimiz, milyonları sarsan ezen heybeliyle bu konuya parmak basmış, bakanlıklarını cadıların, büyücülerin kol gezdiği manastırlar haline getirmiş! Neden? Batı'nın sadece makine yapan biliminden bizi kurtarmak için!

Sevgili yurdum, sevgili mersin balıkları, can erikleri, Erzurum peynirleri! Dinleyin hikâyemi, devletin uzaydaki ruhları neden ağırladığını?

Kültür Bakanlığında danışman arkadaşımın odasında oturuyorum. Kocatepe kitap fuarından bir telefon geldi. Telefonda, fuar sorumlusu, şimdi bir doçent arkadaş. Hans'ın kitaplarını sergiye almamış. Hans da doçent arkadaşa, dünyaca ününü, profesörlük diplomalarını anlatmış. Doçent alayla gülmüş, kibarca kapıyı göstermiş. Bunun üzerine sinirlenen Hans, sen ne adına benim kitaplarımı fuara almıyorsun, ben Kültür Bakanlığı baş danışmanıyım, doçent, artık gülmekten yerlere seriliyor 'yahu git kardeşim, dalga geçme, kültür bakanını da, danışmanlarını da tanırım, başka kapıya" diyor.

Hans, ciddiyetini bozmadan, "neden bakanlığı arayıp sormuyorsun" diyor. İşte benim odada olduğum o sırada danışmana telefon geliyor. Danışman da dalgasını geçip "yaaa öyle mi, ..iktiret gitsin kafa bulmuş, ne danışmanı kardeşim deyip" telefonu kapatıyor...

Danışman arkadaşım olayı anlatıyor, gülmekten biz de

yerlere yatıyoruz. Danışman: "Bu şarlatanlarda ne büyük cesaret var, sen git, kendini kültür bakanı baş danışmanı olarak sağda solda takdim et, ne manyaklık kardeşim?"

Şüphesiz böyle birşey asla olmaz. Olayı çoktan unuttuk. Birkaç gün sonra, bakanlığın yemekhanesindeyiz.

Tesadüfen Personel Genel Müdürü de bizimle aynı masada yemek yiyor. Hoşbeş ederken, personel genel müdürü, danışmana dert yanıyor: "yahu başımızda bir bela var sorma, ne yapacağımızı bilmiyoruz?"

Nedir? Müdür: "adam, haftada iki ayrı uçak faturası gönderiyor, en lüks otellerde kalıyor, bakanlık tarihinde bu kadar uçağa binen, bu kadar lüks otelde kalan danışman yok...

Danışman: "Durumu bakana bildirseniz"Müdür: "Bakanın en sevdiği danışman, nasıl anlatsak?" Müdür: "Şu bizim Hans!" Danışman: "Neeeee, o adam burada danışman mı?"

Personel Genel Müdürü: "Başdanışman!"

Şok bir şaşkınlıkla danışman arkadaşımla merdivenlerden odamıza iniyoruz. "Bir kabusun içinden geçiyoruz" dedim. "Abartma" dedi. "Bu kabus sanki hiç bitmeyecek" dedim, tekrar "abartma" dedi. Şimdi ben bunu kime anlatsam ya deli diyecekler bana ya da abartıyorsun. İşte bu geçen on yıl hiç kimse inanmadı. Aslında danışman arkadaşım da duyduklarına inanmamıştı. Özel kaleme telefon edip, danışman listesini istedi. Evet, ordaydı. Semra Özal'ın uzaycı baş falcısı kültür bakanlığı başdanışmanı statüsünde adı yazıyor ve maaş alıyordu.

Sevgili yurdum, sevgili kavun kabuğu zekâsındaki Özalcılar, ben bunca tarih okudum. Böyle bir şey ne duydum, ne işittim.

Peki neden medya yazmadı, kimse birşey söylemedi. Belki bilmeyeniniz var. Aydın Doğan'la sayın bakan hem hemşehri, hem bacanak, peki diğer gazeteler niye yazmıyor? Çünkü hepsi aynı haranın atları. İstediği kadar tepişsin bu atlar hiçbiri meyve tabağımdaki düzeni bozmak istemiyor. İşte on yıllık kavga sona erdi. Faziletçilerle Aydın Doğan anlaşma yaptı ve laik-şeriat savaşı sona erdi.

Öbür Sevgili

Demirel'e gazeteciler soruyor, "hükümet düştü, ne olacak?", büyük insan o meşhur ayak kokusu ses tonuyla cevaplıyor: "İnsanlar sabah kalkıyor, kahvaltılarını yapıyorlar, öğlen oluyor yemeklerini yiyorlar, akşam oluyor, yine yemeklerini yiyip, yatıyorlar, geceleri uyuyorlar, şimdi burada yolunda gitmeyen ne var?"

Birkaç yıl önce büyük bir katliam olduğunda gazeteciler sormuştu: "katliam için ne diyeceksiniz?", büyük insan diş çürüğü sesiyle: "Ne olsun istiyorsunuz kardeşim, manavlar dükkânını açıyor, fırınlar ekmek yapıyor, bakkallar alışverişini yapıyor, ne olsun istiyorsunuz?"

Bürokratların, .ötüne pamuk sürmekten başka işe yaramayan psikiyatristlerimiz ekranlarda papaz taşağı suratlarıyla boy göstereceklerine, bu siyasi konuşmaları çözümlemeleri gerekir? Geveze kurbağaların gurultularını saymaktan usanmadılar, burada, rezil bir haydutluğun sivrisinek beyninin karıncalanmaları var, yok, ağır bir hastalık mı seyrediyor?..

Bilemiyoruz. Savaşta, depremde dahi insanoğlu, doğal güdüsel davranışlarını sürdürür. Tarihin hiçbir ihtilali, felaketi doğal insan davranışlarını değiştiremez. Yemek, içmek, uyumak gibi doğal davranışları ancak kıyamet değiştirebilir. Göbeklerini şişirip kahkahalarla ense kökleri patlarcasına kitlesel bir çılgınlık yaşanıyor bu konuşmalarda! Yani, kıyamet kopmadan, düzen bozuktur, işler kötü gidiyor kimse diyemez, çünkü orada birileri Allah gibi konuşuyor, sıçıyorsunuz, işiyorsunuz, dalağınız, böbreğiniz yerinde, daha ne bok istiyorsunuz, diyor.

Gerçek bir kıyamet bu "zihniyet". Yaratıcının ağzıyla "şantaj" yapıyor birileri, dükkânlar alışveriş yapıyor, daha ne istiyorsunuz?

Subaylar ve askerler de her gün içtima yapıyor, mıntıka temizliğine çıkıyor, niye onlara da, ne güzel bugün de mıntıka temizliği yaptınız, 100 milyar dolarlık silaha ne gerek var, demiyor...

İşkembeleri uğruna her gün memurlara, öğrencileri, işçilere dinamit lokumundan "ekmek" veren siyasileri kim yok edecek, bu kıyamet düzenini kim sona erdirecek! Bilgi! Bilgiyle tanışan insan, köleliğini şuursuzca sürdürür.

Köleliğini fark edemeyen kitlelere karşı siyasiler "Allah" gibi konuşuyor! Ey halkım, bu bitmeyen uykuna zıbarana kadar devam et.

1940'lı yıllarda, köylere radyolar yeni girmeye başlamıştı. Uçsuz bucaksız kasabalardaki halk, alışveriş, öteberi için şehre indiğinde köyüne dönerken bir de "haber" götürürdü. Çoğu zaman özel olarak "haber" getirmesi için birini görevlendirir, karanlık dünyalarını dünyaya açmak isterlerdi. Bazı köylere radyo geldiğinde, o köye, radyo dinlemeye yine görevli birini gönderip, dönüşte haberleri toplanıp ondan alırlardı.

Yoksul bir yayla köylüsü neden habere ihtiyaç duyar, kasabadaki alışveriş neyine yetmez. Uygarlık tarihinde kentin oluşumuna sebep, alışverişten çok, köylünün başka dünyalara açlığıdır.

Demirel, bilinçaltından işadamlarına konuşuyor, Türkiye bir ticari pazardır, halk köledir, işler yolundadır, katliam olmuş, hükümetler mafyalara karışmış, bu haberler "pazarı" etkilemez.

Kardeşlerim, şayet bu pazara "haber"i, "bilgiyi" sokabilirsek, bu düzen infilak edecektir. Haber olmadan demokrasiyi inşa edemeyiz, şehrin ana hammaddesi "bilgi"dir... Medyanın şeytan tırnakları bize sürekli kendi fikrini söylüyor, haber vermiyor!..

Cumhurbaşkanlarımız içinde en çok gazete kapatanı İsmet İnönü'dür. Atatürk'ün en yakın arkadaşı, devrimlerin yılmaz bekçisi Yunus Nadi'nin Cumhuriyet'ini dahi kapatmıştır. Atatürk'ün yine en yakın arkadaşı, devrimlerin en hararetli savunucusu, Falih Rıfkı Atay'ın Ulus gazetesindeki yazılarına son vermiştir, halk bu adamı sevmiyor, bu adam bize uğursuz geliyor diye...

İnönü, Atatürk resimli paralara kendi resimlerini koydu, on yıl sonra Menderes meclis kürsüsünden neden kendi resmini koydun diye sordu, İsmet Paşa, "bu usuldür, her devlet başkanı ilk çağdan beri paralara kendi resmini koyar" diye cevapladı. İnönü resimli paraları beğenmeyen halk, İnönü sağır olduğu için, paradaki İnönü resminin kulağını sigarayla yakıp deliyordu. Yunus Nadi'nin özene bezene yetiştirdiği, beyefendi oğlu Nadir Nadi, piyasada bol miktarda kulağı delik kağıt para var, insan utanıyor, diyor...

75 yıllık cumhuriyet hayatımızda Atatürk'ü en çok kim sevdi yarışması yapsak, başta Yunus Nadi ve Falih Rıfkı'yı saymalı ama, cevap olarak Nadir Nadi'yi söylemeliyiz...

Nadir Nadi iki şey sevdi! Atatürk ve Mozart! İkisinin de kitabını yazdı. Mozart düşkünlüğü romandan da geniştir. 2. Dünya savaşında Rusya'da parçalanmış cesetler, yıkılmış binalar altında gezinirken bu büyük trajedi karşısında şunları yazar:

130

"Bütün insanlar Mozart'ı sevselerdi acaba savaş tehlikesi büsbütün ortadan kalkamaz mı idi? diye düşündüm. Bu sevgi o kadar da imkânsız bir şey miydi? Bir bakıma iyi kalpli kocaman birer çocuk olan insanlara, bütün ömrümce güzel eserler bestelemekten başka birşey yapmayan bir sanatçıyı sevdirmek neden kabil olamazdı? Hatta bugün savaş meydanlarında bir an toplar susturulup Tamino'nun sihirli flütü çalınabilseydi, generalleriyle, subaylarıyla, çavuşlarıyla ve tümen tümen erleriyle milyonluk ordular silahları bırakıp sarmaş dolaş olmazlar mı idi?"

Ezcümle, savaşma, Mozart dinle diyen Nadir Nadi, büyük savaşın enkazı altında ayrıca vakit bulup Mozart'ın evini ziyaret etmiş, çelenk bırakmak istemiş, mümkün olmamış, bırakamayınca, evin bakımı için bağışta bulunmak istemiş, bu da mümkün olmamış, ısrar etmiş, ortada makbuz bulamamışlar, hüzün içinde geri dönmüş ve tüm ömrü Mozart'a ibadetle geçmiş...

Bugünkü cumhuriyet gazetesi 75 yılın en büyük Atatürk savunucudur ve dünya günlük gazeteleri içinde çok sesli müziğe sayfalarında daha çok yer ayıran başka bir gazete biliyorsanız, bana da haber verin!

Cumhuriyetin ilk yıllarında yazar-gazeteciler, batı Kültürü batı müziği konusunda fazlasıyla teşkilatlıydılar. Ancak, yerel kültür ve folklor konusunda bir turist kadar acemiydiler. Bir küçük parlemento gazeteci heyeti 1940'lı yıllarda İngiltere'ye davet edilir, savaşa katılmaya ikna edilmemiz için. İngilizler yazarlarımız önünde bitmek bilmeyen şirin folklor gösterilerinde bulunurlar. Misafir karşılama töreni pek nezih ve pek ağır olur, bizimkiler fazlasıyla mahcup olur, memnun kalırlar.

Ancak, İngilizler, içlerinde Hüseyin Cahit, Nadir Nadi de olan misafirlere, siz de kendi ülkenizin folklöründen örnekler verseniz, diye ısrar ederler. Bizimkiler, hayır bilmiyoruz derler, onlar, hiç değilse milli marşınız da mı yok, derler. Bizimkiler artık görev başına, milli marşı söylerler, falsosuz, düzgün... Ve hızını alamayan Nadir Nadi, marşın peşinden, heyete "hamsi koydum tavaya başladım oynamaya" türküsünü söyletir! Pek eğlenirler!

Batı kültürüyle büyümüş, Mozart uzmanı bir aydın gazetecinin İngiliz heyeti karşısında hamsi koydum tavaya türküsünü söylemesi, sağlam, güvenli, alçakgönüllü bir kişilik örneğidir.

DP ilk seçime giderken, İnönü'yü de DP liste başı aday göstermek ister, ancak, Falih Rıfkı kükreyerek "yok öyle yağma, İnönü bizimdir, onu alamazsınız" diye bağırır. Çok sonra Bayar-İnönü kavgası ülkemizin en büyük milli meselesi haline gelir. Nadir Nadi, 1933'te Celal Bayar'ın babası Yunus Nadi'ye "CHP'nin altı okunu Türk bayrağı yapalım" dediğini anlatır.

İnönü-Bayar kavgası köylere sıçrar, köy kahvelerinde bir dedikodu: "İnönü'nün oğlu Kızılay'da Celal Bayar'a tabanca çekip, kovaladı"...

Halkımızın Erdal İnönü'yü tanımadığı anlaşılıyor, ancak, Erdal İnönü'nün silah çeken kabadayıdan daha acımasız olduğunu gözlerimle gördüm, bakanlık yaptığı yıllarda korumasız tek başına Kızılay'da, elleri cebinde ağaçları seyrederek yürüdüğüne şahit oldum.

Erdal İnönü, 37 kişinin öldürüldüğü Sivas katliamı dolayısıyla çok sıkıştırılmış, büyük sırları kendine saklamış, bir kenara çekilmiştir. Neden susuyorsun diye, kendisine sert çıkışlar yapan milletvekili arkadaşlarına: "Yahu, hayatta daha derin, daha başka şeyler var, siz hiç Spinoza okudunuz mu? Spinoza okuyun!, bu küçük tartışmalardan çıkın!" diye cevap verir!..

Babasının iktidarında yoksul Anadolu köylüsü, canından çok sevdiği eşşekleri dahi kalın derisinden çarık yapmak için öldürmek zorunda kalıyor, yorgan parçalarından üst-başlarına yama yapıp giyiyorlardı, Nadir Nadi de Erdal İnönü de, işte bugünlerde Mozartları, Spinozaları okumak şansı buldular!

Recep Peker meclis kürsüsünden Menderes'e, "piskopat" diye bağırır, DP'liler salonu terk eder, Peker'e arkadaşları, bu nasıl küfür diye çıkışırlar, kınarlar. Meğerse Peker, başbakanlığı yıllarında Menderes'in telefon konuşmalarını gizlice dinliyormuş, süslü, argolu, politika dışı bu konuşmaları bir türlü anlamayıp, içinden "piskopat mı bu adam" diyormuş, bilinçaltından meclis kürsüsünden bir gün fırlayıvermiş.

Bugün İnönü'nün reformlarından kimse bahsetmez, hem toprak reformu, hem eğitim reformu, Atatürk inkılapları düzeyindedir, hatta daha ateşli. Eğitim, her köye ilkokul demekti, DP iktidarı, "köy enstitülerinde okuyan çocuklar kendilerini birer Atatürk sanıp köye öyle dönüyorlar" diye dalgasını geçiyordu, sonra din derslerini eğitime koyan İsmet Paşa oldu, İmam Hatiplerin ilk örnekleri de bu dönemde başladı. İkinci büyük reform ise, Türk aydınlarının kalbinde bir yaradır, toprak reformu. Milli şef döneminde İnönü'ye kimse dil uzatamaz, eleştiremezdi, astığı astıktı, ancak, toprak reformu mecliste tartışılırken toprak ağası milletvekilleri bir hışımla ayağa kalktı, İnönü çaresiz kaldı.

Onlar erdi muradına, biz çıkalım kerevetine.

Nasıl bir cumhuriyet, yurttaşlık oluştu ki, hepimiz "cellat" oluverdik, insanoğlunun yeryüzü tarihiyle tüm bağları kopartıp, kimliksiz milli şebeklere dönüverdik. Silahına, boğazına düşkün beygir suratlı politikacıların kölesi oluverdik. Yıkıcı, yok edici, vahşi coşkuların "dinamitlerine" dönüverdik.

Linç kültürü, ruhlarımızı vatan yaptı. Yırtınırcasına bağırıp çağırmayı milliyetçilik sanıyoruz. Gazetecilik, bilgi yok, "milli sirenler" gibi haber bülteni veriyor, emniyet müdürlüğü, güvenlik kurulları kanallarıyla televizyonculuk, gazetecilik yapıyoruz!

Ve ne çok kültürlü insanlar olursak olalım, parçalamak, saldırmak için özel yetiştirilmiş köpeklere dönüyoruz.

Cumhuriyet tarihinin büyük imkânlarla özene bezene okuttuğu iki beyefendi insan var önümüzde, biri Erdal İnönü, diğer Nadir Nadi! Eğitimse eğitim, kültürse, kültür! Biri 37 kişinin öldürüldüğü Sivas katliamından sonra ebedi suskunluğu seçip arkadaşlarına: "Spinoza okuyun" diyor, diğeri, Avrupa uygarlığının sonunu getiren Alman vahşetinin yıkıntıları arasında "keşke Mozart dinleseydiler, böyle olmazdı" diyor, ki, ülkemizde Alman taraflısı ilk yazıyı da "Alman realitesi" başlığı altında Nadir Nadi yazmış, Türk basınında fırtına kopmuştur, Nadir Nadi, "ben Almanlar'ı tutmadım, büyüyen teknolojik ve ideolojik güçlerini göstermek istedim, diye kendini savunur...

Kuzey Kore devlet başkanı öldüğünde, halkın isteriyle ağladığını televizyonlardan gördük, şaşırdık, Hitler'in Alman halkını nasıl hipnotize ettiği biliniyor! Ya da şöyle diyelim, bir insan, tüm hayatı boyunca, sadece ve tek başına tüm duygu ve düşüncelerini bir tek insana "kilitlerse" yok edici bir canavar olur!

Bir dine, bir ideolojiye, bir anneye, bir sevgiliye, bir vatana, ya da bir siyasi başkana, körü körüne mutlak bir bağlılık, insandaki yıkıcılığın dinamitlerini hazırlıyor. İkinci dünya savaşının insani ve kitlesel sonuçları üzerine yapılan büyük sosyal ve psikolojik çalışmalar, insanoğlunun gözleri önüne bu gerçeği koyuyor: Mutlak bağlılık, intiharı ya da cinayeti getirir!

Bütünüyle bağlılık aynı zamanda "ölüm şarkısı". Kan davalarını, milli savaşları, kitlesel katliamları aşmanın yolu olarak uygarlığın önümüze koyduğu tek seçenek, herhangi bir şeyi, ya İstiklal, ya ölüm, ya da , ya olacak, ya da olacak gibi mutlak bir kesinlik için sevmenin, insanları sapık canavarlara dönüştürdüğü!..

Annemize, sevgilimize "bütün-bütüne" bağlılık, neden ölüm uçurumunun ta kendisi oluyor, Doğada, bir hayvanın da annesi-babası ve yaşadığı bir mekanı-yurdu vardır, bu alan onun "öz-güven" alanıdır, buraya müdahale ettiğinizde sizi parçalar. İnsan da, vatanına, sevgilisine olun tutkusunu bir anda parçalamaya, saldırmaya döndürebiliyor ve okul, aile, eğitim bu şartlanmayı vazgeçilmez bir bağlılık haline getiriyor!

Ne annemizden, ne vatanımızdan vazgeçebiliriz, ancak, insanoğlu, hayvanla, yırtıcı doğasıyla arasına "duygusal" bir mesafe koymak istiyor! Anne, Tanrı, vatan, sevgili asla değiştirilmez, vazgeçilmez olduğu yerde, büyük yıkıcı sefalet başlar!

Değişmez ve yerleri doldurulamaz, anne, Tanrı, vatan, sevgili; insanın hayvansı yalnızlığını, yedi kat deli gömleğini asırlardır yırtamadığını gösteriyor.

Sevmenin, bağlanmanın, öldürmeden, yok etmeden başka yolları yok mu diyor, insanoğlu! Başka sevgili, başka anne, vatan, ya da başka değerleri de hayatımıza ikame edebilir miyiz?

Bir sevgilinin bizi terk etmesi ölüm müdür? Yenisi bulunamaz mı? Ya da bu derin bağlılık ve tutkuyu neden sakatlık olarak görüyoruz? Hasta uygarlığımız büyük katliamlardan, yok edicilikten geçtikten sonra, insanın en temel değerlerini işte böyle sorgulamaya başladı!

Başka bir "öbür sevgili" var mı? Nadir Nadi var diyor, Mozart! Bir ömür boyu bunu söyledi, ama neden Atatürk'ü vazgeçilmez mutlak bir doğru olarak tanrılaştıran yazılarla genç nesle şartlandırdı. Erdal İnönü, Spinoza, diyor! Erdal İnönü'ye de diyeceğim; onun kadar ince esprilerim yok benim. Ben halk çocuğuyum, tarzım kabadır, fıkra şöyle: "Doğulu bir vatandaşımız, kaymakamı çok genç, çok güzel hanımıyla gezerken görür. Kaymakam bey, bu güzel hanım senindir? Kaymakam: Benimdir der. Kaymakamın kulağına eğilip, senindir de niye boş boş gezdirirsen, eve götürüp .ikmirsen" der. Yani, Erdal Bey'in kendisi niye okumamış? Boş boş

135

gezdirmiş Spinoza'yı. Yani, onca okumuşluklarına rağmen kazma gibi bir kabalıkla, bu "dar" dünyayı aşın demeye getiriyorlar!

Siz aştınız da ne oldu? Bize, başka anneler, başka liderler, başka vatanlar, başka renkler, başka sesler bulabilecek ne yaptınız? Büyük imkânlarla okuyup, başımıza "balyozla" vurup, okuyun, dinleyin diyorsunuz...

Oysa, bir yazar, sevgilisinin bir benzeri, vatanın bir benzeri, annesinin bir başka benzerinin mutlaka envai, nihai çeşitleri olduğuna inandığı için yazardır. Ve her yazısı, "öbür sevgiliden" insanoğluna mesajdır!

Ve öbür sevgili modern dünyada oldukça pahalıdır. Kitabın, sinemanın, seyahatin, şiirin, edebiyatın bir insanın üstüne yükleyeceği maddi külfet, canını alacak kadar büyüktür!

Bizler, yine de yoksulluktan budalalaşmış bu kuru dudaklarımızla, sonsuza dek burada, öbür sevgiliyi bekleyeceğiz!

En kudretli insan dahi, içindeki hayvanın parçalayıcılığını yok edemez, ama, bu hayvana, yeni bir sevgili bulabilir!

Edebiyat ve sanat, hayatı, bir benzeriyle aldatmaktır! Edebiyat ve sanat, belki de aslı astarı olmayan, gerçeğiyle hiçbir ilişkisi olmayan hayaller ve tasarımların oyalanmaları içinde, fantastik, şaşırtıcı, çarpıcı, büyüleyici yeni "gerçeklikler" bulmaktır! Öyle ki, o büyük müzisyenler, insan ruhunun en samimi dostlarının işte bu renkler - sesler olduğuna imanları tamdı! Kuşları dahi sarhoş eden akşamlara gömüldüler, her biri kızıldan bir ton oldu gökyüzünde!

Kardeşlerim, hiç şüpheniz olmasın, en uzak denizlerin en derin mavisi gibi, bir gün yüreklerinize yıldırım gibi inecektir, öbür sevgililerin sesleri, renkleri, çığlıkları!.. Dünyada ne kadar insan varsa o kadar sevgili var, siz insandan haber verin.

Medya edebiyat dünyasını yuva yapmış, eli baltalı kara adamlar, bu ruhsal haz ve neşeyi hiç tanımadıkları için, bugün orada, siyasi, iktisadi, teknolojik "güçlerin" statüleriyle kendilerini bok sanıp, yeni yetişen milyonlarca genç çocuğa da "başka dünya" yok, mesajını mutlak bir şekilde şartlandırarak vermeye çalışıyorlar!..

BAŞKA BİR VATAN BAŞKA BİR DÜNYA BAŞKA BİR SEVGİLİ VAR... Askerlerin ve siyasilerin gaddarlığa ezgiler düzmekten vazgeçtiğinizde, onu göreceksiniz!..

Vesikalı Sanatçım

Çankaya-Cinnah'ı çıkarken, sol tarafta Devlet Sanatçıları Dayanışma Derneği adında bir levha görmüştüm. "Dayanışa dayanışa devlet sanatçısı olmuşsunuz, dayanışmanın bundan sonrasına başka birşey denir" dedim, içimden... Yine 72 sanatçı devlet sanatçısı ilan edildi. Ajda Pekkanlar, Muazzez Abacılar ve Metin Akpınar - Zeki Alasya, açlık grevi yapan (!) Levent Kırcalar ödüllerini alırken, Fikret Otyam, Orhan Pamuk, ödülü reddetti. Muazzez Abacı'nın sahnede niye avazı çıktığı kadar bağırdığını anlamazdım, sarhoşlar duysun diye sanırdım, sarhoştan da beter, mafyacı siyasetçilerimiz duydu. Ajda Pekkan ödülü çoktan hak ettiğini şu cümlelerle açıkladı: "Bunca zaman çocuk sahibi olmadım, ömür boyu diyet yaptım, hepsi halkım içindi, sanatçılığın hakkını vermek içindi, ödül almamın Yıldırım Aktuna'yla ilgisi yok..."

Ajda Pekkan malum, neyse de... Metin Akpınar! Benim güzel ağbim nasıl olur da bunca yıl demokrasi havarisi kesilip eleştirdiği eli kanlı sağ siyasetçilerden ödül alır... Bunca komik söz ve numaradan sonra bunu nasıl yaparsın güzel ağbim. Paraysa para, şöhretse şöhret, devletin ödülü çok mu la-

138

zımdı. Hani içki masalarında, karanlık dergilerde pek fark edilmiyordu, ama, ağzını açtığında, Leman Dergisi'ni pek cıvık, esprilerini pek düşük buluyordun.

Benim güzel ağbim, bu alemde senden iyisi olmasın, Osmanlı'dan kalma bir gelenek vardır, Cemal Nadir çizip durmuştur. Dalkavuk vezirler, padişahın huzurunda temenna ederken eteği üç defa öperler, ama bu yetmez, derin ve ince ve daha ağır şarlatanlar, eteği öpüp yere eğildikten sonra, padişahın baş ayak parmağına bir müddet bakmalıdır. Siyasete soyundunuz, asıyordunuz, demokrattınız.

Yerim senin ekranlardaki o güzel demokrat eleştirilerini ağbim. Sana bir hikâye anlatayım. Türkiye Cumhuriyeti Meclisi'nin tarihinde bir kez "linç" hadisesi yaşanmıştır. Milletvekilleri topluca Çetin Altan'ı linç etmek istemişlerdir! Demirel'in adanılan kürsüde konuşan Çetin Altan'ı öldüresiye dövmüştür! Sebebi, Çetin Altan kürsüde: "Nazım Hikmet bu ülkenin büyük şairidir" dediği için. Sadece Nazım Hikmet büyük şairdir denildiği için, meclis tarihimizde ilk ve tek linç vakası yaşanmış, o da bu vakadır... Yüzlerce milletvekilinin tekmesiyle yerlere kan revan kapanan Çetin Altan'ı korumak için üstüne kapaklanan arkadaşının kafasına da dört dikiş atılmıştır, sebep: Nazım büyük şairdir denildiği için..

Demirel bu hadiseden sonra kürsüye çıkmış, şöyle konuşmuştur linç hadisesi üzerine: "Bir adam çıkıyor (Çetin Altan'ı kastediyor), bu parlamentodan Nazım Hikmet büyük vatan şairidir, diyor. Bunun adına tahrik derler, beyler! Türk parlamentosunun zabıtlarına geçen 45 sene içinde Nazım Hikmet'e vatan haini diyen yüzlerce sayfa bulursunuz ama, Türk parlamentosunun zabıtlarına esefle söyleyeyim ki, Nazım Hikmet'i büyük vatan şakı diye tanıtan bir cümle, ilk defa dün akşam (Çetin Altan tarafından) geçmiştir. Bu ağır bir tahriktir..." der. Yani linç girişimini haklı kılar.

Nazım Hikmet'in büyük vatan şairi olduğunu söylemek,

linç girişimini haklı kılacak ağır tahrik olduğunu söyleyen Demirel'in ta kendisidir. Ve sonra, başta Çetin Altan, sonra siyaset bilimciler, 1965'li yıllarda, Türkiye İşçi Partisi meclisten "linç" edilerek, dövülerek kovulmasaydı, 1970'li yılların iç savaşı meydana gelmezdi, çünkü, "muhalefet" sokağa düşmez, meclis de demokratik rolünü oynardı, diyordu... 1970'li yıllarda iç savaş şartlarını hazırlayan, Demirel'in ve arkadaşlarının "muhalefeti" hazmedemeyişidir.

Neyse güzel ağbim, uzun mevzu. Bu adamın elinden devlet sanatçısı ödülü alıyorsun. Hayrını gör! Nazım Hikmet sağlığında, Peyami Safa, Yahya Kemal gibilere "zengin sofralarının zangocu" dedi, ki, haklıydı.

Geçtiğimiz günlerde, Çetin Altan bir tele-magazin programında izledim, Sabancı'nın eşiyle beraberdi, Sabancı'nın nazik eşi, Çetin Altan'a dönüp: "İlahi Çetin bey, çok alemsin, ay vallahi ömürsün, senin yanında stres atıyorum" diyordu. Derenin altından çok sular akmış, kürsüde Demirel'e dönüp, komprador kapitalist burjuvalar diye küfürle konuşmasına başlayan Çetin Altan çoktan "zengin sofralarının zangocu" oluvermişti!..

Bu yüzden mi Uğur Mumcu öldürüldüğü güne kadar Çetin Altanlar'a dönekler demişti, bilmiyorum, ancak, bu ülkenin yarısı, 70'li yılların sol yumruğunu havaya kaldırmış gözü kara üniversite öğrenciliği günlerini doyasıya yaşadı. Büyüdükçe insanlar, sol düşüncenin, insana dünyalar verdiğini, eleştirel dünya görüşü edinen insanların, hayatlarının ilerleyen safhalarında, değişik düşünceler içinde, beynini, yüreğini, gönül rahatlığıyla, gezdirdiğini gördü, ki, eleştirel sol düşüncenin yetiştirdiği bağımsız, kabına sığmayan, kimseye eyvallahı olmayan kültürü, savuruyordu insanları... Düşünceleri toplumu değilse de, kendilerini "özgür" kılmıştı, istedikleri yerlere gidebilirlerdi, gittiler de... Bu meyhane muhabbetini tartışır dururuz, ancak, benim güzel ağbim, Türkeş, De-

140

mirel gibiler, bin yıl, on bin yıl yaşasa da fikirleri, görüşleri hiç değişmez. Onlar, "satın alırlar", onlar kimseyi okumazlar. Onlar köle yaparlar. Onlar, düşünceyi, özgürlüğü önemsemezler! Ekinci dereceden emekli olacak bu sanatçıları artık devletin vesikası da doyurmaz. Bunlara, bir de "paşalık" ihdas edelim.

Ajda Pekkan'la ödül alanlara, Yılmaz Güney nerede öldü, Niyazi Berkes nerede, Abidin Dino nerede öldü, Pertev Naili neden kovuldu, Zekeriya-Sabiha Serteller neden kaçtı, nerede öldü, Nazım Hikmet nerede öldü, diye sormak, ne kadar gereksiz sıkıcı bir eleştiri!

Kralı eleştirmek mi kralı eğlendirmek mi? Benim güzel ağbim. Sizleri adam diye piyasaya süren Haldun Taner yaşasaydı, "soytarılıkla", "şarlatanlıkla", mizahın bambaşka şeyler olduğunu mutlaka söylerdi size!

Boş ver bunları güzel ağbim, biz bu lafları hâlâ etten-kemikten insanlarla aramızda konuşuyoruz, aramızda, hâlâ Dümbüllü'den, Teodor Kasap'tan, Cemal Nadir'den, Aziz Nesin'den, Rıfat Ilgaz'dan, Dolmuş mizah dergisinden, Markopaşa'dan, Gırgır geleneğinden söz ediyoruz...

Soytarılar günışığına çıktıkça, bu isimlerin ne kadar sert gövdeli, ne büyük gölgeli ağaçlar olduğunu bir kerede anlıyor ve önlerinde saygıyla eğiliyor insan... Sen, güzel ağbim, o demokrat tepinmeler, tozu dumana katmalar, geç anam babam geç...

Çakıcı abim telefonda Korkmaz Yiğit'e nasıl küfrediyor, onun bir taklidini yapıver... Selçuk Ural nasıl denize atladı, Sibel Can Hakan Ural'a nasıl sarılıp ağladı, onun taklidini yap benim güzel ağbim, Demirel'in Romanya'ya Kamuran Çörtük ihalesi için gidip, Romanya Devlet Başkanı'yla yaptığı konuşmanın taklidini yapıver!

Yap da taklitlerini, paşa amcaların biraz eğlensin! Cumhuriyetimiz şenlensin! Sizin gibi büyük ustaların demokrasi görüşleriyle genç nesil, sanatçılarla "maskaraları" daha iyi ayıklasın!

Ve kardeşlerim hepimize kazık bir soru: Neden bu ülkenin sanatçıları rol olarak oynadıkları karakterlerin zekâlarını-kimliklerini taşırlar, Kemal Sunal-Keleşoğlan, Metin Akpınar-Himmet abi, Levent Kırca-Küçük Hüsamettin.

Mutluluk Yılları

Gözlerimiz taş çalmaya, aşkımız hile yapmaya başlamıştı. Ben de inanmıyordum. Evlenmek zorundaydım. Bir iş bulacaktım, iki maaşla iyi bir semte taşınacaktık. Buna benzer evlendik. Nikahta arkadaşlar karşımızda oturup sırıttılar. Kuyruğa girdiler, tokalaştılar. Şaklabanlıklar yaparak arabanın önüne atıldılar. Yarı şaka zarflarını vermedik. Arabayı çok efendi bir arkadaşımız kullanıyordu, evimizin sokağına geldiğimizde çıldırasıya kornaya bastı. Ondan hiç beklemiyordum. Korna sesine kimse çıkmadı. Korna sesi, beni ayılttı, "galiba evlilik bu", "ben evlendim, galiba!". Kapıcının çocukları kesti önümüzü. Eve girdik. Kapıcının çocukları ardımızdan alkışladı. Arkadaşım hınzır hınzır gülüp "artık ben gitsem!" dedi. Tuhaf kaş-göz işaretleri yaptı. Tipine hiç yakıştıramadığım komik kahkahalar atarak uzaklaştı. Sabahtan beri aklımda birşey var, çıkartamıyorum. Ben şimdi birşey yapmalıyım, ne yapmalıyım? Yarım saat evin içinde turladıktan sonra buldum. "Haahhh sigara içmeliyim!" Bir de kahve. Hanımın elinde çiçekler. Nereye gitse o çiçekler. Birden o da "hahh" deyip, altınları saymaya başladı. Dünya güzeli, ay yüzlü hanımım yeniden bir haahh çekip, "çiçekler kapıda kaldı, içeri alalım" dedi. Kapının açıldığını gören kapıcının çocukları yeniden alkışlamaya başladılar. Alkış seslerini duyan anneleri, bir solukta merdivenlere fırlayıp, eşarbını yarım kavuşturup, kapıya dikildi. Başını utanarak, eğerek, "hayırlı olsun!" dedi. Hanımım elindeki çiçeklerin arasından koca bulamamış kız kardeşi için gelin teli çekti. Kapıyı kapatıyorduk ki, "Bakkaldan birşey ister misiniz" dedi. "Teşekkür ederiz, deyip, kibarca, yani usulca kapıyı kapattık. Dünya güzeli makyajlı eşime, "kola aldırsaydık" dedim, sevgili eşim beklemediğim bir panikle "hayır, hayır, masraf olur" diye çığlık attı. İçimden "artık masraf lafı istemiyorum" diye bağırdım, dışımdan, "kahve olsaydı iyi olurdu" dedim, usulca. Hiç duymamış gibi altınları saymaya devam etti. Ciddiyetindeki sertlik ürküttü beni. Kapı çalındı. Kapıcının karısı, elinde bir litrelik kola. İstememiştik. Bir saniye, parasını vereyim, dedim. Ayağıyla yere çizik atıp, "rica ederim, afiyet olsun" dedi. Tam o sırada, kabak kafalı veletler yeniden alkışlamaya başladılar. Ne iyi insanlar var deyip kolayı içtik. Boş pet şişeyi sarhoş edici dostlukla, mutlulukla, iyi insanlarla seyrettik. Atmaya kıyamadık. Büfeye koyduk. Nihayet çiçekler içinde yer bulunmuştu. Ne zaman çöp kamyonu geçse, büfe zangırdamaya, ağzında çiçeklerle pet şişe de sallanmaya başladı. Eylül'de evlenmiştik. Evimiz giriş katındaydı. Ömrümüz boyunca soğuktan öyle korkmuştuk ki, "yemeyeceğiz, içmeyeceğiz, kaloriferli evde oturacağız demiştik. Nerdeyse evliliğimizden de birbirimizden de çok seviyorduk kaloriferli evi. Kalorifer aylıklarını hiç sektirmeden koşarak bankaya yatırmaya başladık. Ne var ki, garip şeyler oluyordu.

Kaloriferler bir türlü yanmak bilmiyordu. Soğuktan donmaya başladık. Apartmanda kimseyi tanımıyorduk. Durumu her gün kapıcının karısına söylüyorduk. Bugün, yarın, mutlaka yanar diye sabrediyorduk. Kapıcının karısı "kocam on iki-den aşağı" gelmez diyordu. Saat on ikide de herifi rahatsız etmek ayıp olur, dedik. Bir zaman, bir gün, iki gün, üç gün.. yöneticinin dairesine çıktım. Yönetici bir gün yoktu. İkinci gün gelir bakarım dedi. Üçüncü gün tamam geliyorum dedi. Aradan yirmi-yirmi beş gün geçti yönetici bir gün ansızın geldi. Geldiği gün, nasıl olduysa, kaloriferler yandı. Sevincimizden ağlayacak gibi olduk. Müreffeh insanlar gibi, margarin reklamlarındaki karı-kocalar gibi olduk. Yönetici gitti, ertesi günden başlayarak donmaya başladık.

Bir daha, bir gün, iki gün, yöneticiye çıktım. "Benimle dalga geçmeyin" dedi. Bir gün, iki gün, "tamam gelir, bakarım" dedi. Sinirden, soğuktan çıldıracağım. Hanım her gün "ne olur sakin ol" diyor.

İki kere hiç bilmediğim sokak aralarında arayıp bulup zabıtaya şikayet ettim. Netice alamadık. Soğuk neyse de, yokluk, ondan zır deli. Bir otobüs bileti bulamamak delirtiyor insanı. Bir çayın suyunu beş sefer kaynatıp içiyoruz. Üç ayda taksitler, altınları, güzel hanımın gözlerindeki feri yuttu, götürdü. Derdimizi kime anlatsak, "size mi kalmış kaloriferli evde oturmak" diyor, bizi aşağılıyorlar. Muhtara bile gittik. Kardeşim yöneticinizi bulun, diyor. Yönetici, "tamam, söz, bugün gelip bakıyorum" diyor. Şizofren maymunlara döndük. Semtte yeniyiz. Efendiliğimizi bozmayalım. Bir müddet daha battaniyelere sarılıp oturduk.

Bir akşam hızla merdivenlerden yöneticinin dairesine çıkarken, ihtiyar bir komşu kadın, kapısının aralığından "oğlum, benden duyduğunuzu söylemeyin, sizin kaloriferlerin bir borusu, kapıcının evine bağlı" dedi. Hay Allah razı olsun, dedim. Aptal yerine koyulmak, aldatılmak.. Hiç değilse sebebini bulmuştuk. Kışın tam ortası. Her gece perdenin aralığından kapıcının ayak seslerini bekledim. Bütün semtin ayak seslerini ezberledim. Sonunda ayak seslerini yakaladım. Merdivenden aşağı peşine düştüm. Tam içeri girmişti.. Ardından girdim. "Nerdesin kardeşim, ocak ayına geldik, kış bitecek, bin defa hanımınıza, bin defa yöneticiye söyledik" diye bağırdım. Adam, neye uğradığını şaşırdı. Birkaç saniye aptal aptal "ne diyor bu adam" diye suratıma baktı. Hemen harekete geçtim. Bizim boru, size bağlanmış, deyip boruyu aradım kapı arkasında. Adam, ne oluyor demeden, boğalar gibi hücuma geçti. Kafatasıyla karnıma girdi. Kapının önüne yığdı beni. Üstüme birkaç tekme indirdi. "Sen kimsin gece yarısı evime giriyorsun" diye, bir de üstüme salyalarım akıttı. Sesleri duyan karım, çığlıklarıyla merdivenden indi. "Ben sana dedim, bulaşma belaya" dedim, korkudan ağlamaya başladı. Durmadan "ben sana dedim, ben sana dedim" diye bağırıyor apartmanın içinde. Histerikli ağlamasını ilk defa görüyordum. Bu ağlama beni daha da korkuttu. Bu korku beni dayanılmaz bir derin sessizliğe itti. "Ne oluyor buralarda" dedim. Dayanamadım. Bırak beni, gidip şu adamla konuşayım, dedim. Karım cinnet geçirdi. Kafasını duvarlara vurup, "hayır istemiyorum, gidemezsin, hayır, hayır, hayır!".. Bir daha kendime tarihi bir soru sordum: "Ne oluyor buralarda". İşte tam o an, bir ip koptu. Ayaklarım havalandı. Kafatasımın içine gözü kör bir duman kütlesi yerleşti! Sevgili karım, birden ağlamasını durdurdu.. "Koku, koku, duyuyor musun, pis bir koku" diye bağırmaya başladı. Sert, pis, iğrenç bir koku. Hayatımda o güne kadar duymadığım berbat bir koku. Kokuyu tanımıyorduk. Paniğe sürüklendik. Kokuyu tanımıyoruz, bulamıyoruz. Şimdi karıma ne diyeceğim. Bu nasıl koku. Nerden gelebilir? Karım çıldırmış gibi, odadan odaya, duvardan duvara tırmanıyor, kokuyu arıyor. Ayaklarıyla tepinip kokuyu cinlendiriyor, bulamıyoruz. Evde telefon yok. Bu kokuyu kime sormalı. Gecenin ikisi. Taksi parası yok. Çaresizim. Zangır zangır titriyorum. Mutfağa koşup ekmek bıçağını aldım. Karım elimde ekmek bıçağını görünce, bacaklarıma yapıştı. "Sakin ol, dedi. Düşünelim belki buluruz" dedi. Düşünelim, dedik soğuk betonun üstüne çöktük. Ağladık. Düşündük. Üşüdük. Sen hamile misin, dedim. Hamileler kokar mı, bilmem. Yoksa radyasyon mu? Radyasyon, gazetelerin şişirmesi. İnsanı delirten, düşüncelerin altına, hiç umulmadık düşüncelerle akıl yürütüyorsun, daha da korkuyorsun. İçinde bir ses, yoksa, insanın gözü kararınca, cinnet halinde, böyle bir koku mu yükselir, dedi.. Karıma söylemeye korkuyorum. Ama, kokunun sebebi mutlaka bu olmalı. Yöneticiyi, kapıcıyı, karımı, önüme çıkan herkesi öldürmek istiyorum. Doğramak istiyorum, ilk defa gerçekten böyle birşey düşündüm, ve koku, işte böyle bir anda yükseldi, sardı. Zihnimi karıştırarak nihayet normal bir düşünce buldum, "bir battaniye getirelim, ya da kalk, battaniyenin altına girelim" dedim.. Tam o sırada kapı çalındı. Bir polis: "Karakola kadar gideceğiz" dedi. Karakola götürdüler, orda hiç birşey sormadan ayaküstü sabaha kadar beklettiler. Sabahın sekizinde bir polis yakama yapışıp, "Bir daha düşme buraya lan, .iktir ol, milletin evine girmek neymiş gösteririm sana" dedi.

Sabaha kadar karakolda, şimdi karım, o kokuyla evde delirmiştir diye düşünüyor, daha da deliriyorum. Kuru bir ayaz, sırtımı dik tutamıyorum. Kapıcıdan, soğuktan korkmuyorum, "koku" yiyip bitiriyor beni. Evin önüne geldim. Kapıcının karısı gördü beni: "İyilikten ne anlarlar" diye laf attı. İyilik dediği, nikah günü aldığı bir litrelik kola. Eve girdim. Karımın saçları katır kutur, peksimet. Aceleyle mantosunu giydi. Kokuyu buldun mu dedim. Ayaklanmış evi terk ettik. Otobüs bileti yok. Yürümekle kayınvalidenin evi bir saat. Yürürüz, dedik, yürüdük. Annene sakın "koku"dan bahsetme, delirdiğimizi sanır, dedim.. Hanım işten izin aldı, karın, kışın içinde sokak sokak sobalı ev aradık. Avukat tutalım, birşeyler yapalım, paramız yok. Tanıdık avukatlara gittik, bin bir hatır, rica. Avukatların karşısında parasız bir eziklik. Kaloriferlerin yanmadığını nasıl ispatlayacağız. Avukat hiç böyle dava açmamış. Uzattı da uzattı. Bir gün avukatın odasında bir başka hanım avukat girdi araya: "Bunca önemli dünya işi arasında neyle uğraşıyorsun" deyip güya incelikli güldü. Ne tutanak var, ne şahit. Param olsa avukatı zorlayacağım. Ricayla, mihnetle, onur, hak davası açılır mı olmadı. İş aramaktan vazgeçtim, aylarca kokuyu aramaya başladım. Koku, beni, eski evin sokağına çekti. Çorabımın içine ekmek bıçağı gizledim. Kapıcıyı, yöneticiyi, bilmediğim birini arıyorum, bana gelse takılsa, deşsem kalbini.. Bulsam şu kokuyu.. Karım, "kokuyla tozuttuğumu" sanıyor, kokudan ona söz açmaya korkuyorum. Ya kokuyu bulmalıyım, ya, yeni durumumu kavramalıyım, ben artık, şu sokaklarda gördüğünüz delilerden oluyorum. Bunun sonu yok, bu koku, hayatımın aklını alıyor.

Yedi-sekiz ay sonra. Bir yaz günü. Sabahın erken vakti kapıcıyı takip ettim. Sırtı kapıya dönük arkadaşlarıyla kağıt oynamaya oturdu. Sabahın yellerinde. Neler yapacağımı ince ince hesaplamıştım. "Seninle dışarda konuşacağız" diye kaldırmayı düşündüm. Dışarı çıkartıp.

Dışarı çıkartıp.. Kapıcıya arkadan yanaştım. Tam elimle omzuna dokunuyordum.. Yine garip bir şey oldu. Kapıcıya yanaştıkça koku, yeniden, sahiden alevlendi. Tam omzuna dokunuyordum ki... Kapıcının kafasının tam tepesinde.. Pütür pütür sarımsaklı, kahverengi bir bulamaç.. Kocakarı ilacı.. Bu bir kel ilacı...

Kahkahalarla kahveyi inlettim. Kapıcı birden toparlanıp karşımda vaziyet aldı. Arkadaşları da sandalyeleri çekip toparlandılar. Gülerek kaçtım kahveden.. Hemen hanıma koşup, bu müjdeyi vermeliyim. Ben deli değilim. O gece boğuştuğumda kapıcıdan bulaşmıştı bu koku..

Kanma müjdeyi verdim. Karım yüzüme bir tuhaf baktı. Artık "deliliğimden" emin görünüyordu. Deli olmadığımı ispatlamak için, karımın kolundan tutup, kahveye götürmeliyim, kapıcının kelini, kel ilacını, kokusunu göstermeliyim..

Bu gerçeği karıma göstermek mümkün olmadı. Yıllar sonra bana inandı mı? İşin gerçeği, dedi, bir zaman sonra, "senden umudu kesmiştim"..

Bir de Özal'ın öldüğü gün, gördüm, yöneticiyi.

Çakalların Gecesi

Senaryoyu yazdım, verdim, gerisine karışmam kardeşim; Yönetmen hiç değilse bir günlüğüne gel, deyip, başımın etini yedi. Hiç sevmem böyle cıvık adamları, işimi, gücümü bıraktım, atladık, gidiyoruz. Aşağılık herifin sanatçı pozları deli ediyor beni. Taksi şoförü arabayı bir kenara çekip, yalvarmaya başladı... "Abi ne olur Abdülhamit'i çekin, şu dünyaya padişah neymiş gösterelim, abi ne olur Abdülhamit'i çekin".. Yönetmen bozuntusu: "Yaa kardeşim, başlarım Abdülhamit'ine bas gaza, çek şu arabayı yolun ortasından.." Nerden yazdım, bu puşta senaryo.. Taksi şoförünün omzuna dokundum" gün gelecek, yazacağım" dedim. Taksici para almadı. Otobüs karayoluna girdi, sarsılarak gidiyoruz. Hiç sevmem yanında incik cincikli, takılı, derili adanılan eşşek kadar herif, katır katır gibi Türkçesi var, sinema dili üzerine konuşuyor, hiç sevmem kart suratlı yumuşakları..

Uyusam mı, dinlesem mi, herif, ağır bir sanat hastası.. Bir film çekip Türk'ün makus talihini değiştireceğine, ortaçağı kapatıp, yeniçağı açacağına inanıyor..

Korktuğum başıma geliyor, adamın anlattıkları tuhaflaşıyor, heyecanlanıyor, meraktan çıldıracak gibi oluyorum. Böyle anlarda en nefret ettiğim insanları bile birden sevmeye başlarım. Sevmediğiniz insanların çocukluk, gençlik hikâyelerini dinlemeyin.. Yönetmenin cümleleri arasından ışık sızmıyor, büyük bir manevi hazla anlattıkça, anlatıyor: "Kurumdan kimseyi tanımıyorum, yeni kazanmışım, pat, genel müdür yardımcısından telefon. Heyecandan öleceğim. Apar topar gittim. Kapkara yüzlü, kıllı bir adam, kuzu yutmuş gibi bir göbek.. İnanamayacağın kadar kibar. Şu adreste, şu saatte seni bekliyorum, dedi, şimdi, zırt pırt telefon gelir konuşamayız", dedi. Atladım gittim. Adam beni niye çağırır, beni nerden tanır. Adamı bir kafalasam, çekemeyeceğim film yok.

- Adam, niye çağırdı seni? İnsan sormaz mı?

- Bir dinle, klasik mobilyalı geniş bir ev, ev değil, bin bir gece masalı. Bir koltukta kanun, bir koltukta udi, kır saçlı bir iki adam, önlerinde sehpa, hafiften demleniyorlar. Sazcılar başlarıyla selam verdiler. Ud çalan, "özel birşey ister misiniz?" dedi. "Çok güzel çalışıyor sunuz" dedim. Böyle bir evde nasıl oturulur, ne konuşulur. Utancımdan kıpkırmızı oldum. Kanun çalan, "sizin oranın neyi meşhurdur" dedi.. Bizim oranın, klarneti meşhurdur, dedim. Onlar çalıp söylediler, müdürüm, boncuk boncuk terledi, "dini ayn kafir olsa.." söyledi.. Ben, nerdeyim, nereye düştüm, diyorum.. Sonunda müdürüm toparlandı, "teşekkürler çocuklar" dedi, sazcılar sessizce ayrıldılar. Koltukta nasıl oturulur bilmem, öne mi çıksam, gömülsem mi.. Müdürüm, ışıklardan bir kısmım söndürdü. Geliyorum, deyip odaya girdi. Bir iki dakika geçmedi. Altında yalnızca bir kadın külotu, çırılçıplak yanıma geldi. Başımdan aşağı kaynar sular döküldü. "Seni, dedi, müracaat fotoğraflarından gördüm, o günden beri takip ediyorum" dedi... "içki alır mısın, dedi, korkumdan, "hayır" dedim.

- Yahu git kardeşim, bana hikâye anlatma..

151

- Ben anlatayım, sen istersen dinleme.. Adam, bıyıklarımla oynamaya başladı. Heykel gibi duruyorum, terliyorum, korkudan ölüyorum. Ne diyeceğimi bilmiyorum.. Bir elini fermuarımın üstüne attı, "demek sizin oranın klarneti meşhur" dedi, mor menekşeli bir sesle. Kendimi tutamadım, ağlamaya başladım. Kulağıma fısıldayarak, "lütfen üzme beni, kötü birşey olmayacak" dedi. Ağlamam, zırlamaya dönüştü, ayağa kalkıp kaçmayı düşünüyorum, ama nasıl. İnanmayacaksın, o da ağlamaya başladı. "Tamam, sus, dedi, seni rahatsız ettim, zaten bu benim şansımdır, hep böyle çıkar".. Tekrar odaya girdi, giyinmeye başladı. Yanıma geldi, "ben gideyim efendim" dedim.. Başımı okşayarak, "şimdi değil, ilerde beni anlarsın, lütfen, yalvarırım, bu akşamı unut, telefonumu biliyorsun, bir sıkıntın olursa beni ara!..

Ya bu adam doğru söylüyor, ya da sıkı bir paranoya, her ikisi de iğrenç. Ama, adama derin bir hayranlık duydum, kim, zıplayarak ağladığını itiraf edebilir. Otobüste başlayan hikâye, kurumun misafirhanesinde devam etti. Gece ilerliyor, masa eğri büğrü onlarca sanatçı, programcıyla dolup taşıyor. Bu, .ötü boklu suratlardan elime bir gazete geçirip kurtulmak istedim. Yönetmen, erken kalkmamız lazım, uyuyalım, dedi. İyi de nasıl? Ben bu saatte uyuyamam, yanımda kitap getirmedim. Oda yabancı, koridor yabancı, sesler yabancı, yan yattım olmadı, birşeyler yazayım dedim, olmadı, gece ilerliyor, çıkıp bir hava alayım, bir yürüyüş bin cana, on bin depresyona bedel!.. Dolaştım. Sokağın ne başını biliyorum, ne sonunu. Ne cebimde para var. İki tur atıp döndüm. Tavana baktım, çarşafa dolandım, yastığı katladım. Yok, yok, uyuyamıyorum. Saate baktım, daha gecenin biri..

Ne yapayım, çıkıp bir iki tur daha atayım. Koridorda çıt yok, asansör ses yapıyor, yumuşak adımlarla merdivenden indim. Lokanta kapanmış, resepsiyoncu çocuk uyuyor. Kapıda bir bekçi, belinde bir tabanca.

Bir elinize patates, diğer elinize iri bir kömür parçası alın, haince birbirine vurun, bekçinin böyle bir yüzü var. Bekçiye, "uyku tutmadı dayı, dedim, şöyle bir hava alayım".. Tek tuk arabalar geçiyor, bekçiyle muhabbet ede ede turluyorum, "ne çekiyorsunuz?" dedi. Hoca Ahmet Yesevi'yi, dedim. Böyle mübarek adamları çekin, dedi, burda kalanların hepsi puşt, hepsi orospu, bunlardan memlekete fayda gelmez.. Hepsi hırsız, hepsi ibne bunların" dedi.. Nihayet sinema dilini anladığım bir adam buldum, köylerden konuştuk, eski zamanlardan konuştuk, kurumdaki yavşaklardan konuştuk, eski insanlardan, Yunus Emrelerden konuştuk. Parka benzer bir yer bulduk, banka oturduk. Cigaramızı yaktık.. Hava soğuk gibi. Eşşek İstanbul, bu kadar mı güzel olursun, kalbim sokaklara, taştı. Rüzgar oramı buramı yaladı, gönlümü eğlendirdi. İyi ki gelmişim. Gecenin her sesi romantik, cigara üstüne cigara yaktık.

Bekçi, ortalıkta kimse olmadığı halde, fısıltıyla, "arkaya geçelim, ordan kimse görmez" dedi. Neyi görmez, ne diyor bu adam, tüylerim diken diken oldu. Arkaya baktım; çalılıkların içinde sinsi bir karanlık, bekçi, çapkınca, başıyla arkaya geçelim diye işmar ediyor.

Adam bizi dikecek. Misafirhane beş yüz metre aşağıda, şimdi adamı vurmalı mıyım? Koşarak kaçsam. Kavga etsem. Ateş olmayan yerden duman çıkmaz, gecenin ikisi bekçiyle parkta ne arıyorsun.. Bin bir cevap aradım, beni masum kılacak tek bir cümle bulamadım. En iyisi duymazlıktan gelmek.. "Eee, dayı, Hoca Ahmet Yesevi'yi çok seviyorsun demek?".. Bekçi, paslı bir teneke çiğniyor gibi, sırıtarak, "hoca! konuşmanın tadı buraya kadar, kimse görmez, çekinmez!" dedi..

An meselesi, adamı boğabilirim. Bir elini omzuma attı, kamelya kadın zarafetiyle.. Nasıl parladığımı, adamı nasıl çiğnediğimi bilmiyorum. Bekçi, başım masumca, Meryem'in başı gibi yana eğdi. Yerden iri bir kaya parçası buldum. Bekçi, hareketsiz, donakaldı. Kaya parçasıyla vuruyorum, karşı koymuyor. Gözümün içine bakmıyor, yüzüme bakmıyor. Mahcup bir sesle: 'Ben ne dedim hoca, beni yanlış anladın!".. "Neyi yanlış anladım lan!" diye üstüne yürüdüm. "Hoca, burası yolun ağzı, görenler şüphelenir, arkada oturalım, kimse görmez dedim"..

Belki de yanlış anladım, hırsımdan ağlayacağım.. Ne diyeceğimi şaşırdım.. Bekçi hiçbir şey olmamış gibi, çalılıkların içine girdi. İrili ufaklı bir sürü ağaç. Bekçi, ağaç dallarını kırmaya başladı.. Korkmadığımı ispatlayan sert bir sesle: "neyapıyorsun lan!" diye bağırdım.. "Bunlar çürük dallar!" dedi, dalları kırmaya, kırdıklarını istif etmeye devam etti.. Kaya parçasını bırakmadan koşarak kaçmaya başladım, kırılan dalların çatur çutur sesleri arkamdan bir el gibi uzayıp, uzayıp, boğazıma sarıldı. Büyük yönetmeni uyandırıp tık nefes olanları anlattım. Yarı uyanık, "taktığın şeye bak, dedi, burda sürekli kalan üç-dört ibne sanatçı var, bekçiyi fena alıştırmışlar" der demez yeniden uyudu. Gecenin üçü, gel de uyu uyuyamıyorum, dışarı çıkamıyorum. Koridorda bir çöp tenekesi görmüştüm, gidip karıştırdım. Onlarca çikolata yenmiş. Sabahın ışıklarına kadar tırnaklarımın tersiyle gümüşleri açtım. Gün ışığıyla aşağı indim, resepsiyoncu çocuk uyanmış. "Buyur abi!" dedi, "uyku tutmadı" dedim, tuhaf bir gizli gülümsemeyle "o işlere bekçi dayı bakıyor" dedi. Sinirle, "ne diyorsun lan! dedim, lafı saklayıp, kaçırdı, "bekçi dayı kapıyı açık bırakmış, ortalıkta görünmüyor! dedi..

Neyse işi dallandırmanın alemi yok, "içecek birşey bulunur mu?" dedim, "yarım saat sonra büfe açılır!" dedi. "Yoksa, dedik, bu puşt sırıttığına göre, gece olup bitenleri biliyor mu, bir ağzını arayayım!".

Kapıda, yolun ağzında, bekçinin, geceden hazırladığı odunlar denk edilmiş, bağlanmış.. Resepsiyoncu çocuğa, güya bilmiyormuş gibi, "bu odunlar kimin?" dedim, "bekçinin, dedi, komşularıyla geceden halk ekmek kuyruğuna giriyorlar, sabaha kadar üşümemek için ateş yakıyorlar, nöbete kaldığı zamanlar, toplar, götürür" dedi. On-on beş dakika geçmedi. Çilek renkli bir Honda durdu kapıda, önce bekçi indi, ardından sazcılar. Sazcılar yanımızdan geçip asansöre bindiler.. Bekçi dayı odun denginin yanma gitti. İki eliyle kavradı, bir silkinmeyle sırtına vurdu. Birkaç adım attı, tekrar indirdi odunları. Bağını biraz daha sıkıştırdı, ayağını koyup, sıkıca çekti, birkaç düğüm daha attı.. Eliyle, kaldırıp, sağlam mı, çekiyor mu, diye kontrol etti. Tekrar vurdu sırtına.. (Birkaç yıl sonra, genel müdür muavini bir başka yere genel müdür oldu, bekçi dayıyı da özel kalem müdürü olarak yanına aldı. Ekibiyle ve yemyeşil cennet ülkesiyle mutlu bir hayat yaşıyor.)

Ruslar, Yunuslar ve Bazı Hususlar

Ruslar'ı hiçbir savaşta yenemedik, desek yanlış olmaz, 1711 Prut Zaferi, pata pat bir savaş. Yendiğimiz söyleniyor, şu meşhur Baltacı'nın çadırına Rusya'nın büyük hazineleriyle giren Katerina, Rus ordusu'nu yok olmaktan kurtarmıştır. Ruslar köşeye sıkışmıştı, zaten Türk ordusunun gücü Ruslar'ın üç katıydı, Baltacı'nın aldığı hazine dışında hiçbir kazancı olmadı Osmanlı'nın.

1774 Küçük Kaynarca antlaşması tarihimizin en büyük hezimeti olmaya aday. Osmanlı'nın efsanevi gücü Kırım'ı kaybediyoruz. Aslında, Osmanlı'nın neden çöktüğüne tek bir sebep ararsak, Kırım'ı kaybetmek, diyebiliriz. Tarihte hiçbir devlet Kırım hanı kadar Osmanlı'ya sahip çıkmadı. Kırım'ın Tatar ve Kazak'lardan oluşan devasa gücü, her zaman Osmanlı ordularının en önünde yürüdü, ne zaman Avrupa'ya sefere çıksak, Kırım, Avrupa'yı tepeden vurdu. Osmanlı kendi askerine söz geçiremezdi, ama Kırım en vefakar eyaletimizdi. Kırım'ı kaybetmekle Karadeniz bir Türk gölü olmaktan çıktı.

Kırım'ı yeniden 1856'da alıyoruz, ama nasıl, şu "Sivastopol önünde yatar gemiler" marşının harbi, bu harbi de biz mi kazanıyoruz, yoksa, yanımızda savaşa giren Fransa ve İngiltere'nin büyük donanma gücü mü?

1877'de Kars Kalesi düşüyor, Kafkasya'da yeniliyoruz, Türk-Rus harbiyle imparatorluğun üçte biri gidiyor, artık Kazak ve Tatar güçler Ruslar'ın ordularında Avrupa'ya ve Osmanlı'ya karşı savaşacaktır.

Ruslar'la 1. Cihan Harbi'nde başlayan savaş, 1917'de Bolşevik devrimine kadar sürer. Bolşevik devrimi olmasaydı, bugün bağımsız bir Türkiye Cumhuriyeti olabilir miydi? Birçok cephede savaştığımız Ruslar, Karadeniz'de Trabzon ve Giresun'u topa tutmakta, Samsun'a doğru ilerlemektedir. Nizami orduları birçok cephede Savaşan Osmanlı'nın Karadeniz'de elinde hatırı sayılır birlikler yoktur. Ahaliden ve eşkıyadan toparlanan güçlerle kasaba kasaba savaşılır. Şu kurtuluş günlerini kutladığımız savaşlar işte budur, tam da savaşın göbeğinde Rusya'da devrim oldu, Rus ordusu çekildi. Çekilmeseydi, Batı'dan giren Yunan ordusuna destek, Kafkasya'dan girip Samsun'a, oradan Allah bilir nereye ilerleyen Rus ordusunu kim karşılayacaktı?

Çanakkale Savaşı'na gelinceye kadar ezik milli ruhumuzu coşturan hep Ruslar'a karşı verilen savaşların marşları, hikâyeleridir: Plevne, Silistre, Sivastopol! Bugün de dinlediğimiz bu mehter marşları o günlerde Moskof'a karşı bestelenmiştir.

Kurtuluş Savaşı'yla birlikte ezik ruhumuza yeni coşkun marşlar eklendi: Bu marşlarda Yunan, Batı, Fransız, emperyalizm ve kurulmakta olan cumhuriyet heyecanı vardır, ancak Moskof ikinci plandadır. Plevne, Sivastopol, Vatan Yahut Silistre'nin pabucunu önce Çanakkale, sonra İstiklal Savaşı dama atıyor.

Ezik ruhumuzu havalandıran coşkun marşlarımız ana damardan ikiye bölünüyordu, ki, hiçkimse bunun farkında değildi. Mustafa Kemal, Misakı Milli'ye benim evim, şirin evim deyip, yüzünü batıya dönüp, yeni bir ülke kuruyordu, ama, arkada kalan, dışarda kalan Türkler vardı ve onlar büyük hayali vatanımızın parçalarıydı!

Bu büyük hayali vatana ilk koşumuz Enver Paşa'yladır. Ruslar Anadolu'yu işgal etseydi, yani Bolşevik Devrimi olmasaydı, Enver Paşa Yeşil Ordusu'yla gelip cennet vatanımızı kurtaracaktı.

Ezik ruhumuzun coşkun damarlarında iki ayrı milliyetçilik hazırlanıyordu önümüzde! Biri, şirin evim diyen Misakı Milli, diğeri Dışarda Kalan Türkler'i hayal ediyordu. Bir zamanlar Osmanlı'nın vurucu gücü Kırım yoktu, mesela. Kazak ve Tatarlar artık Kızılordu cephesindeydi.

Enver Paşa'dan sonra Orta Asya'ya ikinci koşumuz, ünlü tarihçi Zeki Velidi Togan ve ırkçı turancı Nihal Atsızla başlar. Atsız ve Togan, Sovyetler'i çökertmeyi, esir Türkler'i yeniden Türk bayrağı altına almanın yolunu arıyordu. Naziler'le işbirliği yapılacaktı. Kurulan "Promete" örgütünü de zaten Naziler yönetiyor, Esir Türkler, Nazi orduları safında Rusya'ya karşı savaşıyordu. Bütün Türkçü aydınları bu sevda tutuşturuyordu. İsmet İnönü de kendini bu sevdadan alıkoyamadı, görmezlikten gelip Promete örgütünün önünü açtı. Ta ki, Nazilerin Moskova önlerinde mağlup olduğu günün gecesi, geri dönüş yapıp, tüm Türkçü, turancıları hapishanelere doldurup, büyük turancılık davasını açıyordu.

2. Dünya Savaşı'ndan sonra CIA, Promete örgütünün elde kalanlarıyla ünlü Gladyo örgütünü kurar, bugüne değin Türkçü, ya da Orta Asyalı Türkler'le inanılmaz büyüklükte bir istihbarat ağını soğuk savaş yıllarında çalıştırır.

Orta Asya'ya üçüncü büyük koşumuz ise, kendiliğinden oldu. İşte burada gizli bir milli bayram ilan edildi, her yıl Orta Asyalı kardeşlerimizle Türkiye'de buluşup, örste demir dövüyoruz. Sovyetler çöktüğünde liderimiz Özal'dı. Adriyatikten Çin Denizi'ne sloganları atılmaya, büyük efsanevi hayal, 21. asır Türk Çağı olacak bombaları söylemeye başlandı. O büyük hayal, herkesi sarıverdi! Bu büyük hayal, Misakı Milli'ye şirin evim diyen, ordunun, klasik CHP'li, Atatürkçü kesimlerin dahi ağzının suyunu akıtıverdi. Özal, bu büyük hayalin partisinde büyümüş tetikçi milliyetçilerle Türk siyasi hayatında devrim yaptı. Polisi güçlendirdi, Amerika dostluğunu açığa çıkardı, Türkiye'nin önüne yepyeni bir hayalin krizlerini açtı. Türkiye, basın, aydınlar zevkten dört köşe olmuşlardı. Nasıl olmasınlar, Orta Asya, Kırım, Tatarlar, Özbekler, tarih boyu devasa güçleri ve özbe öz kardeşimiz oluşlarıyla, altın madenlerinden daha değerliydiler. Zaten Özal'ın politikalarında Azerbaycan petrolü ve Özbek altınları uzun süre fukaranın çenesini yordu.

Ve sonra, Misak-ı Millicilerle, Orta Asyacılar arasında tuhaf şeyler oldu! Öyle ki, Tansu Çiller'in örtülü ödenekten Orta Asya'ya gizlice para göndermesi dahi, vatan hainliği suçlamasına sebep oldu! Yeniden iki ayrı devletçi, milliyetçilik ikiye bölündü, Plevne, Moskof, Sivastopol marşlarıyla, laikçi, Bethovenci, Atatürkçü, milliyetçiler karşı karşıya geldi! Kutuplaşma korkunç: Ordu-Polis! Ve polis, bu büyük hayale İslamcı cemaatleri de inandırmış, Türkçü hayalini çoktan Türk-İslamcı hayal yapıvermişti!..

Aslında Osmanlı'nın Kırım'dan, Enver Paşa'nın Orta Asya'dan, turancıların dış Türkler'den yardım, umut beklemesinin altında çok derin psikolojik yaralar var! Anadolu topraklarında kendine güvenen, siyasi, sosyal bir yapı oluşturamadık! Türklüğün son kalesi: Anadolu, sloganının altında, ya bu ülkeden de kovulursak düşüncesi yattı. Türkiye, kendine güvenemedi, arkasında hep Kırım gibi büyük bir güç aradı, arıyor!

Asırların hastalıkları bugüne kadar geldi, Osmanlı toprak

159

parçalarındaki eyaletlerin bugünkü siyasi rejimlerine bir bakın, Yugoslavya, Bulgaristan, Yunanistan, Irak, Suriye, Mısır, Cezayir, hemen hepsi kendi siyasi, sosyal dengelerini kurabilmiş değil. Hepsi, siyasi ve sosyal olarak hasta!

Osmanlı'nın ve doğulu olmanın ruhlarına kazınmış hastalığı, hepimizde yaşıyor! Osmanlı'nın tüm eyaletleri kurda kuşa yem oldu. Hiçbiri belini doğrultamadı. Çünkü? Gelin tek bir açıdan buna bakalım! Mesela, Karadeniz, asırlarca Türk gölü oldu ve en büyük gücümüz Kırım ordaydı! Ve biz Karadeniz'i kullanamadık!

Karadeniz'in dibi çamurdur, batık gemileri ve leşleri bulamazsınız. Rus bilim adamlarının 1940 yılına kadar yaptıkları yayınlara baktığımızda, Karadeniz'de gezinen her bir deniz böceğinin yatağını, her bir balık familyasını tane tane bulup, yazdılar! Palamut, uskumru, ringa, lüfer, levrek, barbunya bizim için değerli balıklardır. Ruslar için "gani". Denizlerin en leziz balığı, kılçığı kıkırdaktan Mersin balığıdır, halkımız tanımaz onu, üç-beş lüks otel, belki. Ama Ruslar hem havyarını ihraç eder, hem etini konserve. Gürcüler bile Mersin balığını bizden çok tutar.

İstanbul Boğazı ve nehir akışlarında sürülerinden uzak, spor olsun diye avlanan balıklar, balıkçılarımızda spor olsun diye avlar, hepsi günlük maişetleri için, sanayisi ise hâlâ yoktur!

Biz, takalar ve süpürge bıyıklı, kemik yüzlü balıkçılarla düştük balığın peşine, payımıza, istavrit, hamsi, mezgit düştü. İstavrit, Karadeniz'in her bölgesinde bulunur, kıymetli bir balık değildir. Hamsi ise, devridaimi gereği Karadeniz'i dolaşır ve Trabzon sahillerinden geçerken ideal lezzet ve boya ulaşır! Aslında her denizin bir hamsisi vardır, ama Karadeniz hamsisi Allah'ın bir lütfü bize. Hamsileri kovalayan palamutlar, az da olsa ağlara takılır. Yunuslar da öyle, hamsi sürülerini kovalar. Karadeniz'de cumhuriyetin ilk yıllarından beri dom dom tüfekleriyle ilkel yunus avı ve Yunus Yağı, unu, gübreşi fabrikaları dünya standartlarından uzak, zavallı bir şekilde devam eder.

Ya Ruslar? Palamut sürülerini uçaklarla takip ederler, çünkü palamutlar yüzeye yakın ve su fışkırtarak yüzerler! Ve Karadeniz'in en değerli balıklan kalkanların peşine ise deniz filolarıyla çıkarlar. Karadeniz'in kalkan bölgeleri, mesela, Dinyester, Dinyeper nehir ağızları filolar tarafından yemlenir.

Kalkan bir dip balığıdır ve kalkan sürüleri bir yüzyıl Rusların hazinesi olmuştur. Sovyetler büyük radarlar ve deniz filolarıyla balıkçılık yaparken, bizim balıkçılığımız şöyleydi: Samsunlu gariban bir balıkçının ağına yolunu şaşırmış bir morino takılır. Balıkçı tezgâhının önündeki ağaca ayağından asıp, gazetecilere poz verir!

Ve çocukluğu deniz kıyısında geçmiş benim gibi yüz binlerce çocuk, fukara balığı sayılan hamsi, istavrit, mezgitten başka balık tanıyamayacak, ilkokulda ise, güçlenmek için, Amerikan yardımı balık yağı haplarını içecektir.

Ve büyüdüğünde ağbileri ona, ya Orta Asya'yı gösterecekler, ya da Almanya'da işçi olmayı!..

Tarım ürünlerimizi işleyip ambalajlayamadık, denizi ise hiçbir zaman konservelerin içine sokamadık! Önce dünyaca meşhur tütünümüzü kaybettik, yok artık o! Balıkçılığı ise hâlâ "spor" olarak görüyoruz! Buğdayı kaybediyoruz, işte haberleri geliyor, zeytinyağını kaybediyoruz.

Çünkü dünyanın en tembel köylüsüne sahibiz. Ağır işçilik isteyen tütünden kaçtı, balıkçılığını karın tokluğuna yaptı. Fındık, zeytin, buğday gibi tarihin ilk gününden beri toplamaktan başka hiçbir işçilik istemeyen tarım yapıyorlar! Bir de şu Çinliler'in pirinç tarlalarında çektikleri eziyetlere bakın! Hayvancılığı ise, tüm teşviklere rağmen, göçer aşiretler dışında yapabilen çıkardı, on yıldır da aşiretlerin yaylalarını savaş gereği iptal ettik. Geriye ne kaldı? Patates? Erbakan boşuna mı söyledi, patates dinindeniz diye!..

Yüksek bir tepeden Karadeniz'i seyredin, çöl gibi, saatlerce tek bir motorun, geminin geçtiğim göremeyecek, sıkıntıdan patlayacaksınız!

Ancak, birileri gelecek, cami açacak, diğerleri gelip imam hatipleri kapatacak, bilim adamları laikleri alkışlayacak, dağa, taşa Türk bayrağı resimleri yapılacak, altımızdan toprak, yanı başımızdan deniz alıp başını bir çamur deryasına dönüşecek!

Ve Karadeniz'in tüm sahillerindeki küllük dediğimiz deniz salyangozları mafya tarafından kazınarak Japonlar'a satılacak...

Ve kalkınmak için son modamız: Çoruh nehrinde rafting yapacağız. Köylüler, coşkun sularda sürüklenen raftingcilerin peşinden dere boyu koşacak, seyredecek, milletçe kalkınacağız. Yomra Su Ürünleri Merkezi kalkan üretip denize bırakmaya başladı, hayırlısıyla, heyecanla bekliyoruz, binyıl sonra "kalkanımız" olacak mı, yoksa hâlâ başkalarının kalkanlarını mı yiyeceğiz!

Kuşlar Süzülürken Kanatları Neye Dayanır?

NTV'de hoca efendinin röportajını izlerken neye uğradığımı şaşırdım. Dinler arası hoşgörü diye bir meslek icat edilmiş. İslam dini adına da hoca efendi papaya gidiyor, önce papanın adamları "konsülle" görüşüyor ve anlatıyor. Niye bizi (Türkiye'yi) Avrupa Birliği'ne almadınız bahsi içinde harfiyen şöyle diyor: "Bizi yetim bıraktınız"...

Sabrım taştı, ölçümü kaybettim, bir Türk ya da bir müslüman, ossuruk makası olmayacak kardinallere "bizi yetim bıraktınız" diyecek. Bu akıl alır şey değildir. Kendimi sıkı tarih okuyan bir yazar olarak bilirim, böyle bir şey ne duydum, ne işittim. Kimmiş bu ossuruk faraşı konsül, onlara gidip bizi yetim bıraktınız diyeceğiz..

Bu ülkenin tarihinde böyle adi bir laf edilmedi ve artık bu adamların mezarlarına dahi saygı duymam mümkün değil!

Hay senin hoşgörüne, hoşgörü dediği içeriye dışarıya "bizim köpek sizi ısırmaz, korkmayın biz köpeklerimizi bağladık" mesajını iletmek. Cemaati varmış, beş yüz trilyon parası varmış, okullar açıyormuş, altmış yıl durmuş düşünmüş, sonunda ettiği lafa bak! Hiç korkmasınlar papa, yetim çocukları vaftiz etmeyi pek sever. Beş yüz trilyonun var ama, beş laf etmeyi bilmiyorsun. Beş adamın olmamış. O kadar Amerika'larda adam okuttun, sonunda Sevindik gibi manto fiyongu olmayacak bir kadına cemaatin kahyalığını veriyorsun. Modernliğin temsilcisi peri kızı Sevindik'imiz, dinin, peygamberin gözü yaşlı, nurlu ihtiyar vaazcılarıyla nihayet modernizmi buluşturacak.

Sevindik, çağdaşlığın verdiği sancıyla cemaati kıpır kıpır masmavi sonsuz öpücüklerine kucaklıyor. Basülbadelmevt, yeniden diriltiyor. Bu kadın modernizmi, soyadı gibi bir şey sanıyor, Sevindi işte.. Modernizmin kadının etine yapışmış, sarmaş dolaş kollarıyla Battal Gazi akıncılarının yapamadığını deniyor!

Modernizm adına hoca efendiyle pek yakında langırt oynarlarsa şaşırmayın. Hayalimde yazdığım "kuşku ve modernizm" adlı sinema filminden birkaç sahne aktarayım..

"Nevval kadınla hoca efendi köşkün kamelyasında öğle namazlarını eda ederler. Ve sonra Sevindik kalfa, koyu sessiz bir hüzünle yere bakarak efendiye:

— Sizi değişmiş bulmaktan korkuyorum canım efendim! Hoca efendi, derin bir boşluk duygusunun sindiği gasilhane sesiyle:

— Rabbin ayetleri her zehirli mantarı aşkın mısraları gibi delik deşik eder...

Sevindik kalfa etli kollarım önden bağlayarak:

— Cumhuriyet kuvvetleri bizi yakalayacak canım efendim! Hoca efendi canlı cenaze sesiyle:

— Eğer rüyalarımızı ölü veya diri ayaklarından tutup arşa kaldırabilirsek, hiçbir diktatör ihlasımıza dokunamaz!

Sevindik kalfa davul derisi gözkapaklarını süzerek:

— Korkuyorum efendim, bu azgın militer adamlar, modernizmden ve ilahî çağdaşlığımızdan ve avuçlarımızda alev alev

Allah için yanan şişmiş gözlerimizden hiç etkilenmiyorlar canım efendim!

Hocaefendi gözlerini Nevval kalfanın etli kollarından mahcubiyetle kaçırarak: - Onlar aşkın gözyaşları!.. Sevindik: -Hayır canım efendim, o gözyaşları modernizmin sivil halk ayaklanması...

(Bu arada... muhafazakar yazarların Muazzez Ersoy'u Nur Vergin olup bitenleri köşkün cumbasından izlemektedir. Nur sultan, hocaefendi hakkında yıllar boyu sivil övgüler yazdıktan sonra araları bozulmuş, ödülünü dahi almayıp, reddetti. Tabii Nur sultan da daha çok valide sultan havası var. İçerden yönetmeyi seviyor. Nevval kalfa daha çok cariye.. İşte... Nevval kalfanın bunlar sivil halk ayaklanması dediği anda, sinirli adamlarla kamelyaya girer...)

Nur Sultan: - Daha fazla dayanamayacağım, gidiyorum.. Yıllarca beni sivillik ve gelenek deyip aldattın.. Şimdi anladım ki gelenek ve modernizm boş bir hayalmiş.. Ben, geçmişi zaferlerle dolu apoletleri altın sarısı şerefli ordumuza gidiyorum...

Nevval kalfa, tel tel ipek saçlarını avuçlarıyla okşayarak:

- Demokrasilerde ordu olmaz, efendimi üzmeye hakkınız yok!

Bu arada hoca efendi ellerini kaldırıp iki ateş arasında ya karmaya başlar: -Ey rabbim, nedir bu işin sırrı? Demokrasilerde ordu var mıdır? İslam'da silahlı kuvvetler caiz midir?

Boğuk sesiyle hoca efendi ağlamaktadır: - Ey rabbim, ben sana altmış yıl dua ettim, sen bana beygir kadar çirkin kadınlar gönderiyorsun?

Nur sultan bu ağır laflara dayanamaz: - Sen kendi suratına bak, bir de aslan pençesi Çevik komutanıma!

Sevindik kalfa, kafese kapatılmış yırtıcı hayvan gibi saldırır:

- Saçmalama kadın, sen çıplak modernizmden etkilenmişsin. Biz ruh güzelliğiyle form güzelliğini içice düşünen modernist gelenekselcileriz.

Nur sultan: - Sus be kadın, anlaşılan sen hiç bozuka yememişsin...

Ve filmin tanıtım reklamı.. Koyu, sert ve vamp bir tonlamayla: "Ruh! Alem! İntikam! îhlas! Finans! Fazilet! Alemlerin ruhu! Hepsi bu filmde. Geceyi ve gündüzü yaratan rabbimin yaptığı işlere bak. Kalıbının adamı dört dörtlük tüm müslümanları bu filmi izlemeye çağırıyoruz!

Bu bir Halit Refik filmidir, filmin sonunda hocaefendi, büyük evliya, büyük alim, papaya koşar ve: "Bizi yetim bıraktın" diye ağlar!.."

Bunlar Türkeş kadar bile olamazlar, herif gitti, fikrim iktidarda ben içerde deyip Mamak'ta yattı. Ankara'da kırk yıl Amerika elçiliğiyle nerdeyse sıra gecesi yaptı, tek bir belge bırakmadı. Bu hocalar'a Amerikancılığı da öğreten Türkeş'tir, Ortaasya'yı gösteren de. Osmanlıcı, İslamcı, laik, Türkçü, tüm sağ yelpazeyi birarada tutup idare eden de Türkeş'ti. Herif öleli bir yıl olmadı, paramparça oldular, kendilerini imha etmek üzereler!

Amerikalı CIA'cı bir bilim adamı Huntinghan bir kitap yazmış, diyor ki, aslında kitap boyunca Amerikan çıkarlarını nasıl koruruz onu anlatıyor, dünyayı bekleyen tehlikeyle dinler arası çatışmadır!..

İşte bu laf çok hoşlarına gidiyor bizim hocaların. Diyorlar ki, görüyorsunuz dünyanın meselesi bu. Bütün dünya bunu konuşuyor. (Konuşan dedikleri bir CIA'cı...) Eee ne olmuş, bize çok iş düşüyor, bizde hoşgörü gani gibi. Dinler arası çatışmayı biz gidereceğiz.

İşte bu yüzden düşmüşler yola! Cemaatimize dokunmayın, trilyonlarımıza karışmayın, zaten Tacikistan'daki okullarımızda yalnız CIA ajanları değil, Atatürk köşesi bile yaptık!..

Yemezler!

Dünyanın sorunu açlıktır, bölüşmedir, çevredir, insan haklarıdır, bir CIA ajanının kitabından hareketle vazife çıkartmayın! Bugünlerde yaptığım konuşmalarda ve gelen telefonlarda gençlerin çok basit sorular sorduğunu, çok net bazı şeyleri çözemediklerini görüyorum. Bu yüzden tane tane konuşacağım, hatta üniversite birinci sınıfında sosyolojiye giriş kitabından, sosyal çatışma üzerine birkaç laf edeceğim... Gençlerin bir kısmı silahlı kuvvetlerin baskı ve dayatmasına kızıyorlar, islamcı gençler ise orduya karşı demokrasi mücadelesi verdiklerini söylüyor... Bir grup genç ise, gericilere ölüm deyip orduya sahip çıkıyor!

Şunu söylemek istiyorum, dünyanın her yerinde "ordu" böyle birşeydir, bizim ordumuzun maşallahlık, fazladan bir tarafı yoktur, silahlı kuvvetler gücüne aşıktır, bu Fransa'da da İngiltere'de de, 19. yüzyılda da böyle, her yerde böyle gelişmiştir...

Fransız devriminde kralcı adam, devrimci oğluna sorar? Siz nasıl devrim yapacaksınız, sizin parlamentodaki adamlarınızın silahı var mı? Cumhuriyetçi oğlu, hayır, der. Kralcı baba, bizim kralın silahları var, diye karşılık verir. Silah kimdeyse güç ondadır. Bu silaha karşı parlamenterler "halkın bilek gücünü" koymuştur. Ve 19. yüzyıldan günümüze tüm siyasal kavgalar, silahlı kuvvetlerin gücünü sınırlandırmakla geçmiştir. Anayasaya bir madde koyarak sorunu çözemezsiniz, hatta 550 sandalyenin hepsine de sahip olsanız bir bok olmaz. Sendikalar, memur, işçi, öğrenci, sivil güçler, bir "güç" olarak örgütlenmiş, toplumun bilek gücünü silahlı kuvvetlere karşı koymuştur...

Modern toplumu oluşturan sosyal çatışma kuramları buradan hareket eder. Mesela, Refah'a, ya da inanca karşı yapılan bir baskı karşısında Türkiye'nin en büyük partisi geri adım atmıştır. Oysa sosyal çatışmacılar, sorar, Türkiye'nin en büyük sendikası Hak-İş'tir... İslamcı siyasetin süs çiçeği gibi bir kenarda oturmalı mı, yoksa, meydanlarda taleplerini dile mi getirmeliydi..

Sosyoloji okursanız, parlamentodaki partilerin arkasında büyük sivil güçlerin, yalnız sayı olarak değil, bilek gücüyle örgütlenerek geçtiğini görürsünüz. Gerçekten milletvekillerinin arkasında halk var ise, örgütler var ise, parlamentodan geçecek bir yasa, bu güçlerin basınçlarıyla kontrol edilir.

Şimdi, senin 500 trilyonun var, Türkiye'nin en büyük sendikası elinde, binlerce okulun, tarikatın var, ama, yukardan gelen yüksek basınca dayanamıyorsun.. Ve ne olur yapma diye "yalvarıyorsun"... Yapabilmemiz için "sosyalleşmeden" geçmemiz gerekiyor. Yani, eğitim, sağlık, işsizlik, temel insan hakları gibi alanlarda örgütleneceksin ve tek tek bireylerden oluşan bu devasa örgütlerin bilek gücüyle karşı talepte bulunacaksın...

İslamcı yazarların köşelerinden anladığım kadarıyla onların demokratik mücadeleden anladığı yasalar çerçevesinde meydanlarda bağırmak!

Bu demokratik mücadele değil, bu sokakta bağırmak!

Bu çağdaş, modern dünyada bu zulüm yapılır mı diye söylenmeye hiç kimsenin hakkı yoktur. Bu çağdaş, modern dünyada hâlâ kitleleri cemaat ve tarikat mantığıyla yönetirsek, bu zulüm her zaman revadır!

Çünkü ordu, üç tane cemaati bir yasayla kapatır, dağıtır! Ancak, örgütlenmiş sendikaları, sivil örgütleri dize getirmekte zorlanır!

Allah'a şükür biz henüz siyasal ve sosyal bir toplum değiliz. Partilerimiz satılmış delegelerle, sendikalarımız ağalarla, büyük kitlelerimiz de cemaat mantığıyla, aşiret mantığıyla yönetildiği için, hiç kimsenin, bu çağdaş dünyada bu yapılır mı demeye hakkı yoktur!

Şimdi, cemaat ve tarikatlara sivil toplum kuruluşları diyen başta Şerif Mardin ve Yeni Yüzyıl gazetesinin kabakulak zekalı yazarlarına sormak lazım, "örgütsel güç oluşturamayan" bu kitleler sivil toplum güçleri midir? Biat eden, birey olamayan bu kitleler, kendi haklarını şeyhlerinin çıkışlarıyla talep ediyor, bu mudur sivil güç!

Milyonlarca tertemiz müslüman genci kandırdılar!

Oysa bu halkın iktidarın gücünü sınırlandıracak, siyasetten uzaklaştıracak gücü vardır. Var ki, mesela tek bir cemaatin elinde 500 trilyon birikmiş. Hak-İş'in elinde de o kadar, İhlas Holding'in elinde de o kadar sermaye!

Bu sermayelerle neyi örgütlediniz? Bireyi mi, toplumu mu, kurumları mı? Mehter marşı çalıp büyük holdinglerle kırıştırdınız, gel keyfim, halkın parasıyla kaplıcalarınızda güneşlendiniz!.. Ve şimdi ordu bastırıyor, kızlarınızın başını açacaksınız! Hadi milyar dolarlarınızla karşı koyun! Yapamazsınız! Çünkü paralarınızı büyük holdinglerle yiyorsunuz! İslami vakıflar yalan, televizyonlarınız hiçbir işe yaramıyor! Yaramaz, çünkü hiçbiri "örgütsel demokratik güç" oluşturmuyor.

Türkiye halkının bu kadar büyük devasa emek, sermaye ve insan kaynaklarını "holdinglerinize", "finans kurumlarınıza" peşkeş çektiniz, şimdi, başımızı açıyorlar, bu insanlık diye ağlıyoruz...

Dünyanın her yerinde ordu böyle birşeydir, bizimkinin maşallahlık bir tarafı yoktur, biz kendimize soralım, bu kadar büyük halk gücünü, imkânlarını ne yaptık?

Milyonlarca insan elli yıldır meydanlarda koştu, açız dedi, yoksuluz dedi, kimsenin inancına karışamazsınız dedi, işsiz dedi, oh olsun dediniz, .ötünüze rahat mı battı dediniz..

Ve polis ve ordu büyüdükçe büyüdü, daha da büyüsün, ama halk zavallılaştıkça siz kahramanları alkışladınız, mehter marşlarıyla gaz verdiniz, bugün bu halkın bağımsız gazetesi yok, bağımsız televizyonu yok, bağımsız sendikası yok.

Aklınıza gelen her kurumu rezil ettiniz, kitleleri çuvallara doldurdunuz, meydanlardaki insanlar kovuşturuldu, yakıldı, öldürüldü, siz, kahramanları alkışladınız...

Ve şimdi sosyalleşmeden, çağdaşlıktan, modernlikten söz etmek hakkına sahip olabilmeniz için, halkın bu büyük emek ve sermaye gücünü, sivil haklar ve özgürlükler arkasındaki kurumların gelişmesine çoktan harcamanız gerekirdi.

Demokrasi budur! Aydın Doğan'in satılmış köşe yazarlarının sakız diye çiğnedikleri "başörtü" mücadelesi değildir. Kimse bize inançlarımızı, buzdolabı, televizyon verir gibi veremez, modernliği bakkaldan satın alamayız. Kimse bize naklen yayın "sosyalleşme" ikram etmez.

Dışarıda hayran olup çağdaş diye örnek verdiğiniz batı toplumları toplumsal dengeyi kurabilmek için, işte üzerinde on milyonlarca insanın kan döktüğü, yüz milyonlarca kitap yazılan bu serüveni sonuna kadar yaşadı. Ve bugünden akıllanıp harekete geçsek dahi, önümüzde geç kalmış modernizmin ağır hastalıkları var. Çünkü batı, henüz 19. yüzyıl ve 20. yüzyıl başında polis güçleri büyümeden... Yani meydanda toplanan onbin kişi parlamentoya yürüyebiliyordu. Şimdi teknolojik ve devasa polis güçleri bunu imkânsız kılmış, meydanların gücünü notüralize etmiştir.

Bu akılötesi polis gücüyle sosyal kurumların gelişmesi mümkün değildir.

Geç kalmış modernizmi daha da umutsuzlaştıran, ordunun karşısında muhafakazar partiler ve Amerikan tarafından polis gücünün konulması, bölgenin siyasal dengelerinde kukla gibi oynatılması ve olmayacak bir iç çatışmada konuşlandırılan ordu-emniyetin, binlerce faili meçhulle binlerce çeteyle bambaşka bir canavar gibi büyümesi...

Geç kalmış modernizmi kördüğüm haline getiren ana konu ise, yirmi yıldır sürüp giden laik-şeriat çatışması kitleselleşip, islami vakıflarla, kemalist derneklerin, hak, ekmek, yoksulluk, işsizlik, temel haklar gibi konularla hiç ilişkisi olmayan bir ortaçağ kavgasına toplumun tümünü çekmiş olmaları. Ve bu ortaçağ kavgası büyüdükçe, hak, hukuk, talep eden kuşlar çaresizlikten yarasalaşıyor. Bu ülkenin meydanlarında birbirinden güzel on binlerce renkli kuş kanatlandı. Süzülürken kanatlarını dayayacakları rüzgâr bulamadılar, gagalarıyla betona çakıldılar. Çünkü gazeteler, yabancı servisler laik-şeriat ortaçağ kavgasına gaz verdiler..

Gördük ki bu kuşlar, cemaatle, tarikatla, ihlâs holdingle öldürülüyor. Bu kuşları yeniden uçuracak rüzgar, bu ülkenin hakkı yenen, inancı yokedilen, kim olursa, ona sahip çıkanlardır. Şişli'de masaj salonlarında mastürbatör olarak çalıştırılan 15 yaşındaki gecekondulu kızlar laik midir? Müslüman mıdır? Bu boklu değneğin ne bir tarafı laik, ne öbür tarafı müslüman!

Çünkü, Singapur kerhanesinde siyaset olmaz! Ekmeği olmayan ülkenin de bayrağı olmaz!

Molla Mustafa'nın Maceraları

Papaz okulları ve medreseleriyle ünlü Of un tarihine ilişkin Hasan Umur'un 1949 baskılı "Of ve Of muharebeleri" kitabı, Karadeniz kadınının hayatına dair ilginç bilgiler veriyor.

Of ta, Atlantik kıtası gibi tarih öncesi var olduğuna inanılan "Ancomah" adında bir altın şehir varmış. O zamanlarda İstanbul Boğazı kapalıymış, boğaz açıldığında sular Marmara'ya akmış, şehir de kaybolmuş.

Ancomah'ta hazineler gizlidir, hatta, yayladan ineklerin sütleri borularla limana kadar aktarılırmış. Birçok masalsı hikâyede de kahramanlar bu hazineleri ele geçirmek için, İndiana Jones gibi, yola çıkar! Ancomah'ın bizimle ilgisi ise, bu şehirde cinlerin padişahı oturur. "Bütün Lazistan havalisinde bulunan cinleri bu viran şehirde oturan cin padişahı idare eder. Emirler verir. Bilhassa çarpılması icap eden kadınlar hakkında fermanlar çıkarır. Hiç kimse bu fermanları bozamaz. Ancak biz cinciler cin padişahının fermanlarını hükümsüz bırakabiliriz. Eğer biz cinciler olmasaydık, bu civarda oturan kadınların hali nice olurdu?" diye yazıyor kayıtlar!

172

Bu satırların ardından sayfalar boyu anlatılan masallar bize çok şey öğretiyor! Mesela, neden cinler hep kadınları çarpıyor!

Of pazarında yüzyıl önce değnekçiler varmış, pazara gelen kadınları, ahlağı bozuyorlar diye kovarlar, pazara sokmazlarmış. Bugün sepet taşıyan Karadeniz kadınlarının haline bakıp yaygın bir inançla, çok çalıştırıyorlar diye hayıflanmamız bile boşuna, çünkü onlar için pazara, çarşıya çıkmak bile bugün için büyük bir sosyal başarı, ilerleme!

Çarşıya, pazara çıkamayan eve bağımlı yaşayan kadınların asırlar süren en büyük hastalığı: Cinlenmek! Bu toplum, asırları tarihten silen vebayla dahi uğraştı, ancak, cinlenmek, yok edilmedi. Bugünkü psikolojik rahatsızlıkların o günün diliyle ifadesi, cinlenmek!

Ancomah'ta oturan cinlerin padişahının neden durduk yerde kadınları cinlendirdiğini birazdan Molla Mustafa'dan öğreneceğiz, ancak, kadınlara cin hastalığının bulaşma yolları hayli ilginç.

Geçtiğimiz günlerde, cinci hoca diye takdim edilen Ali Kalkancı'nın bir konuşma bandı yayınlandı TV'lerde. Şu cümleler geçiyor: "Patates kabuklarını, yumurta kabuklarını ortalık yerde koymayın, cinlerin yemeğidir, cinler sizi sahiplenir".

Hep birlikte düşünelim, bir yumurta kabuğunun sırıtışı, kaç milyon Anadolu kadınının düşünüşünü, hüznünü, umudunu ince ince kıydı! Ateş parçası genç kızların, bakışlarını, ömürlerini yakıverdi. Uzun ince düşünüşlerin, yalnız umutsuz karamsarlığı, nesnelerin uçlarını günler, geceler boyunca yaktı!

İnanç diye, asırların binbir kulaklı hurafeleriyle örülmüş kafeslerinde akıllarını yediler. Saçlarını, tenlerini, ellerini gün ışığından, hayattan saklayan kadınların hayal kırıklıklarıyla dolu bilinç altlarında, yollarını "patates kabuklarına, yu-

173

murta kabukları'na sarılmış cinler bekledi!...

Bu ruhsal çöküntüyü asırlar kaldırmadı! Yangınlar, depremler, düşmanlar değil, yumurta kabukları yıkıverdi onları! Bu ruhsal çöküntüde kaç milyon hüzünlü kuş, kafesinde en içli türkülerini içine akıttı, içleri yandı, tel tel kanatları yolundu...

Ama neden "yumurta kabuklan", ya da yemek süprüntüleri! Nesnelerin bir zaman sonra "gerçekliğini" kaybetmesi, ayrı bir yazı konusu!

Ateş parçası, taze gelinlerin hayatlarını lanetleyen bu dünyanın en popüler kurumu da: Cinciler! Cincilerin tarih boyu piyasası oldukça geniş!

Neden cin hastalığına en çokta taze gelinler yakalanırdı!

Birinci ihtimal, taze gelinlerin yaşadığı büyük ve içinden asla çıkılmayacak derin hayal kırıklıkları... Bir odanın içinde bir daha asla çözülmeyecek bir hayatın ıstıraplarına bir ömür direnmek! İkincisi...

İkincisi biraz neşeli. Bir nevi kadınların başkaldırısı! Taze gelinlerin, sevmedikleri, kurtulmak istedikleri evden uzaklaşmak için hiçbir şansları yoktu! Ancak, "cinlenmek" hastalığına yakalanmak "kurtuluşları" olabilirdi.

Cinlenmiş kadınların tekin olamayacağı, bir daha koca bulamayacakları bilindiği halde, kapalı hayatlarından çıkabilmek için, cinlenme numarasına, rolüne yatıp, kurtulmak!

Geçtiğimiz günlerde TV'lerde Giresun'un bir kazasında bir evde cinlerin yaşadığına dair haber programı vardı. Cinler bu evde makasla herşeyi kesiyordu. Hatta, durumu yerinde görmek için Medyum Memiş dahi olay mahalline hareket etti. Oysa olay, tipik bir "evden" kurtulma olayı...

Kadınların devasa cin hastalığına üzülen yalnız bizler değiliz, bu duruma çözüm arayan aydın insanlar da var, bunların başında işte Molla Mustafa geliyor!

Molla Mustafa, kadınları cin hastalığından kurtarmak için

174

büyük maceralara atılır, kâbuslarla savaşır!

Nasıl ki Keloğlan padişahın kızını almak ister, Battal Gazi, Karaoğlan yurdunu, aşiretini düşmanlardan cengaverce korur, Molla Mustafa'nın maceraları da kadınları cinlerden kurtarmak üzerine!

Belki bir gün Keloğlan, Karaoğlan gibi filmi çekilir umuduyla, sayfalar süren Molla Mustafa'nın hikâyesini özetliyorum. Hikâye boyunca tasvirler çok güçlü ve canlıdır. Molla Mustafa ilk bölümde cin hastalığından kadınları kurtarmak için çareler düşünür! Önce silahlar kuşanır. Sonra perilere karşı bütün duaları öğrenir. Başta kendi köyünden, sonra civardaki tüm köy ileri gelenleri, ihtiyarlardan, evliya gibi insanlardan hal çareleri, yollar öğrenir! Her biri cinlerin yerini başka söyler, değişik metotlar ileri sürerler. Geceler boyunca değirmenlerde perileri beyhude arar, ancak azimlidir. İkinci bölümde, Molla Mustafa balta girmemiş ormanların derinliklerine dalar. Günlerce vahşi hayvanlarla dolu ormanda ağaçların üstünde yatar. Çok korkar! Ormana yüksek tepelerden ezanlar okur. Kurtlarla, ayılarla amansızca savaşması Battal Gazi hikâyesi gibidir. Orman içinde yolunu kaybeder. Karanlığın içinde gece yarıları kâbus gibi karartılarla boğuşur! Yani, hem görünen, hem görünmeyen yaratıklara karşı amansızca direnir.

Ancak, Molla Mustafa'nın Karaoğlan-Kara Murad'dan farkı, Molla Mustafa çok korkar, korkusunu gizlemez, buna rağmen savaşmaya devam eder.

Hikâyenin diğer özelliği, yolculuğu ve savaşları gerçek midir, düş müdür, kendisi bile ayırt edemez! Sonunda Ancomah denilen cinlerin padişahının oturduğu şehri bulur.

Korkudan ölmek üzeredir, peri padişahına kendisini götürecek iki tane peri bulur, karı-koca bu perilerden birinin adı Ahmet Sungur'dur, karısının adı: Sati Sungur. Ahmet Sungur'un torpiliyle peri padişahıyla karşılaşır. Çok güçlü tasvirler ve ince ayrıntılarla anlatılan bu sahneler gerçekten korkuludur.

Peri padişahı Molla Mustafa'ya, Lazistan'daki perilerin padişahın olduğunu, ancak, durduk yerde kadınları boş yere cinlendirmediğini, bu batıl hikâyeleri cincilerin-kötü adamların uydurduklarını söyler.

Peri padişahı da aslında terbiye ve ahlak olarak İslam dininden olduğu için Molla Mustafa gibi düşünmektedir. Molla Mustafa peri padişahına şunları söyler:

"-Şimdi rica ederim ey büyük peri padişahı, bu adalet mi? Zavallı gelin orada perilerin sofrası bulunduğunu, yemek yediklerini nasıl bilsin?".. "-Adil padişah lütfen bendenize bildiriniz, perilerin bu yaptıkları zulüm değil midir?"

Peri padişahı: "-Batıl bir itikat ile biz perilere iftiralarla dolu isnatlarda bulunuyorlar. Yok, yok, biz perilerin ademoğluları ile aramızda hiç bir münasebet yoktur. Biz başka âlemdeyiz. Âdemoğulları başka âlemdedirler. Yazıklar olsun, bunca asırlardır asıl ve esası olmayan batıl bir itikat siz âdemoğullarını böylece ıstırap içerisine bırakmıştır."

Bu konuşmalar esnasında peri çocukları da şiirler okumaktadır: Çarparmışız gelinleri biz periler biz periler / Aldatmışız dilberleri biz periler, biz periler... Karadeniz uşağıyız, güzellerin kucağıyız, Ancomah'ın çırağıyız, biz periler, biz periler. İftiradır inanmayın, şuursuzca aldanmayın, ey cinciler darılmayın, zır deliler zır deliler.. Cinci midir, yalancıdır / Sanma insan dolapçıdır, paranıza tuzakçıdır, müfteriler, müfteriler...

Bu hikâyeyi uzun uzun anlatmamın sebebi, sosyal bir yaraya parmak basıyor. Üstelik, bir zamanlar Kara Murad'ı oynamış Cüneyt Arkın, bugünlerde İslamcı bir TV'nin elçiliğini yapıyor, Cüneyt Arkın rahatlıkla Molla Mustafa'nın maceralarını filme alabilir.

Buna hepimizin ihtiyacı var, çünkü kadınlarımızı "cinci-

176

lerden" kurtarmak zorundayız. Çünkü daha önce Kara Murad filmleriyle, düşmanlarımızdan nasıl kurtulduğumuzu çok iyi öğrendik.

Mafyaya, çeteye, sağcılığa elemanlar yetiştiren Kara Murad filmleri bu kültürün en sağlam dinamiklerini taşıyordu. Ancak, bu Kara Murad ve Karaoğlanların, Mafyacıların, çetecilerin bir de kız kardeşleri, anneleri var!..

Erkeklerin tüm sorunları kaba kuvvetle, silahla, kahramanlıkla çözdüğü toplumumuzda, kadınların nerelere sürüldüklerini unutmayalım. Her kahraman madalyonu taşıyan bu kültürün ailelerinde genç gelinlerin, genç annelerin cinlenmiş resimleri tesadüfü değildir; derin çaresiz yalnızlıklarını anlatır, biz "cinli" deriz. Kahramanlar ve Cinciler aynı ailenin çocuklarıdır! Kahramanlık erkeklere, cinlenmek kadınlara nasip olur! Devletin de kahraman çetelerin dosyalarına gösterdiği kadirşinas tavrın aynısını Ali Kalkancı'nın dosyalarına göstermesi de tesadüfi değildir.

Çatlı ve Ali Kalkancı, aynı ailenin iki ayrı resmidir, birbirlerinin tamamlayıcı parçalarıdır. Biri bizi, Yunan gibi, Ermeni gibi sahici düşmanlardan korur, diğeri, bacılarımızı, annelerimizi görünmeyen düşmanlardan korur!.

Kahramanlar devlete, bacılarımız da cinci hocalara koşar!..

Niçin gülüyorsunuz? .ötümden uydurmuyorum, hepinizin gözleri önünde oynuyor bu film!

Peki bu filmin sonunda polis gelmez mi? Gelir, ancak, ne çeteyi, ne de cinci hocaları yakalar! Çok ilginçtir polis, Eşber Yağmurdereli, ya da mecliste pankart açan çocukları yakalar!

Ne alakası var, ben de bilmiyorum, ama böyle oluyor!..

Ne diyelim bu insanlara... Bir Karadeniz tekerlemesiyle yazımızı bitirelim. "Cinden periden kodum ona geriden."

Sizin Kalbiniz Ne İşe Yarar

1911-1922 arası bir düzine savaşın içinden geçtik, Trabuslusgarp, Balkanlar, Süveyş, Kütülüemmare, (Irak'ta) Yemen, Kafkas Cephesi, Çanakkale ve bilfiil Anadolu'nun şark ve garp cepheleri. On yılda savaşın her cinsi var: Sömürgelerine sömürge katmak isteyen İngilizler'e karşı, İngilizler'in dolduruşa getirdiği Araplar'a karşı, Balkanlar'daki bağımsızlık hareketlerine karşı, Rusya'ya, Fransızlar'a, İtalyanlar'a karşı; Osmanlı'dan toprak isteyen Yahudiler'e, Meşrutiyet'in hürriyet havasım kollayıp, birer ajan okullarına dönen kiliselerde, manastırlarda örgütlenip büyük bir iç savaşa hazırlanan Ermeniler ve Rumlar'a karşı...

Milli devlet, milli tören, milli marş, milli anıt, vs. tüm Avrupa'ya Fransız ihtilalinin hediyesi, imparatorlukların sonunu getirdi. 19. asırda milli bağımsızlık hareketleri tüm Avrupa'yı kasıp kavurdu, ulus devletlerinin doğuşuna sebep oldu, Osmanlı'nın sonunu hazırladı ve Osmanlı aydınlarının gözünü açtı.

Türkler'in dili, tarihi, kökenleri üzerinde henüz tek bir Türk araştırmacı yok iken, Osmanlı aydınları kendi tarihlerine

Türkçü gözüyle bakmaya başladılar. Padişahın mülkü olarak toprak vatanlaştırıldı, vatan tanrılaştırıldı.. Aydınıyla, şiiriyle,· romanıyla, siyasetiyle ve Atatürk'ün cumhuriyeti kurmasıyla hayata geçirildi. Türkçülük az zamanda çok büyük işler başardı, asker kökenli siyasetçiler milli egemenliği inşa etti.

Vahdettin sürgünde, Fransız cumhurbaşkanına bir mektup yazar: "Anadolu'da beş-altı milyon Türk benim halifeliğimi alamaz, ben üç yüz milyon müslümanın halifesiyim".

Akıl almaz bu kanlı savaşın en büyüğü, açlığa, koleraya, yoksulluğa ve ortaçağ karanlığına karşı veriliyordu. 15. yüzyılda Osmanlı'nın elinde muhteşem ve bilimsel olarak inanılması imkânsız harikalar vardır, ancak.. Sultan Mehmet Reşat'a geldiğimizde... Bir vali tayin edilecek Manisa'ya.. "Manisa, Bosna'da bir yer değil mi?" der. Vali, cehaletten utanır, "bir zamanlar ceddimizin başkent yaptığı yer" demeye çalışır, Sultan Reşat: "Haa, şu kavun yetiştirilen yer" diye cevap verir.

Osmanlı'nın genç aydınları padişahının adını bile bilmediği bu topraklarda can verdiler. O kadar can verdiler ki, savaş bittiğinde, topalı, kadını, ihtiyarı, çocuğu saymazsanız, bir milyon nüfus kalmamıştı.

Bin yıldan bugüne uçarak gelen çift başlı Selçuklu kartalı, kuvacıların boz kalpaklarına konmuştu. Asker bir milletin, asker çocuklarıydılar, özgürlük onlarındı. Ellerinde, avuçlarında yoktu. Asırlar boyu sindirilmiş, tembelleştirilmişti; halk da yoktu. Çareleri de yoktu. Sıfırdan bir millet yaratmaya koyuldular. Dil, tarih kurumları, fakülteleri. Türkçülük hayali aldı başını Güneş Dil Teorileri'ne kadar gitti. Kafatası çalışmaları halen dil, tarih fakültesinde saklıdır, açıklanmaz... (Yıllar sonra Köy İşleri Bakanlığı da, tek tek köyler üzerine etnik bir çalışma yapar, o da yayınlanmaz. Ve yine İ.Ü. Antropoloji Bölümü de köyler üzerine etnik bir çalışma yapar, bu çalışmayı da durdururlar.)

Yorgundular, kahramandılar, kurdukları cumhuriyeti yaşatmak için, önce kendilerine, sonra da milli egemenlik kavramına zincirlediler. Cumhuriyetimiz milli egemenlikle kilitlendi, halk egemenliği adına konuşan herkes cezasını gördü. Bütün siyasi huzursuzlukları artık, milli egemenliğin yılmaz bekçileri darbe üstüne darbeyle saf dışı edecekti.

Milliyetçilik hayalle yaşadı, karnını hayalle doyurdu, açlıktan, sefaletten, cehaletten nefesi kokan halkımızın karnı hayalle doydu da. Dünya ülkeleriyle siyasi, sosyal, iktisadi mesafelerimiz uçsuz-bucaksız açıldı. Bağımsızlıktan dilenciliğe doğru yola koyulduk.

Ürkütücü bir tarihin içinde sıkışıp kaldık. Bu tarih, iki yüz yıldır milli egemenlikçileri haklı çıkarıyor. Karlofça'dan bugüne Batı, bu ülke on yıla kalmaz çözülür diyor. Çözüle çözüle bugüne geldik. Bugün de Batı, aynı ürkütücü senaryoları oynuyor, bir yerleri oyuyor.

Batı'nın ürkütücü tehditleri, milli egemenlikçileri her on yılda bir tüm müfredat programlarını sil baştan düzenlemelerini gerektiriyor, koltuklarında daha rahat, daha emin oturuyorlar. Sağcılar, muhafazakarlar, islamcılar, milli egemenlikçilerle aynı kutsanmış tarihin hastalıklarını yiyip semirdikleri, iktidara ortak oldukları için, işte savunma bütçesi oranı, dünyada eşi benzeri yok.

Saf, mermer bir halk yaratma fikri Almanya'da yirmi milyon insanın ölümüne sebep oldu. Suçsuz yere öldüren, öldürülen ve öldürmeye çalışan, aynı siyasi makine bugün bizim elimizde, suçunu asla kabullenmiyor, onu haklı çıkartacak Kardak Kayalıkları gibi milyonlarca çakıl taşından sebepler var.

Bu ağır, ateş dolu tarihin yoksul, perişan halkın yanında hesaplaşmasını yapmaya çalışanlar, çalışanların torunları, masum, suçsuz, çok haklı(!) katillerce bertaraf ediliyor. Ortaçağımız, kanıyla, irfanıyla iki binli yılların zindanlarına, yoksulluklarına doğru yüzüyor.

180

Ortaçağ nedir? Hâlâ şehitler, evliyalar, azizler, komutanlar ve polisler bu ülkenin kahramanlarıdır. Toplum neden kahramanlarını hâlâ, şeyhlerden, polislerden, asker gibi siyasetçilerden seçiyor. Bu ortaçağ kültürüdür. Savaştan, milli hislerden siyasi rant-mutluluk duymaktır. Halk hareketleriyle iki yüz yıl sallanan bugünkü Avrupa'nın kahramanları, neden aydınlar, sanatçılar, bilim adamlarıdır? Neden hâlâ milli egemenlikçiler bize şehitlerden kahramanlar armağan etmektedirler?

Rektörleri derebeyleri gibi, rant patronları müstemleke valileri gibidir. Şuraya bakın, rektör, öğrencilerle görüşmem diyor. Peki o rektör, milli egemenlikçiler de çağırdığında görüşmez mi, el pençe divan durmaz mı?

Bütün kurumlar milli egemenlikçilerin elindedir. Yüksek bir tepeden Ankara'ya bir bakın, dört buçuk milyonluk şehirde, devlet ve devlete ait dairelerde bir milyon porsiyon öğle yemeği çıktığını göreceksiniz. Yetmiyor, kırkbin porsiyon da belediye veriyor, yine yetmiyor, iki yüz bin porsiyon hesabı yapılıyor...

Ortaçağımızın şarlatan politikacıları o kadar rahattır ki siyasi-sosyal çürümeyi öyle bir kıvama getirmişlerdir ki, kimse, kendi yolsuzluğundan değil utanmak, değil istifa, geri çekilme, özür... Bir açıklama yapma ihtiyacı bile duymamakta, bir medya kazası, bir "adam çekememe" sorunu gibi görmektedirler.

Atımız yere yıkıldı. Yarışı bu yoksul halkın çocukları koşarak bitirecekler. Milli egemenlikçiler toprağı işleyemiyor, fabrikayı çalıştıramıyor. İşleyemediğin mülk vatan değildir, rantçılar tarafından gasp edilmiştir.

Dört yaşında çocuktum, Amerikan yardımı süt tozu veriliyordu, işte geldik, gidiyoruz, varoşlarda devlet kapuska dağıtıyor, burası Habeşistan mıdır? Yoksa her gün deprem mi var? Milli pırasalarla, milli lahanalarla bu yoksulluğu, akıl almaz talanı görmeyecek, unutacak mıyız? Batı'da insanlar ben vergimi verdim deyip, hak aramaya başlar, biz de, işadamları bile "ben askerliğimi yaptım" diye söze başlıyor. Askerliğini yapan halk, şehidini veren halk, kuyruklarda kapuska dilenmek hakkına kavuşuyor, haşlanmış düdüklü makarnayla ödüllendiriliyor. Sonra başkan kürsüye çıkıp, "gücümüz yetse bir milyon kişiye yemek veririz" diyor, alkışlanıyor.. Halkı dilencileştirmek ne kadar hoşlarına gidiyor. Bu halka, onurlu yaşamdan, insan olmanın soyluluğundan, adaletten, bağımsızlıktan söz ettiğinizde, akıllarına "burgulu makarna" geliyor ve bir bozukluk çıkıp kan gövdeyi götürdüğünde...

Alman çevreci aslan kahraman Rom koşup onları kırmızı ceketlilerden kurtarıyor...

Ve hiçbirimizin kalbi bu acıların acısını kaldıracak güçte değil!

Hukuğun Türkçesi, Fransızcası; yoksulluğun Kürtçesi, Alevicesi; şiddetin haklısı, masumu yoktur. Böyle konuştuğumuz için de bizi de seven yoktur.

Kim ne derse desin, erik kurusu bir ihtiyar oluncaya dek kalbimize, bu yoksulluğu taşımayı öğreteceğiz.

Karga Karga Gak Dedi

Milli Nizam Partisi Genel Başkanı Erbakan, Trabzon'da yaptığı bir konuşmada, 'bu alfabeler, uyu uyu yat, yat yat uyu" diye başlıyor demişti! Cumhuriyet tarihimizi iyi tanıyabilmek için kalın kalın kitapları bir kenara bırakın, alfabelerimiz üzerine düşünün, özellikle, "baba bana bal al", cümlesinin derinliklerine inin! Celal Nuri İleri kütüphanesinin alfabe ve okuma kitapları harf inkılabı sonrası ilk kitaplarımız, cumhuriyetin ilk kırk yılına damgasını vurdu bu kitaplar, "baba bana bal al" cümlesinin ilk versiyonu da işte bu kitaplarda. İlk çıkışı 1928-29 tarihli alfabelerde, "n" harfinde: "Baba bal aldın mı, bal almadım nar aldım"; bir diğerinde "baba abla bal abla, baba ablama bal al, lamba alma!.."

Bu ilk alfabelerde, "Feyzullah Tokatı Patlat" ya da, "Dayak Çal" gibi cümlelere rastlarsanız, şaşırmayın. İşte Tam ALFABE'nin 14. sayfası: "Eşekle nal. Anana ayna al. SANA ON SOPA. On sene, on ay..." Ya da birinci sınıflar için okuma kitabında "Kızılcık Değneği" adlı okuma parçası: "Osman tembel imiş. Mektepte okuyamadığından kendisini nalbanta çırak vermişler. Orada da haylazlık ettiğinden çok dayak yemiş. Bir-

183

gün kızılcık değneği üzerinde kırılmış. Ustası, bahçeden bir değnek kes de gel, der. Osman bir yerine on değnek getirince, usta, bu ne, deyip şaşırır. Çocuk, bir getirsem, kırılır, bir daha bahçeye gönderirsin, on tane getirdim, der.

Okuma parçasının altında da italik olarak şu cümle: "Kızılcık değneği çok sert değnektir!"

Bu hikâyenin ana fikri ortada, sırtınızda bir değnek kırılırsa siz on tane getirin.

Bir başka okuma parçası görelim: "Abdi Bey'in çiftliği var... Oğlu Naci ile kızı Naciye'ye dedi ki, çocuklarım bu yıl topraktan iyi mahsul alırsak, siz de sınıfı geçerseniz, yaz tatilinde sizi İstanbul'a götürürüm... Çocuklar pek sevindiler... (...)Şömendüfere bindiler. İzmit'e gelince masmavi deniz parlamaya başladı. Çocuklar gözlerini vagonun penceresinden ayıramıyorlar. İstanbul'a vardılar. Tuttukları köşk deniz kıyısında idi. Her sabah denize girerler, kumsalda oynarlar, vapurları seyrederlerdi!

1945 yılının okuma kitaplarında, aslında hepsinde yaz tatili için mutlaka bir okuma parçası vardır, ve mesela, Doğan'ın babası yazlık almıştır, her yaz yazlıklarına giderlermiş...

Ekmeğin karneye bağlandığı, annelerimizin patates kabuğu yerdik dediği, Anadolu'nun en yoksul, en çaresiz yıllarında okutulan parçalar bunlar!

Okuma kitaplarında "yoksulluk" hiç yoktur, yok edilmiştir! Bunca okul, bunca kitap, alfabe kimin işine yaradı? Mesela Türkeş'in ön adı da Feyzullah'tı. Alfabenin dediği gibi Türkeş, Feyzullah tokatı patlattı. Sana on sopa, dedi. Sonra çiftlik çok mahsul yaptı, yazlığını da aldı!..

Eğer, Fatma Girik, Uğur Dündar programlarındaki İmam Hatipli vakalarına bakarsak, gerçekten Mehmet'in dudağrda, kiraz dudakmış... Ve tüm okuma kitaplarında sayılar şöyle öğretiliyor? On asker (yan yana on asker resmi) ve altına on ördek (yan yana on ördek resmi). Tüm bu alfabe, okuma kitabı, dilbilgisi kitaplarında, en büyük ideal asker olmak. Askerlik dışında ikinci bir meslek bulmak imkânsız. Yüzlerce kelimenin başıboş kullanıldığı bu kitaplarda, dava, dilekçe, hukuk, hak, eşitlik, kardeşlik gibi kelimelerden numune niyetine tek bir tane yok! Mesela "kardeşlik" çok ilginç, bu kelime ancak, "Türk" olmanın üstünden kullanılıyor! Yani hepimiz Türk olduğumuz için "kardeşiz", başka tür bir kardeşlik yok!

Cumhuriyet tarihimizle ilgili kalın kitaplar okumanıza gerek yok, özeti kısaca yukarıda verilmiştir, cumhuriyetimizin ruhuna damgasını vurmuş bu alfabelerde kurulu, sahte, kurgu dünyalar, nasıl olduysa gerçek oldu! Bugün, asker en şerefli yaratığımız. Bugün yine Feyzullah tokatı patlatıyor! Ve Abdi Bey'in çiftliği iyi mahsûl veriyor ve biz on ördek, orada öyle ilişkisiz şaşkın duruyoruz!..

Tüm bu kitaplardaki imgeleri biraz daha soyutlayalım: En büyük asker! Tokat! Çiftlik! Ördekler!

Yetmiş yıldır işte bu basit akvaryumda, bu tımarhanede yaşıyoruz!

Her sokak başı, her okul, her tartışma, herhangi bir televizyon programı işte bu "imgelerle" kurulu! İçine gömülü olduğumuz beton dünyanın boyutları buraya kadar!

Burası Ruanda'dan daha kanlı! Ruhlar, hayaller, düşünceler, bedenler, hayatlar, birbirinden güzel incecik kızlar, birbirinden yakışıklı, ateş gibi milyonlarca delikanlı, işte bu tımarhanede saklanıyor!

Ytong hazır tuğla suratlar, milyonlarca!

Paranoya öyle dehşet verici ki, değişik olan, bir başkası, bir başka hayal ürününe ölüm tehdidi yağdırılıyor, ülkeden kovuluyor, lanetleniyor! Hainlikle suçlanıyor. Öyle paranoya ki insanlar kendi gibi düşünen milyonlarca insandan hem huzur duyuyorlar, hem nefret ediyorlar, hem kendi gibilere tapıyorlar!

İstanbul bir tarih, Ege sahilleri bir doğa harikası ve her ikisi de Avrupa'nın en kelepir tatil yöresi. Ancak, Sinop, Adana, Trabzon, Çorum, Ankara, Erzurum, Kocaeli... Buralarda yaşamayı seçmiş tek bir yabancı düşünebiliyor musunuz? Okyanus'un en ıssız adasında bile bir Türk bulabilirsiniz, Avrupa'nın en kalabalık yabancıları Türkler! Dünyayı bölüşmekte üstümüze yok! Hepimizin hayalinde Hindistan, Japonya, Fransa, Amerika gibi ülkeler var. Ancak, beş milyar yabancıdan tek bir kişi, Sinop'u, Trabzon'u, Ankara'yı, Çorum'u, Kayseri'yi ülke olarak seçmedi!.. Biz, bin yıldır beraber olduğumuz insanlara tahammül edemiyoruz. Biz, bizimle beraber bu ülkede yaşamış, şimdi, ateş gibi genç sanatçıların ürünlerini, hayallerini görmeye tahammül edemiyoruz!.

Ülkesini kendi yetiştirdiği gök ekini gibi çocuklarıyla dahi bölüşememiş bu insanlar, ülkesini bir yabancıyla hiç bölüşememiş bu insanlar, laik olabilir mi, müslüman olabilir mi?

Bir alfabeyle, henüz okumayı, hecelerken, hayatınız elinizden alınır? Baba bana bal al, dersiniz, tepedeki baba size, kırk yıldır kan alır, aslında balın da kan olduğunu, çocukluğumuzdan beri "kan" istediğimizi görürüz! On yıldır Türkiye'de gazetecilik yapan bir Hollandalı, "her gün laik-şeriat gündemine nasıl dayanıyorsunuz, burama geldi, tahammülüm kalmadı. Buradan gideceğim ve bir daha haritada dahi Türkiye'ye bakmayacağım" dedi.

İçimden sessizce "düşünebiliyor musunuz Antalya'da mutlu bir Hollandalı" dedim. Yazımı Tınaz Titiz'in Kültür Bakanlığı sırasında Hakkı Bulut'la yaptığı acısız devlet arabeskinin afiş sloganıyla bitiriyorum:

NİTELİKLİ SEVGİLER OLUMLU KISKANÇLIKLAR!

Şeyh Mansuryan Efendi

Eskiden, İngiltere'den Hindistan'a gemiler altı ayda giderdi, hastalanmayıp sağ kalan "genel vali" olurdu. Eskiden, suçlular ve mahkûmları bir daha geri dönemesinler diye dünyanın bir ucu Avustralya'ya attılar. Suçlular-mahkûmlar Avustralya'da dünyanın en barışçı devletini kurdular. Eskiden Papa, dünyanın en büyük gücü İspanya'yla, Portekiz arasındaki muhtemel bir dünya savaşını önlemek için, dünya haritasını önüne koyup, Amerika tarafını İspanyollar'a, Afrika taraflarını Portekizliler'e verip, barışı sağladı. İspanyollar Amerika'dan dünyanın gelmiş geçmiş en büyük hazineleriyle dönerken, Kraliçe Elizabeth'in korsan kaptanı Dragon hazineyi çalıp İngiltere'ye getirdi. O gün bugün İngilizler, hem İspanyollar'dan daha zengin, hem dünyanın en centilmen milleti oldular. Eskiden hastanelere ihtiyaç yoktu. Çünkü hastalıklar bir gelir pir gelirdi. Kara veba geldiğinde onlarca şehir halkı toptan öldü. Bir defasında Londra'da bir çukura tam yetmiş bin kişi gömdüler. Eskiden dünyanın en doğusunda Japonya'ya, onyedinci asra kadar tek bir yabancı girmedi.

Doğunun en batısında ülkemize ise, yeryüzünün bütün krallan, delileri, haçlıları, moğolları, evliyaları takım taklavat asırlar boyu aralıksız geldi. Japonlar dünyanın en batılı en sosyal ülkesi oldu, biz en anti-sosyal, barbar. Eskiden Timur, kendisine ihanet eden komutanı Toktamış'ın peşine, taa Bağdat'tan Rusya'ya kadar düştü. Tek bir savaş sezonunda hazır o kadar yere gitmişken, dört beş tane ülkeyi de zapt ediverdi. Eskiden Kılıç Aslan, altı yüzbin haçlıyı bir defada doğrayıverdi. Çünkü haçlılar, ağır, demirden şövalye elbiseleri giyiyorlardı, üstelik bu ağır elbiselerle ta Fransa'lardan yürüyerek gelmişlerdi. Avrupalılar bir daha asla ağır şövalye elbiselerini savaşlarda giymediler. Ve hafif Türk atlılarını, dünyanın en modern, en gelişmiş orduları sayıp, taklit ettiler.

Henüz seksen yıl önce, Rus ordusunun peşine düşen Türk ordusu, bir gecede, Allahüekber Dağları'nda donarak öldü: tam doksan bin kişi, Ruslar durumu bilmedikleri için Moskova'ya kadar kaçmaya devam ettiler. Orada Sovyetler, burada cumhuriyet kuruldu. Aradan doksan sene geçti. Sovyetler çöktü, Turgut Özal Orta Asya'ya gitti. Ahıska Türkleri arasından fırlayan bir yaşlı adam Cumhurbaşkanımıza aynen şunları söyledi? "Cumhurbaşkanım, biz seksen yıl önce Rus ordusunun peşine düşen Osmanlı ordusunun askerleriyiz. Seksen senedir burda mahzur kaldık, bizi herkes unuttu.."

Eskiden İstanbul'dan, Erzurum'a at üstünde iki ayda gidilirdi. Konya'yla Aksaray arasında onbeşin üstünde, Konya'yla Afyon arasında ellinin üstünde kervansaray vardı. Evliya Çelebi Yozgat'tan geçerken "burada dağlılar gördüm, kimseyle konuşmuyorlar, yöre halkı onlara "yabani" diyor" diye yazdı. Onların konuştuğu kelimelerden kitabına tam iki yüz tane yazdı. Bu kelimeler bugün konuştuğumuz "Türkçe" idi. Ve halkın bu yabanilere Türk dediğini yazdı.

Eskiden gece-gündüz aralıksız yağmur yağdığı için, Trabzon'un tereyağı dünyanın en değerli yağı idi. Eskiden Erzurum yaylaları sekiz ay karın altında kaldığı için, Hasankale'nin büyük baş hayvanları dünyanın en lezzetli etine sahipti. Eskiden dünyanın arayıpta bulamadığı Konya'nın, Polatlı'nın kara buğdayı idi. Dünyanın en kaliteli buğdayını Avrupalılar alamazlar ise, bir de Mısır yolu kesilmiş ise, Avrupa'da kitleler halinde insanlar açlıktan ölürdü. Eskiden dünyanın gözü-kulağı Ege'nin zeytinlerindeydi. Çünkü dünyanın en güzel güneşi oraya vuruyordu. Bu yüzden dünyanın bütün gemileri bu topraklara geliyordu. Ege sahilleri ormanlıktı, ormanlar kesilip gemi yapılıyordu.

Eskiden öyle savaşlar olurdu ki, kasabaya inen köylü, kasabayı yerinde bulamazdı, köyüne dönerdi, köyünü bulamazdı.

Eskiden öyle uzun barışlar olurdu ki bu topraklarda, Yunanistan'tan hemen karşıya Mısır'a giden gemiler, korsan yüzünden yolunu değiştirip, Karadeniz'e Samsun limanına yanaşır, Mısır'a bu yolla ulaşırlardı..

Eskiden -Osmanlılar en çok yardımı, hürmeti Araplar'a kutsal yerlere gösterdiler, en çok yatırımı da Rumeli'de yaptılar, Araplar ve Balkanlar Osmanlı'yı çökertti. Tek bir Osmanlı yatırımı olmayan Anadolu topraklarında Cumhuriyet kuruldu. Sahipsiz, aç yoksul kalmış bu insanların bütün dertlerini Cumhuriyet üstlendi. Bu toprakların insanları on asır boyunca üç çeşit peynir bilirdi, ama bin çeşit şeyhe inanırdı.

Eskiden işte o günlerde Anadolu'nun bilmem neresinde ünü, diyardan diyara yayılan bir şeyh efendinin türbesi varmış. Kervanlar, hacılar, yolcular, savaşçılar, meczup dervişler bu türbeye uğramazlarsa işleri rast gitmezmiş. Halk bu türbeye uğrar, şeyhin, duasını alırmış..

Aradan yıllar geçmiş türbeye gelen ziyaretçi akınları gün geçtikçe çoğalmış, türbenin olduğu köy, küçük bir kasabaya dönüşmüş. Türbenin yanı başında bir şeyhin dergâhı varmış. Bütün geliri-gideri bu şeyh kontrol ediyormuş. Şeyhin hikmetleri, kerametleri halk içinde efsanelere bürünmüş. En uzak diyarlardan dervişler şeyhin hizmetine girip, şeyhin dizi dibinde bir ömür karşılıksız Allah rızası için çalışmak isterlermiş. Gel zaman git zaman şeyhin müritlerinin sayısı binleri geçmiş. Savaşlar başlayıp kıtlıklar girince kervan yollarının yolu değişmiş. Gün geçtikçe şeyhin türbesine, ne de dergâha gelen-giden olmamış. Şeyh artık etrafında toplaşan müritlerinin karınlarını doyuramaz olmuş. Bu duruma bir son vermek için müritlerinin sayısını azaltmak istemiş. Ve müritlerinin içinde, kırk yıldır kendisine hizmet eden, ak sakallı, zayıf kuru bir ihtiyarı hiçbir işe yaramadığı için kovmuş. Kırk yıl çalıştığı kapıdan kovulan ihtiyar çaresizlikle kapıda ağlamaya koyulmuş. Ağlaması günlerce sürmüş. "Ben bu dağın, taşın ortasında nereye giderim" diye yalvarmaya başlamış. Sabahlara kadar ağlayan ihtiyarın yüzünden şeyhin uykuları kaçmış. Önde gelen müritlerine "verin şu ihtiyara bir eşek" gitsin, demiş.. Zavallı ihtiyar eşeği alıp, yollara düşmüş. Günlerce yol aldıktan sonra, kuş uçmaz kervan geçmez bir dağın başında essek ölmüş, kalmış tek başına. Çaresizlikten ağlamaya başlamış. Ben şimdi ne yaparım, diye yana yakıla ağlamaları dağları taşları tutmuş. Bir yandan da eşeğine mezar hazırlıyormuş.

Çok uzaklardan geçen kervancılar bir ağlama, inilti sesi duyup gelmişler.. Kervancılar "bu kadar dertli ağlayan kimdir?" diye merak edip, ihtiyara yanaşmışlar. İhtiyara: "sizi bu kadar ağlatan nedir?" diye sormuşlar. İhtiyar, bir kuru essek yüzünden ağlıyorum, demeye utanmış. Bir yalan uydurmuş. "Şeyhim Mansuryan efendiyle gidiyorduk, öldü, ona ağlıyorum" demiş. Kervancılar, bu ne sadık bu ne vefalı, bu ne şeyhine düşkün mürit deyip ihtiyarın imanına aşık olmuşlar, taşıdıkları yüklerden eşya, yiyecek, para yardımında bulunmuşlar. İhtiyar aldığı paralarla eşşeğin mezarına bir çit çekmiş. Giden kervancılar gittiği diyarlarda dağ başındaki bu mübarek dervişin ve onun şeyhinin hikâyesini anlatmışlar. Anlatılan hikâyeler diyar diyar dolaşmış, hikâyeler efsanelere masallara dönüşmüş. Artık hangi kervancının yolu ordan geçiyorsa Şeyh Mansuryan'in türbesine uğrayıp hayır duasını alıyormuş. Gelen-giden kervancıların bıraktığı paralarla zavallı ihtiyar mezara bir duvar örmüş, yanına bir dükkân açmış.. Gel zaman git zaman mezarın etrafı bir kasaba kadar büyümüş. Ve Şeyh Mansuryan'in ünü, en uzak diyarlara ulaşmış. Ve bu şöhret eski şeyhinin kulağına gitmiş. Müritleri şeyhe, "efendim, yakınlarda Şeyh Mansuryan türbesi var, ünü o kadar büyük ki mutlaka yanına gidip duasını almak zorundayız" demişler..

Şeyh sonunda mecbur olup, Şeyh Mansuryan'm türbesine gelmiş. Bir de ne görsün, dergahından kovduğu zavallı ihtiyar, bu adam. Artık ünlü bir şeyh olan zavallı ihtiyar, eski şeyhini görünce hem memnun, hem de çok tedirgin olmuş.

Eski şeyhine "Şeyhim, senden Allah razı olsun, bu türbe, Şeyh Mansuryan'in türbesi değil, senin verdiğin o kuru eşşeğin mezarıdır" demiş...

Eski şeyhi, ihtiyarın kulağına uzanıp: "Üzülme, bizim ordaki de, Şeyh Mansuryan'ın babası olur"..

Avrupa Birliği Gerçekten Batı Mı?

Tüm köşe yazarlarımız Avrupa Birliği ile batıyı karıştırıyor. Batı, başka birşey. Avrupa Birliği gerçekten batı mı? Batı yeryüzünün hasta insanıyla uğraşıyordu, Avrupa Birliği değerli mallarla. Batılı değerler Avrupa Birliği'nin sandığında, antik değerler gibi saklanıyor. Bugün Avrupa Birliği, batıdan büyük kaçışın, batılı olmanın getirdiği sosyal, siyasal hastalıklardan kurtulmak için kuruluyor. Birbirlerinin kanını tarihte eşine rastlanmayan bir şekilde döken ulus devletlerden kurtulmak için kuruluyor. Kültürleri, neden sadist, duyarsız, acımasız bireyler yaratıyor ve bu bireylerin sorumsuzluğu batıyı büyük siyasi hastalıklara sürüklüyor, bundan kaçıyorlar. İşte Bosna'da tarihin en büyük katliamı yapıldı ve Avrupa Birliği ne yaptı, seyretti!

Batı, kendinden kurtulmak istiyor, vergiden, gümrükten kurtulmak istiyor, piyasa ekonomisini danışıklı dövüşün rantına dönüştürmek istiyor, batı, ekonomik denetimi yeni bir 'tanrı' olarak görüyor ve bizim, batı dediğimiz evrensel yürüyüşünden vazgeçiyor. Avrupa Birliği bunun şahidi. Batı, bir yere kadar insanoğlunun en büyük projesiydi, o yer, aklın kimiyeti, o yer iki eşit insan, o yer toplumsal bölüşüm, o yer ilerleme, gelişme, o yer, dünyalıların ortak kaderinin dertlerini bölüşmekti.

Birinci ve ikinci dünya savaşı artık sicilleşmiş bu hastalığın maliyetini elli milyon ölüyle ödedi, bu maliyeti ödememek için Avrupa Birliği koca bir hapishanenin karantinasına alınarak inşa ediliyor. Avrupa Birliği, yeryüzü sorunlarıyla kendine demir perde çekiyor. Avrupa, zemin katla, yani Üçüncü Dünya'yla, dışarısıyla ilişkisini kesmek istiyor. Dışarıya, siyasal ve teknik transfer huzur vermedi, batı bunu gayet iyi anladı. Bir ülke ne yapacaksa içerde kendiliğinden kendi aydınları ve bilgisi ve üretimiyle yapacak. Bu bir Roma oyunu ve biz zemin katta yaşayanlar, bu büyük piramidin hiyerarşisinden uzun süre kurtulamayacağız.

Ve batı, üçüncü dünyanın tüm kafası kendileri gibi çalışan aydınlarını bağırlarına alıyor, ama sıradan insanlarını, yani, o aydınlarının annesini, kardeşini dışlıyorlar. Yani, tüm dünyanın aydınları, Avrupa Birliği'nin projesi içindedir. Ama hiçbir halk bu projeye sızamaz.

Batı, dediğimiz şey, konforunu ödeyebilen maddi güvenliğe sahip insanların yaşadığı yer. Avrupa Birliği, projesi olan insanların maliyetini sigortalayabilir. Projesiz, ucuz emek, hizmetli, işgücüne kapısını kapatıyor.

Hatta görsel, gösterişli bir dayatmayla, tırnaklarımızı kesmek, kıllarımızı kesmek, cici delilikler sergilemek, kontrol edilebilir şaklabanlıklar yapmak zorundayız, bu, batının değil, Avrupa Birliği'nin tüm dünyaya verdiği cezadır. Batılılaşmanın getirdiği manevi sorumlulukları almak istemiyorlar. Kimsenin derdiyle uğraşmak istemiyorlar, birbirlerine sarılıp kendi küçük saunalarında fazla yağlı ekonomilerini daha çevik hale getirmek istiyorlar. Avrupa Birliği, yalnız Ameri-

193

ka ve Çin'e değil, dışarı halklara verilen büyük cezada.

Köşe yazarlarımızdan utanç duydum, iğrendim. Çünkü Avrupa Birliği'ni batının tüzel kişiliği gibi görüyorlar. Ve Avrupa dışında kaldıklarında ister istemez refahçı, islamcı görüşlerle aynı çizgide bağırıyorlar. Avrupa Birliği'nin şu anda hakkettiği, kazandığı 'değerler' yoktur, batılı değerleri, dünyayı sömürme aracı olmaktan kurtaramadılar, batılı değerleri 'kendi' konforları için kullandılar. Ve şimdi, kendi yarattıkları değerlere tüzel kişilik vererek, insanlık coğrafyasından çıkarıyor, dışlıyorlar...

Batının insan hakları sicili çok mu temiz! Avrupa Birliği bu sicili de ekonomik bir rant gibi komisyonlarında baş tacı ediyor. Avrupa Birliği insan hakları, işkence gibi siyasal hastalıkları borsada kullanıyor. Bunun için çok büyük bir dekor inşa ediyorlar. Bu dekora güya insan hakları, ödüller, işkence, hayvan sevgisi bilmem ne gibi gösterişli süsler yapıştırıyor. Avrupa Birliği tarihin en büyük örümceğidir. Kendi değerlerini yiyen örümcek. Milli sınırları kaldırarak savaşların sorumlusu olarak gördükleri vatan sevgisini, Avrupa uygarlığı içinde eritmek istiyorlar, oysa savaşların sorumlusu toprak sevgisi değildir, savaşın sorumlusu, sadizmin, duyarsızlığın sorumlusu, her değeri yiyen işte bu kendi yarattıkları bireydir.

Bu bireye gösterişli cinsel hürriyet, söz hürriyeti, siyasal, sosyal güvenceler verdiler, boşuna. Duyarsız canavarlar, insanı disipline etmek pahasına, insanoğlunun sonunu hazırlıyorlar. Şimdi onu, daha güvenli, çok daha büyük devasa bir organizasyonun içinde yaşatıyorlar. Avrupa dışı topraklarda sınırsız bir şiddet var, doğru. Ama, Avrupa Birliği bu şiddeti kendi topraklarında disipline etmek, düzenli hale getirmek, herkese eşit dağıtılmış şiddeti düzenlemek istiyor.

Avrupa Birliği'nin yeryüzü kültürüne getirdiği yeni yasa budur, şiddeti eşit dağıtmak. Sömürüyü eşit dağıtmak. Ve dışarıda kalanlara asla 'insan', 'yaratık', 'canlı' muamelesi yapmamak.

Avrupa Birliği neden, bütünüyle kapitülasyonlardan beter gümrük birliği antlaşmasından memnun, arzulu? İnsan haklarını bahane ederek Türkiye'yi dışarıda tutmaya çalışıyor. İnsan haklarına inandıkları için değil, ucuz emekle baş edemeyecekleri için. Sömürü dengesini bozmamak için çırpınıyorlar, insan hakları çok güzel bahane oluyor. Eşber Yağmurdereli olayında da Avrupalılar, çok baskı yaptı ülkemize. Çünkü istedikleri düşünce özgürlüğü değildi, batıya göçen mülteci yükünü durdurmak için. Bunları iktisadi bir sömürü zincirini çalıştırırken koz olarak kullanıyor.

Koz olarak kullanmak zorundadır, çünkü kendi işsizlik, sosyal dertleri kendini yok etmek üzeredir.

İnsan hakları sorunlarımızla Avrupa'nın ne gibi ilişkisi olabilir, ama nedense beraber, kopmaz parçalar olarak yan yana geldiler, aydınımızın zayıflığı yüzünden. Avrupa'ya değil, batıya bakmamız lazım, tarihin karanlık çağları içinde yanıp sönen ateş böcekleri gibi, önümüzü aydınlatan, iki eşit insan, hukuk önünde kralla yurttaşın eşitliği, sosyal güvenlik, açıklık, tartışma, üretme coşkusu, yaratma coşkusu. Biz, safdilli insanlar gibi bunlara inanmaya devam edeceğiz. Tarihin içindeki filozofik, sosyolojik, hukuki tartışmalardan kendimizden kopartmayacağız. Mesela gayet iyi biliyoruz ki, Almanya, Türk-İran çatışmasını kışkırtarak, tahrik ederek, mollalarla kemalistler arasında büyük bir gerilim yaratarak bizi komşularımızla düşmanlaştırıyor, kendisi ise, bizim komşumuzla son altı-yedi yıl içinde seksen milyar mark ihracat yapabiliyor.

Bunu herkes biliyor, ama bunu gizli servislerle, tahriklerle, ajanlarıyla yapıyor, laik-şeriat tartışmasında insanlar, yazarlar öldürtülüyor, neden, kendi ticaretindeki huzur bozulmasın. Biz ise yanı başımızdaki ülkeyle tarihsel bağlarımıza rağmen ticaret yapamıyoruz.

İşte Avrupa Birliği'nin bugün kazandığı savaş budur:

Çünkü batı, görünen hukuk, görünen insan hakları, görünen yönetmelikler, görünen haklar, yasaları çok iyi kullanıyor. Zaten aydınlanma, objenin görünür, tutulur yönüyle devrimini yaptı, tüm sinsiliklerini kanunlardan, yasalardan, kaçırabilmek için, eşyanın görünmeyen yasaları üzerinde vampir bir imparatorluk kurdu. Tüm teknolojik tilkilikleri gizli servisler kullanıyor, tüm yasa ihlallerini, görünmeyen servisler yapıyor.. Ama ustaca yapıp, 'suçlu' olmuyorlar, çünkü vaziyeti zahiren kurtarıyorlar.

Yönetmelikler, yasalar, hukuk, görünen üzerine inşa edildi! Oysa görünmeyen o dünyada, vicdansızlar, alçaklar, hainler, haydutlar, şefler, polisler, kiralık katiller, batı çıkarları adına tetik çektiler, komplolar kurdular ve vahşi kapitalizmi tüm acımasızlığıyla çalıştırdılar.

Batının yapacağı, görünmeyen bu dünyanın üstüne gitmekti. Öyle yapmadı, görünmeyen bu dünyanın rantıyla büyük bir imparatorluk kurdu. Hayırlı olsun.

Unuttukları birşey var ki, ülkemiz de artık görünmeyeni çalıştırmak, kullanmak konusunda çoktan batılılaştı. İşte uyuşturucu ticareti. Can alıyor. Ve batının bu görünmeyen canavara söyleyebileceği birşey yok, çünkü bu canavar, batının gizli yasalarını iyi biliyor, gözden kaçıyor, uyduruyor, yargıçları tehdit ediyor...

Velhasıl, Norveçli bir gazeteciden insan hakları konusunda şefaat dilenip, Fransız bir siyasiyle insan hakları mücadelesinde kadeh kaldıracağıma, Türk polisinin jopları altında ölmeyi tercih ederim.

Delik

Isa evli miydi? Yahudilikte evlenmemiş olmak çok büyük günah sayıldığından, evlenmemiş olması asla gözden kaçmazdı, deniliyor. Evliyse, karısı kimdi? İsa'nın arkadaşı Magdalena mı? Arkadaşları yanında dudağından öptüğü! Kaynaklar neden Magdalena'yı bir fahişe kadar küçük gösteriyor ve neden onun için yedi şeytanla baş etmiş kadın, diyor, isa'nın Magdalena'yla olan arkadaşlığı mı kıskanılıyordu! İsa'nın ayaklarını yağlayıp mesh eden, saçlarıyla ayaklarını kurulayan Magdalena'nın İsa'yla büyük dostluğu manevi miydi?

İsa gerçekten ölüleri dirilten hastaları iyileştiren ilahi bir şifa dağıtıcısı mıydı? Yoksa, yaşadığı günlerde Kudüs'te çok meşhur olmuş şifacı tıp bilgileri öğreten mezhepten ders mi almıştı?

İsa'nın çocuğu var mıydı?

İsa Mesih miydi? Yoksa, Roma zulmünden asırlardır çeken Yahudiler'in beklediği kral mı? Yani İsa politik bir şahsiyet miydi? Yahudilik hanedanına oturmak isteyen bir siyasi düzenbaz! Dünyanın en tanınmış kişisi hakkında dünya hiçbirşey bilmiyor! Ve en önemlisi İsa çarmıha gerildi mi?

197

Yoksa, çarmıha bir başkası gerilirken, o bir kenardan olup biteni izledi...

Tarihi kaynaklar içinde bunların cevabı yok. İster istemez İsa'nın hayatındaki bu büyük boşlukları senaryolarla doldurmak kalıyor araştırmacılara. Araştırmacılar da kim oluyor? Bu sorulardan herhangi birini bin yıl hiç kimse soramadı. Aklının ucundan geçirenler engizisyonda yakıldı...

Tanrı'nın krallığı, kilisenin devleti bin yılı aşkın susturararak ayakta kaldı. Ya da bu sorular tarih içinde filan ve tuhaf mezhepler içinde bir sır olarak saklandı. Olup bitenler hristiyanlardan, insanlardan gizlendi.

İsa'nın mesih olduğunun yeryüzü sakinlerine ilk bildirildiği yer, şirin ilimiz: Antakya'dır. Kiliseler hâlâ ordadır. Beyefendi papaza sordum: 'Ne diyorsun birkaç yıl sonra İsa gelecek mi?'.. Güldü. Ama, birkaç yıl sonra milyonlarca hristiyan bu topraklara akın edecek! (2000 yılı nedeniyle).

İsa gelebilir! Ve milyonlarca insan ayaklarına kapanabilir.

Zaten İsa'yı bekleyenler bu soruları sormuyorlar! İsa gelirse şayet, onu ancak, naklen canlı yayında medya getirebilir.

İnsanoğlu iki binyıldır İsa'nın acısıyla terbiye oluyor. Çarmıha gerilen İsa değil biziz; avuçlarımıza paslı çiviler çaktı ve başımızın üstüne bir de maymun koyarak eğlendi bizimle.

İsa'nın acısı insanoğlunun acılarını giderebildi mi?

Sübyan koğuşunda yatan 11 yaşında bir çocuğun kimliği noktası virgülüne kayıtlara geçiriliyor, ama Tanrı'nın oğlu, İsa'nın kimliğinde boşluklar var! Baba adı: Tanrı. Daha ne olsun.

Bu kimlikle kilise devlet kurdu! Boşlukları kimsenin sormasına izin vermedi.

Sonunda insanoğlu İsa'nın mezarını aradı, hayatındaki tuhaf boşluklarını herşeye rağmen, binlerce savaşa rağmen sordu!

İsa bizden biri artık. En akla yakın senaryoya göre, arkadaşlarıyla sık sık gizli görüşmeler yapıp, bir dümen peşinde Yahudi Krallığına oynamış, kaybetmiş. Kaybettiği Kudüs'tü, arkadaşları onun sözleriyle dünyayı istedi!

Çocukluğumda Trabzon'un Boztepe semtinde Amerikan üssü vardı ve tepenin limana bakan yamacındaki kayalar liman yapımında dolgu kayası olarak kullanıldığı için büyük bir uçurum meydana gelmişti. Uçurumun tam da ortasında erişilmez bir mağara vardı, girilmesi imkânsız. İki Amerikalı o mağaraya girmiş orada sıkışarak ölmüşlerdi.

Geçtiğimiz hafta da Ege sahillerinde iki tane Alman dalgıç, denizin dibinde bir mağara bulup, girmişler, aynı şekilde öldüler!

Buna benzer çok haber hatırlarız. Almanlar, Amerikanlar bu ülkede bizim hiç merak etmediğimiz bir takım deliklere girip ölüyorlar! (Doğu'daki savaştan dönen bir asker, girdikleri mağarada, bozulmamış bir iskelet bulduklarını, iskeletin yanında pipo, fötr şapka, çanta... Bir gezgin ve seyyah olduğu anlaşılıyor, kaç yüzyıldır orada.)

Bu insanlar bizim deliklerimizde ne arıyorlar!

İsa bu insanların acılarını gideremedi mi? Veya neden deliklerimizi merak eden, sıkışarak kalan bizim çocuklarımız değil, başkaları. Biz, nerde ölüyoruz düz E-5 yolunda, plajda sürat teknesiyle!

Batı, dünyayı delik deşik etti, bizim deliklerimizi de!

Bu deliklerde batı, asırlarıdır yeni yer, yeni mekan, yeni duygu, yeni heyecan mı arıyor! Ya da bilimsel bir merak mı?

Köyünüzün, dağınızın çiçeklerinizi bile merak etseniz, bunu babanızdan, dedenizden değil, bir yabancının not defterinden öğreniyoruz.

Bu insanlar önce kendi boşluklarına ve deliklerine girdiler. İsa'nın dindiremediği acıları dindirmek için, önümdeki daktiloyu, matbaayı, elektriği, pireyi, tozu toprağı, orda koydular önlerine, asırlardır!

Yollar, acıları dindirmek içindi. Arabalar da, motoru, şanzımanı icat eden de..

Başkasının medeniyetiyle kendi acılarımızı dindiremiyoruz. Bizim kendi boşluklarımızı kendimiz doldurmamız gerekiyor... Kendi acılarımızı dindirmek için de, acılarımızı gerçekten hissetmemiz gerekiyor...

İsa bizi kandırıyor muydu? İnsanoğlu üstüne atıldı ve milyonlarcası ölerek boşlukları doldurdu.. İsa Devleti bizi kandırıyor mu? İnsanoğlu, amansız bir savaşla kralın, imparatorların üstüne atıldı.

Her deliğin, her boşluğun, her karanlık bölgenin üstüne atıldılar. Oralarda sıkışıp öldüler, işkenceler, idamlar, milyonlarcası...

Ne için? İsa'nın çocuğu olsa ne, olmasa ne? Birileri bize yalan mı söylüyor? Acılarımızın en köklüleri bu yalanlardan mı kaynaklanıyor!..

Çünkü, artık ne İsa var, ne kurtarıcı! Kendimizle, yalnızlığımızla baş başa kalıp, başımızın çaresine kendimiz bakacağız.

Biz, kendi krallığımızı yıkamadık! İşte çeteler! Biz başkasının modemizmini ısmarlayıp alacağımızı sandık, işte trafik kazaları!..

Dini, siyasi, sosyal, hukuki deliklerimizi doldurmadan, o deliklerde savaşlar vermeden, hiçbirşey değişmeyecek! (İşte Radikal Gazetesi yazarı İsmet Berkan zekâsıyla "çete" bu kadar oluyor, işte Hıncal Uluç zekâsıyla "trafik" bu kadar oluyor. Ayrıca Hıncal Uluç'un bilmesi lazım, 38 kişiyi öldüren otobüs şoförü, Nükhet Duru'yla, Tarkan dinliyormuş...)

Karı Düşkünü

1687 ikinci Viyana Kuşatması, ilk büyük bozgunun tarihidir, bu bozgun sadece Osmanlı'nın değil, Atilla'dan o güne, Türk tarihinin de büyük bir dönüm noktasıdır. Bozgundan güç ve cesaret alan Avrupalı, bir yıl içinde ilerlemiş, Osmanlı'nın Avrupa topraklarının yarısını fethetmiş, diğer yarısındaki eyaletlerde de isyanlar çıkmıştır. Tarihinin en büyük sarsıntısına uğrayan Osmanlı bu ağır yenilgiyi hazmedemezdi. 1689'dan başlayarak her yıl, bir dizi sefer düzenledi. Niş, Belgrad, Salankamin, Petrovaradin, Lifoş, Tımışvar seferleri. Hırsından deliye dönen Osmanlı, bu şehirleri hallaç pamuğu gibi attı. Osmanlı'nın en büyük güçlerinin başında Kırım Hanlığı geliyor, kuzeyden kırk-elli bin askeriyle tozu dumana katarak en önde cengâverce savaşıyordu. Tuna nehrinden Osmanlı kalyonları Belgrad önlerine kadar giriyordu. Mısır askerlerine Sakız adası ve Yunanistan'ın savunması veriliyordu. Anadolu beylerbeyi, on binlerce askeriyle ordu yürürken gelip arkadan orduya katılıyordu!

Yalnız Kara Mustafa Paşa'nın kellesi değil, muhteşem Osmanlı'nın onuru da gitti. Osmanlı, Avrupa'yı zangır zangır titretti. Ancak, Avrupalı bir kere Osmanlı'nın yenilebileceğini görmüştü, üstüne üstüne geldi. Sonuç: 1696 Karlofça Antlaşması, Avrupa topraklarının yarısı yok artık! Muhteşem Osmanlı'nın yenilgiler tarihi böyle başladı. Osmanlı sultanları, ileri gelenleri, tarihçiler, hâlâ bu yenilginin sırrını çözememiştir! Üç yüzyıldır yenilginin sebebini arıyoruz. Yenilgiyi hazmetmek, anlamak ve kabullenmek üç yüzyıla serpilmiştir.

Kendine güvenini burada kaybetti Osmanlı. Çözülüş! İşte Osmanlı, yenilgiyi düşünürken, yeni bir 'gelenek', yeni bir insan projesi geliştirdi! Yeni insan psikolojimiz yenilginin zihniyetiyle donatılmıştı: Batıdan gelen herşeye düşman, kendine güveni sarsılmış, korkmayı öğrenmiş!

Ruhumuz Viyana'dan sonra başka bir ruh oldu! Viyana'dan sonra başka, bambaşka bir insan olduk! Topyekün bu büyük yenilginin, çöküşün psikolojisiyle oluşmuş bir dizi marazi geleneğin çocukları olarak büyüdük!

Aklı yeten herkes, başta tarihçilerimiz yenilginin baş sebebini, karı düşkünü, içkici sultanlarda ve saray entrikalarında aradılar! Şaşılacak derecede sıklıkta, hangi tarih kitabını açarsanız açın, en can alıcı sebep olarak bunları gösterirler!

İlk yüzyıl karı düşkünü, içkici entrikacı suçlaması başrolü oynarken, 18. yüzyılın sonlarında yeni bu" düşman türü daha bulundu: Batıcı: (Gavur Sultan).

O gün bugün, ailemiz, annemiz, babamız, eğitim sistemimiz, saygı, sevgi, sosyal ahlak, insan, terbiye geleneğimiz, yani insan ve hayat projemiz, işte bu suçlamaların psikolojisiyle oluşturuldu!

Bugün 'gelenek', 'terbiyeli', 'ağırbaşlı', 'bizden', 'efendi' vs. gibi yakıştırmaları yaparken, işte bu çöküş mirasının sıfatlarıyla konuşuruz!..

Mesela, birincil suçlamalar, karı düşkünü, içkici laflan, IV. Murat'ı haklı çıkartıp, kahramanlaştırdı, hatta efsaneleştirdi! Çünkü o bunlara karşıydı, ikinci batıcı suçlamamız, mesela Abdülhamid'i kahramanlaştırdı, hatta efsaneleştirdi, çünkü parlamento gibi şeylere karşıydı!.. IV. Murat ve Abdülhamid'i topladığımızda, son iki yüzyıldır moda olan insan pro-jemizi çok iyi tanırız! Karıya içkiye düşkün değil, batıya karşıdır!

Babalarımıza, etrafımızdaki politikacılara, amirlerimize iyi bakalım; en büyük meziyetleri, karı düşkünü değillerdir, içkiyi sevmezler, bir de batıdan gelen herşeye karşıdırlar!... İdeal, yönetici, eğitici portremiz!

Karı düşkünü olmamak, içki içmemek, tek başına meziyetlerin meziyeti! Halkımız için öngördüğümüz imanlı, dürüst, bizden, vatansever, büyük insan karakterinin ta kendisi!..

Yenilgimizin sebebi 'bilgiyi' üretemeyişimiz. 'Üretmek', çözümlemek, eleştirmek, yönetmek, çoğaltmak, büyütmek, enginleştirmek, rahat ve mutlu kılmak, acıları dindirmek, zeki insanları çoğaltmak, ülkesinin, halkının onurunu korumak, bu büyük dünyaya yeni, farklı bir bilgi sunmak! Bunların hiçbiri yok!

Bunların hiçbirini sevmiyoruz, yönetici tipimiz, karıya düşkün olmasın, içki içmesin, batıya karşı olsun, başka bir yetenek gerekmez bize!.. Başkalarına yaptırmasın, kendi de yapmasın. Hep bunları konuşsun, bunları tartışsın, ilkokuldan üniversiteye kadar bütün derslerde karıya düşkün olmamayı, içki içmemeyi anlatsın, televizyonlarda sabaha kadar bunu anlatsın... Karıya düşkün olmayanları bakan yapsın, edebiyatçı yapsın, yönetici yapsın, genel müdür yapsın!

Yakın bir gelecekte, Amerika ve İngiltere topyekûn Müslüman olabilir. Yakın bir gelecekte Amerika ve İngiltere topyekûn eşcinsel de olabilir? Bu toplumlar için eşcinsel ya da Müslüman olmak, 'karın ağrısı' dahi değil! Çünkü toplum, 'üretemeyen', 'çözümleyemeyen' kim olursa olsun, çöplüğe fırlatır!.. Biz, üretemeyen, çözümleyemeyen genel müdürleri, politikacıları baş tacı ediyoruz; politikanın ve devletin tüm dairelerinde büyük iri sıçanlar gibi dolaşıp duruyorlar!.. Cins bir hastalıkları var artık, hem kan düşkünü olmayan, içkiyi sevmeyen görüntü veriyorlar, hem en sapık ilişkilerin hikâyelerine kahraman oluyorlar!.. Kardeşlerim, içimizdeki derin ve temiz gölü kirleten işte bu adamlar. Ormandaki küçük prensesi öldüren işte bu adamlar. Kırmızı yanaklı elmaları kurtlandıran işte bu adamlar! Fikir yerine kamçı kullananlar, düşünceyi azgın, köpürmüş camış gibi gören işte bu adamlar. Yatağında sabah ışıklarıyla dans edip şarkı söyleyen güvercinlerin kaburgalarını kırıp, tüylerini yolup yolup yakanlar işte bu adamlar! Havuzda yıkanan kuğuları edepsiz sayarlar! Yanakları meyve renkli en küçük kardeşimizi işkencede sabahlara kadar dövüp öldürenler, işte bu adamlar!..

Eğitim sistemimizin ruhu: Yüz gram IV. Murat, yüz gram Abdülhamit, yağlı tarafından!..

Rüzgârın En Güzel Yeri

Sonunda kahramanları, zulada saklı küçük bir bıçak kurtarır. Sonu geldi, işi bitti, öldü, ölecek, kurtuluş yok, diyorsunuz. Filmin sonunda, tam da o sırada kahramanımız sotadan küçük bir bıçak çıkarır. Bosna haberleri gibi. Madımak oteli gibi. Parlamenterlerimizin suratları gibi.. Kara bir haberle çaresiz kaldığımda, ülkemden, kendimden umudu kestiğimde, son bir hamleyle beni kurtaracak küçük bir bıçak arıyorum. Yüzyıllardır süren geleneksel bir hayırdır, adak. Müslümanlar Eyüp Sultan'da kurban adaklarını kesip halka dağıtırlar. Eyüp Sultan'da araştırılmayı bekleyen onlarca koloni yaşar. Dilenciler, duacılar, hocalar, falcılar, satıcılar, ziyaretçiler. Bir de dağıtılan adakların toplayıcıları. Bir de nem kusan kızgın bir öğle güneşinin altında, perişan, çıplak, yoksul, miskin kalabalık.. Miskin kalabalığın sessiz bir gök gürültüsüyle uğuldadığını, heyecana geldiğini görürsünüz. Paçavralara sanlı kemiklerden ibaret insanlar, ya da mesai, meslek gereği böyleler. Kurban parçalarının dağıtıldığı kokuya, merkeze doğru üşüşen, koşuşan kalabalık.

Bir de yağlı koyun derilerinin kokulan, ağır bağırsak

kokulan, kurban kanları, parçalanan postlar. Etler, kemikler, postlar kalabalığın üstüne fırlatılır. Halkımızın, adağa, milli, manevi katılımı sonsuzdur. Kapışılan et parçalarını hemen orda yiyecek çiğ çiğ bir iştahları vardır. Palazlan güçlü, kemik yüzlü insanlar kalabalığı balta gibi yarıp merkeze yanaşır. Güçsüz, ak sakallı ihtiyarlar yere düşer. Beklenmedik nur yüzlü insanlardan pis küfürler yükselir. Bu küfürlerin bir tekini duysa Eyüp Sultan Hazretleri, bu avluda işimiz bitti.

Küçük çocuklar can havliyle, dağıtımın merkezine sızabilmek için kalabalığın ötesini berisini ısırır. Koyun kanları, et parçaları yerleri mazot yağı gibi kayganlaştırır. Bir koyun bacağına on el uzanır. Kimindir bu koyun bacağı?

Ötelerden, mezarların altında bir boğuşma. Toprağın derinliklerinde ölüler, parçalanmış kefen ve iskelet parçalarıyla savaşır. Bacak aralarından yorgun, yıpranmış suratlar çıkar, dirsekler, kaburga kemikleri birbirine karışır. Mahşerin açlığın avlusu.

Palazları güçlü siyah büyük adamlar iri parçaları kapıverdi. İşte, tam da o sırada ağzı burnu kan içinde başı örtülü on beş yaşlarında bir kız yerlerde çiğnenir. Başı örtülü küçük kızın orası burası görülür, orası burası kan içinde kalır. O hengamede kucağına bir koyun bacağı sıkıştırdı ve iki büklüm öyle kaldı.

Kucağına onlarca iri kıyım el uzandı. Uzanan elleri ısırarak, ağlayarak koyun bacağını korumaya çalıştı.

Koyun kanı, ter, gözyaşı içinde ıslanmadık yeri kalmadı küçük kızın.

Düşlerin bittiği yerde şiddet başlar.

Meydanların bittiği yerde kölelik ve köpeklik.

Siyasi tarihiniz meydanlarda yazılmamışsa siyasi tarihiniz tepeden gelenlerin darbelerin, üsttekilerin, orospu çocuklarının tarihiyse, o meydanlarda, size de ekmeği, size de koyun kellelerini böyle fırlatacaklardır.

Onu da, tarihin palazları en güçlü olanları kapacaktır.

Bu toprakların en büyük yenilgisidir. Balkan bozgunu mu. Çatalca'ya kadar halkı kılıçtan geçirerek gelen Bulgar askerleri, kadınların ırzına geçerken "padişahım çok yaşa" diye bağırır. Bu savaşta, Edime kalesi savaşı, dünya savaş tarihinin en son kale savaşıdır. Aylarca muhasara altında aç kalmış Edirne halkına savaşın sonunda Bulgarlar ekmek dağıtmaktadır. Halk ekmeğe hücum eder. Kalabalığın içinden bir ses yükselir, "almayın bu ekmeği, bu ekmek kimin ekmeğidir?".. Şimdi bu ses nerdedir, gidip, bulsak, öpsek o sesi..

Yüz binlerce Kürt, Saddam'ın bombalarından korkup Türkiye'ye kaçar. Dağ, taş insan ölüleriyle dolar. Dünya sağlık yardımı örgütleri, çadırlar, kamplar, Amerikan askerleri, yoksulluk, kolera, televizyonlar, pislik, çamur, tifo, soğuk, ölüm, modem dünya, bilim, insanlık, vicdan hepsi oraya koşar. Dağ başlarında annelerinin kucağında ölen çocuk fotoğrafları..

Bir yardım çadırı içinde.. Türk doktorlar, görevliler, Amerikan askerleri.. Bir zenci Amerikan askeri, silahını bacaklarının arasına almış kumanyasını yemektedir. Kumanyası vakumlu bir plastik torbanın içinde. Vakumlu paketi parçalayarak açtıkça bayan bir Türk doktorun kendisini seyrettiğini görür.

Kumanyasından bir çikolata uzatır. Bayan doktor alır. Bu oyun çok hoşuna gider zenci askerin. Bir parça daha çıkarır. Bu sefer yere atar. Bayan doktor bunu da alır. Zenci askerin daha da hoşuna gider, bu sefer kumanyayı yere atar. Bayan doktor zenci askerin ayakları dibinden bu kumanyayı alır.

Zenci asker, dışarı çıkıp kendine yeni bir kumanya alır ve gelir. Çadırın içinde olup bitenleri bir başka Türk doktoru görür. Bayan doktorun bu davranışına çok bozulur ve onu azarlar. Bayan doktor "ama ondan bunda çok daha var" deyip kendini savunur. Zenci asker içeri girdiğinde tartışma devam etmektedir. Dillerini anlamasa da zenci erkek Türk doktorun oyunu bozduğunu anlamıştır. Diş gıcırdatır. Bir de zulasından bir rambo bıçak çıkarır. Kumanyasını biraz sert hamlelerle parçalayarak açar.. Bayan doktor, kendini azarlayan doktora, "kumanyasından sana vermedi, sen kapamadın", yani kıskandığın için diye cevap verir.. Neresidir tarihin en güzel yeri. Neresidir dalgaların en güzel yeri. Neresidir bu toprakların en güzel yeri. Yeniden bir hava atışı yapsak diyelim, öyle yaptılar, yiyecekleri nakliye uçaklarıyla havadan attılar. Bir küçük bıçağımız olsa, diyelim.. Elin gavurunda sahicisi var..

Bu ülkenin en güzel yeri neresidir? Bayan doktoru haşlayan, azarlayan, bağıran doktorun en güzel yeri neresidir?

Gitsek, orayı öpsek..

Devlet ve Canlı Maymun Lokantası

Modern sanatların ilk ve en büyük devrimlerinden dışavurumculuk klasik sanat eserini-anlayışını kökünden değiştirdi. Bilinçaltından fırlayan el değmemiş duygu parçacıkları eserin kendisi oldu. Renk, biçim, perspektif, genişlik, derinlik, boyut vs. değişti. Teknik-bilgi-düşünce-işçilik, ustalıktan uzak estetize edilmemiş duygular, modern sanatın altın madenleri yataklarıydı. Ve sanatçının önünde başka maceraların da kapısını açtı.

Yazıya, tuvale, müziğe infilaklarla nüfuz eden dokunulmamış saf duygular, modern insanın önüne, herkesin sanatçı olabileceği gibi bir yol da öğretti.

Çünkü, bilinçaltından dökülen saf duygular-dokular, beyinden beyine, düşünceden düşünceye değil, kalpten kalbe, doğrudan insana nüfuz eden büyülü bir sahicilik-gerçekçilik taşıyordu. Öyle sarhoş ediciydiler ki, tekniğini, bilgiyi, düşünceyi, işçiliğini unutturuyor, hatta küçümsüyordu. Yontulmamış duygu dokuları-çizgileri, melodileri, renkleri,

209

metinleri tümüyle değiştirdi. Çok geçmeden sanatçı devreden çıkıp, bilinçaltıyla eserini baş başa bırakıyordu. Sanatçının görevi parmak uçlarıyla beyni arasında "kısa devre" yaptırmaktı. Modem sanatın milyonlarca takipçisi bu kısa devre duygu patlamalarının peşinden sürüklendi. Bilinçaltının derinliklerinden gelen ilkel-çocuksu renkler, insanı, başka bir insan yapan yeni bir doğayla tanıştırıyordu. On dokuzuncu asrın filozofları bile ilkel-çocuksu bu doğalara aşıktı. Marks eşitlikçi toplumu ilkel toplumun komününde, Russo, toplumsal sözleşmenin idealini ilkel toplumda, Freud da sağlıklı insanı ilkel insanda görmüş, işaret etmişti. Yeni keşfedilen bilinçaltıyla ne kadar dost bir dünyaydı bu. İlkel insanlar, çocuksu renkler-heyecanlar dışavurum-modern sanatın tanrısal ve asla vazgeçilmez renkleri, çizgileri, melodileri oldu. Ancak okul öncesi bir çocuğun çizebileceği bir resim yetişkin bir sanatçı tarafından çiziliyorsa "dehaca" karşılandı, masmavi gökler yeşile, yemyeşil ormanlar laciverde dönüştü, her şey satıha çıktı, oranlar-boyutlar-hacimler yerinden oynadı. Bilinçaltının duygu sağanakları "bu adamlar ne yapıyor", "bu yazarlar ne diyor" gibi sanat eserini-eleştiriyi kökünden değiştiren yeni bir eleştirinin de kapısını açtı.

Eserin ahlakı değişiyordu. Bu ahlakı birçok sanatçı, doğrudan bilinç altından ele geçirebilirdi. "Ele geçirme" sancısını sanatçının da ahlakını değiştiriyordu, çünkü "herkes"ele geçirebilirdi. Babı hayat, Kaf dağının ardı "bilinçaltıydı". Beyninizin diplerinde ne varsa, parçalayın, dökün. Hakikat bilinçaltındaydı. Hezeyanlar hisse senetleri gibiydi. Hezeyan, düşünce akışının bozulmasıydı, yalnız düşünce mi, şuur, idrak, davranış bozuklukları klasik sanat eserini, insanı, siyasi, sosyal, iktidarlarını bile zorluyordu. Bozukluk modern sanatın ruhu oldu, yeni bir denge aramakla geçti.. Çok geçmeden psikanaliz devreye girdi. Bilinçaltından yağmalanan duygu dokuları borsada inanılmaz değerlere ulaştı.

Bilinçaltı "kabe" gibi bir yer. Sanatçı ne pahasına olursa olsun duygu komasına girip, kendinden göçmesi, yani, "vecdi" zorlaması gerekiyordu.

Sentetik bir ilham. Sentetik bir sayıklama. Bilinçaltı soygunu için çok geçmedi, uyuşturucu devreye sokuldu. Ve hatta, galeri sahipleri, plak şirketleri sanat adına uyuşturucu ticaretine gönüllü soyundular.

1950'li yıllara kadar resimde, şiirde kullanılan uyuşturucu, elliden sonra hippilerin yaşam biçimi haline geldi. CIA'nın bile bu neslin kendi kendilerini yok etmeleri için uyuşturucu ticaretine gizlice göz yumduğu hep söylendi.

Uyuşturucu, gerçekten canlının mantığını bozan birşeydi. Yani, tanrının, yani, dünyanın mantığı değişiyordu. Bir başka gerçeklik. Bir başka insan. Bir başka sanat.

Henüz on dokuz yaşındaki genç sanatçı, uyuşturucudan çok şey istemeye başladı. Gelecekten haber vermesini, uzakları göstermesini, kapalı gözlerle görmesini, büyük dehaların bile aklına gelmeyenleri getirmesini...

Ve bunu coşkulu derin bir romantizm uykusu veren uyuşturucudan istedi.

Klasik ve bütün eserlerin olmazsa olmaz hammaddesi de duygudur. Ancak, hemen yanıbaşında dinginlik-bilgi-ustalık vazgeçilmez tamamlayıcı unsurlardır.

Modern eserin basiti gibi, sıradan gibi görünüşüne her okulu bitiren, "bunu ben de yaparım" demeye başladı. Uyuşturucu, klasik eserin işçiliğini, tekniğini, derin bilgisini tümüyle feda ediyordu. Zaten modern sanat eseri de volüm, form, olarak küçülmeye başlamıştı, on dakika da bir resim, şarkı sözü, reklam, klip, hatta tek bir çizgi, tek bir espri.. Kısa, çarpıcı, şok anlatım modern sanatın felsefesi oluyordu. şok, çarpıcı anlatım için bilginin ince uzun yoluna uğramadan, hiperaktif-yüksek enerjiyle bilinçaltı kazıları düzenlenebilirdi. Hiperaktif-yüksek enerjiyi de uyuşturucu verebilirdi. Modern sanat dehaca binlerce eser üretmesine karşılık, uyuşturucu, sanatçıyı, suni korkuların oyuncağı haline getirdi: Vücudunda beklenmedik bir şeyler olacağı korkusu, sırlan ifşa edeceği korkusu, tecavüz edileceği korkusu, kendisine hakim olmayacağı korkusu... Uyuşturucu, bir neşe koması, yükselme-hafifleme içinde, duyguları bir anda infilak içinde yaşamasını sağlıyordu. Büyük trajedi, büyük son burda başladı: Uyuşturucu yüzlerce sanatçı için self-infaz oldu. Stüdyo kapılarında yüksek dozdan gidiverdiler, tuvallerin karşısında suni-uyurgezerliğe girip, dönmediler. Sanatın ablağını, sanatçının ablağını değiştiren modern sanat, sanatçının insan olarak da ablağını değiştiriyordu. Uyuşturucu koması sanatçıyı taşlaştırıyordu. Korkunç hayvanlarla dolu halüsyonların içine sokuyordu.

Uyuşturucu, bilinçaltını ele geçirmek için beyinlere boşaltılan kezzaptı.

Stüdyolar, galeriler, renkli magazin dergiler, kezzap dökülen bu beyinlerin canlı maymunların lokantaları haline geldi. Çılgınlıkları afiyetle yemeye başladık, canlı canlı.. Sanatçı, şiddetli huzursuzluğun, önüne geçilmez arzuların-ihtiyaçların kölesi oldu. Motor-huzursuzluk. Nedeni, ne kendi, ne tanrı, ne toplum. İşte bütün alıp başını gitmelerin hikâyesi: motor-huzursuzluk. Çünkü uyuşturucu, merkezi sinir sistemine fare girdi, parçaladı, hücre zehirlemesi, yani bütün dokuları ağuladı.

Bu varoluş ağusundan kurtulmanın tek yolu vardı, yeniden uyuşturucu, kokain, mariuana, geçici iyilik-hoşluk, emniyet-rahatlama, geçici zevk verici sahte bir dünya veriyordu.

Ismarlama-kurgulanmış-nedensiz çılgınlıkların oyuncağı.

Hayatta kalanlar, mariuanayı (afyonu) ilkel kültürlerin kullandığını çok doğal, keyif verici bir bitki olduğunu söyleyip kendilerini savundular.

Ancak, ilkel kültürler mariuanayı arzulan-istekleri, yani

dünyalık şeyleri unutmak için kullanıyorlardı. Oysa, modern sanatçı, dünyadan birşey istemek için, hatta, arzuları, hatta "istekleri" istemek için, yani, başka bir şey daha ele geçirmek için içiyordu. Saf, insani duyguları ele geçirmek için sentetik, zorlayıcı yollara başvuran 68 nesli içler acısıdır, bugün çocuklarını din mekteplerine göndermektedir, bugün Fransa'da en çok okunan kitaplar Papa'nın yazdığı kitap ve İsa'nın hayatıdır, bugün uluslararası şirketlerin büyük yöneticileri bu insanlardır. Çünkü, dünyayı üç günde istediler, çünkü dünyayı on dokuz yaşında ele geçirmek istediler, çünkü bütün bunları uyuşturucudan istediler. İçine düştükleri koma çılgınlık kuyusu, kitleler için heyecan verici, şık, çarpıcı delilikleri moda etti. Modern sanat her gün havaya atılan havai fişekler. Her gün yenileri atılmak zorundaydı, her gün delilik, her günsansasyon.

Aslında kokain, mariuana klasik esere yabancı kelime değildir. Klasik sanat yorumcuları, eser'in insana afyon etkisi verdiği, kanı şaraplaştırdığım (Boudlaire, Nietzsche) söyleye gelmişlerdir. Büyük eserler gerçekten insan ruhuna böyle bir etkide bulundukları için büyük eserlerdir. Modern eser, şokla, çarpıcılıkla bizi bir anda sarsar, ruhumuzu "oyalar", çünkü burda "afyon" sanatçı tarafından içilir. Modern insanın ruhundaki çalınmıştır. Çok, çarpıcı, anlık duygular karşısında nasıl bir ruhsal tepki olabilir, obsesyonlarla, tiklerle, şempazen duyarlılıklar... İlkel renkler, çizgiler, çocuksu heyecanlar, bizlerde bir maymun iştahı oluşturdu. Zaten dokunulmamış masum o ilkel insan, ilkel doğamız değil miydi? Maymun iştahın, varoluş beslenmesiyle, yani "bilgi"yle ilişkisi kesildi.

Bilgiyle bozulan bu ilişki, "içtenliği" de yok etti.

Bilginin içtenliğinin ise tek bir menbaı vardı: erdem.

Klasik-modern sanatların birbirinden güzel binlerce modern dervişi, ustası, bilginin, düşüncenin, duyguların, rüzgârlarının önünde sürüklenip, yorulup, savaşıp, bunalıp kendilerini dinleyip insan olmanın en yüce sıfatı erdemle sanatı sanat, bizi biz yapmadılar mı?

Rüzgarın önünde sürüklenmeyenler erken yorulur. Hayat sürüklenmedir. Hayatın upuzun ince yorgunluğunu üstlenmeyenler, elbette sahtekâr, sentetik yollara müracaat edeceklerdir. En soylu tapınağımız bedenimizdir. Onu derin komaya-uykuya sokmak isteyenler buyursun soksun. Medyanın canlı maymun lokantaları müşterileri "gremlinlerine" ne sunacaklar? Bu yüzden, medya her gün kendisinden çılgınlıklar ısmarladığı sanatkarım kendisini tayin etmekte, çılgınlıklar, kabul edilebilir sınırları aştığında Roman Polanski örneğinde olduğu gibi, yine kendisi öldürmektedir. 68 neslinin önemli bir ismi de Sdy Barret'tir. "Ay ışığında çamaşır ipi" mısrası onundur. Ay ışığı imgesi, büyük romantiklerin bolca kullandığı bir imgedir. Sdy Barret, ay ışığını yanına çamaşır ipi koyup, çarpıcı şaşırtıcı bir neticeye ulaşır. Bu mısra 68 kuşağından beni en çok etkileyen mısradır. Bize çok şeyi anlatır: Yüksek bir romantizm. Ancak coşkun ve yüce bir romantizm değildir. Coşkun ve yüce olanı bize ancak "erdem" verir.

Sdy Barret'te zaten bu mısra uğruna yirmi yaşında taşlaştı mongollaştı, kaybolup gitti.

Hanefiler Zor Durumda

Genç okuyucuları da düşünerek açıklayarak ve özetleyerek girelim mevzuya. Hazreti Muhammet Sakiyfe denen yerde öldü, cenazesi kaldırılmadan, arkadaşları, bir toplantı yapıp kimin halife olacağına karar verdi. En yaşlı üye ve peygamberimizin en sadık dostu Ebubekir seçildi.

Yani halifenin kim olacağına cuhmur (çoğul)·karak vermişti. Bu çoğul, peygamberin söz ve fiillerine uyan (sünnetine uyan) yakın cemaatiydi. Bu insanlara: Sünnet ve cemaat ehli denildi, bugünkü kullanışıyla: Ehli Sünnet ve Cemaat.

Birtakım insanlar bu "seçime" itiraz etti, çünkü peygamberin "benden sonra veli Ali'dir" dediğini, bu yüzden seçimin olmadan Ali'nin halife olmasını istediler. Bu seçime ve halifeye uymadıkları için, hariçte kalmışlardı, adları: Hariciler oldu. Haricilerle Ehli Sünnet arasında bir dizi bitmeyen savaşlar bugüne kadar geldi, en büyüğü, Emeviler'in Hz. Ali'nin torunu Hüseyin'i Kerbela'da öldürmesidir. Bir başka büyük olay, Camel vakasıdır, Hazreti Ali'yle peygamberin karısı karşı karşıya gelmiştir.

215

Henüz İslam yüzyılını doldurmadan, Ehli Sünnet düşüncesi, Türk olması muhtemel İmam Azam Ebu Hanife tarafından toparlandı, bir usul haline sokuldu. Bu mezhepten olanlara da Hanefiler denildi. Diğer taraftan Hz. Ali'nin soyundan gelenler, Hz. Ali'nin soyunu korumak ve onun düşüncelerini yaşatmak için, bu "soyun" yani peşpeşe gelen 11 imam etrafında toparlandı... Bugünkü Şia düşüncesini de 11 imam oluşturur, bu düşüncenin de inşasını, imam ve itikat konusunda İslam tarihinin en büyük ismi gösterilen: Caferül Sadık'tır. Velhasıl, çağlar geçtikçe, İslam'ın itikat, ibadet soruları çoğalmış, birilerinin bu sorulara cevap vermesi gerekmiş. İşte bu büyük mezhep alimleri, İslam'ın hukuk felsefesi sayılan fıkıhı, tefsiri geliştirmişler ve kendilerinden sonra gelenlerin de takip edecekleri yöntemleri belirlemişlerdir.

Bu yöntemler "mezhep" halini almıştır, küçük bir örnek verecek olursak, Şia düşüncesi Peygamberin arkadaşlarının söylediklerine, "hadislere" pek kulak asmazlar, en çok güvendikleri "Ali'nin sözlerine uyarlar. Ehli Sünnet ise, "hadisilmini" geliştirip, peygamberin arkadaşlarının (sahabenin) aktardıklarını fazlasıyla ciddiye alırlar.

Mesela, en çok hadis aktaran Ebu Hüreyre'dir. Bu Ebu Hüreyre Hanefilerce "kutsal" sayılırken, İran'da her yıl beddualarla anılır.

Hanefi mezhebi çoğunlukla Türkler arasında yaygınlaştı ve Osmanlı şeyhülislamları bu mezhebi dünyanın en güçlü mezhebi haline getirdiler, bunların başında, Kanuni'nin şeyhülislam'ı: Ebu Suud Efendi'dir, ki bugünkü Diyanet İşleri, onun bir devamıdır...

Tarih içindeki bin bir türlü ayrıntıyı, kavgayı anlatmakla bitmez, biz, ülkemizdeki tartışmanın eksenine dönelim. Dinde reform denilecek, ki reformdan da öte, bir Türk dini, hatta modern bir din çalışmalarına benziyor, asırlardır bastırılmış düşüncelerdir.

216

Biz yıllardır ilginç ve tartışmalı görüşleriyle Süleyman Ateş'i tanıyorsak da son yıllarda bu düşüncenin popüler takdimini Yaşar Nuri Öztürk yapıyor. Aslında Yaşar Nuri'nin de dediği gibi, hocası Hüseyin Atay'dır. Hüseyin Atay, İslam aleminde tanınmış bir ilahiyat profesörüdür.

Hüseyin Atay, Karadenizli tipik bir Oflu hocadır. Görüşlerini "dini kolaylaştıralım", "Kur'an'ın özüne dönelim" başlığı altında toparlayabiliriz. En büyük reformu ise mezhepleri ve tarikatları reddetme...

Tarikatları şöyle reddediyor: Kur'an'da tarikatlarla ilgili bir ayet yok. "Allah'ı zikredin" diye bir ayet var. Bu zikredin lafından birtakım zikr usûlleri çıkartıp, tekkelerde İslam'ın orjininde olmayan şeyhlik, dinde babalık, yani Allah'la kul arasına aracı bir müessese tarikatları inşa etmek yok.

Mezhepleri de şöyle reddediyor: Kur'an tek tek insanlara inmiştir, bunun zoraki bir metodu olamaz, okuyan herkes kolaylıkla doğrudan öğrenebilir.

Tartışmalara geçersek, mesela namaz kaç vakittir, Hanefiler günde beş vakit diyor, ama Kur'an'da beş vakit gibi kesin delil yok. O halde Hanefiler sahabenin sözlerine bakıyor. Reformcular, burada hadislere karşı çıkıyor. Çünkü hadisler tarih içinde bozulmuş, uydurulmuş, gerçekliklerini kaybetmiş, yani "mevzu hadis" olmuşlar.

Başta diyaneti, mezhepleri, tarikatları, metotları, düşünceleri hatta evliyaları, İslam alimlerini devreden çıkartan bu büyük tartışma, asırlardan beri ilk defa bu topraklarda gerçekleştiren en büyük dini tartışma, bu çağda din reformu olmaz, üç yüz-dört yüz yıl önce tartışılması gereken konulardı, çünkü, dini reforma zorlayan bugün "modern dünyadır". Modem dünya dini dize getirmek için bir kolay yolu mutlaka bulacaktı, bulmuştur da. Bu deli reform cesareti Karadenizli bir hocanın boyunu aşar. Modern dünyayı ve laikliği ve dini hiç anlamamış kemalistlerin dini Türkleştirelim, modernleştirelim, kolaylaştıralım gayretleri ise yeni bir "mezhep"in bir Türk mezhebinin oluşumuna yol açar, o kadar.

Hüseyin Atay, siyasi iktidarla 12 Eylül günlerinden beri görüş alışverişi içinde, birilerinden emir aldığını saklamıyor.

Ve tüm bu tartışmaların haklı bir popülerliği var, çünkü: 1-Yaşar Nuri'yi Fethullah hoca da seviyor, çünkü nurcular da tarikatlara karşı, ancak Fethullah hoca, fazla ileri gitme, orda şfejcal gibisinden kontrollü bir mesafeyle bakıyor. 2- İranlı Şi'ler de memnun. Çünkü Yaşar Nuri hadislere karşı. Bu şianın arayıpta bulamadığı bir devrim, mezhepler arası gerginliği kendi mezhebinden taviz vermeden düzeltip, şia'nın sınırlarını eskiden olduğu gibi Anadolu'ya sokabilir. 3- İsrail seviyor! Çünkü bölgede Araplarla Türklerin düşman olmasını istiyor. Türkler en iyisi mi kendilerine göre bir din icad edip biraz daha bozulup, dağıtsınlar, istiyor. 4- Kadınlar seviyor. Çünkü evlerinde gerçek bir dini eğitim alıyorlar. Türkiye hiçbir sahada hanede eğitimi başaramamıştı, kadınlar erkekler gibi sosyal olmadıkları için açık sohbetlere katılamamışlardı, şimdi Anadolu kadını için bu tv tartışmaları büyük fırsat. 5-Psikiyatristler seviyor. Çünkü depresyona, intihara, strese iyi geliyor, iman herşeyi çözüveriyor. 6- Sokaktaki insan seviyor. Çünkü Yaşar Nuri, namazı abdesti herşeyi kolaylaştırıyor, bir içmeyle imandan olacaklarını söylemiyor. 7- Normal müslümanlar seviyor. Çünkü bu din kardeşlerimizin çoğu diyanetten nefret ediyor, çünkü camilerde uzun yıllardır diyanetin halı çırpmayalım, ağaçları sevelim bildirilerini okuyorlar ve ancak bazı uzak semtlerde hocaların siyasi münakaşalarına şahit oluyorlar. 8- Ordu seviyor. Dini Arapların, tarikatların, partilerin egemenliğinden çıkartmak istiyor. 9- Sosyete seviyor. Çünkü süslerini püslerini bozmadan ibadet edebileceklerini, hatta ibadet etmeden de müslüman olabileceklerini öğrendiler. 10- Aydın Doğan, Koç Holding, devlet seviyor. Çünkü müslümanlar, işçi, ücret sendika, emek, açlık, sağlık sigortası, emeklilik, hak, yoksulluk konuşmasınlar da ne bok yerlerse yesin, ayrıca, Anadolu'da büyüyen müslüman sermayeyi de öcü göstermeye yarıyor...

Ve bugünlerde Refah'ı kapatıyorlar, kadınlara cenaze namazı kıldırıyorlar, dine dair ne varsa tartışıyorlar, ama 1400 yıldır ekonomik düzene dair tek bir cümle etmediler, bu haksız düzen, ezen-ezilen ilişkisi 1400 yıldır tartışılmadı, müslümanlar hâlâ beytülmalın, yani hazinenin nasıl, kimle, ne şekilde bölüşüleceğine dair laf etmiyorlar. İslam'da ne var, ne yok, o uygun mu, gibi bir sürü sorun soyut bir bulmaca gibi İslam zeka oyunlarına dönüşmüş, asırlardır İslam alimleri İslami sorunları beyin eğlencesi şeklinde tartışıyor, ilahi alanda tahakküm kuruyorlar. Modern toplumun tüm kurumlarını öpüp başları üstüne koyan, modern toplumun tüm konforunu sorgusuzca kullanan bu öküz kafalılar, cenaze namazı kılsalar ne, bin rekat namaz kılsalar ne? Bir ikayı iki eşit parçaya bölüşmeye yanaşmıyorlar.

Ve müslüman aydınlar, ibadete, itikata dair sorunları, ekonomik, temel yaşam sorunlarından çok önde tutmuşlar, TV'lerde Emine Şenlikli, Dilipaklı, Ali Rıza Demircan'lı bir sürü yarı aydınla gönül eğlendirmiş, enin, cenin, rahim, peygamberimizin nasıl öpüştüğü gibi hiç olmayacak kelimelerle, olmayacak terbiyesizliklerle, hiçbir zerafet, saygı göstermeden paldır paldarast sümüklü tartışmalara sokmuşlardır dini. Kutsal değerlerin inciğini, emciğini çıkardılar, paçavralaştırdılar, alenileştirdiler, köpüklü ağızlarıyla gasilhane suratlarıyla tuttukları her konuyu ceset soğukluğunda dondurdular ve tek bir kelime "yoksulluk" üzerine laf etmediler. Siyasi kazanç için rezil üsluplarına herkes göz yumdu. Şimdi arkasına İstanbul holdinglerini alan TV'ler, manken sunucular, kameramanlar gibi zır dangalak insanlarla İslam'ı tartışıyorlar. Tartışmaların üslubunu ayağa düşüren İslamcı aydınlardır. Ve şimdi, Hanefiler, tarihlerinin en zor günlerine gelip dayandılar.

219

Atatürk devrimleri tekkeyi, sangı almıştı, şimdi, ellerinden mezhep imamları, İmam Gazali, Arapça, evliyalar, tarikatlar alınıyor. Bunu da diyanet işlerini müslüman sosyetesinin arpalığına dönüştürenler düşünsün. Lojmanlarda oturanlar, hayatlarında bir kez açlık çekmemiş mersedesli mümin müslümanlar düşünsün. 1400 yıllık tarih içinde yoksulluk denilince, ancak Yunus Emre ilahilerini okuyup sonra susan, İslam'ın yükselen siyasetinin aydınları düşünsün...

Sonradan Görmeler

Rahmi Koç'un, Sabancı'nın babaları hayatlarında tek bir kitap okumamış, çocukları da henüz bir esere gönderme yaparak bir cümle kuramamışlar, kırk yıldır izlediğimiz sinema sanatçıları cümle kurabiliyor mu, hayır, ancak hepsi bir burjuva gibi davranmak istiyor. Gökteki yıldızlar gibi süsleniyorlar, ancak ördek kuyruğu kadar zeka taşımıyorlar. Mesela zenginlerimiz kolleksiyon meraklısı, kolleksiyonlar büyük bir yağma konusu, başka yazıda anlatırız, ancak kolleksiyonları da toptan usûl edinilmiş, hazırlop. Herhangi bir antika eserin tarih içinde hangi ellerde gezindiği, ya da eserin niteliği hakkında şahsi bilgileri yoktur, bulundurdukları tabloların ressamlarını da tanımazlar. Japon zenginleri gibi bastırmışlar parayı almışlar, eserin tarihine, varlığına dair bir estetik serüvenin zorladığı duygudan yoksundurlar, gerisi gösteriştir, sonradan görmedir, yani, köpekleriyle tabloları arasında fark yoktur.

Susurluk dosyası kısmen açıklandı, açıklamanın içinde iki büyük başlık var. Birincisi: MİT ve Emniyet çatışması. 1994 yılının başlarında bu sütunda Dehşet Dengesi adlı bir yazı

221

yazmış, MİT ile Emniyet'in dehşet çatışmasını tam bir dergi sayfası yazmıştım. Bu yazı dışında, önce ve sonra Türk basınında hiçbir kalem, bu konuda tek bir satır yazı yazmadı, ta ki Susurluk kazasına kadar.

Ben, araştırmacı gazeteci değilim, sekreterlerim, arşivlerim, politikacı ve polis dostlarım yok, evden çıkıp kahveye, kitapçıya gidip, tekrar dönüyorum. Türkiye'ye bakan herkes bu dehşet dengesini görebilirdi, ama görmediler, orada, en küçüğü beş dolardan başlayan maaşlar alan bir sürü havasından geçilmeyen gazeteciler var, bu adamlar ne iş yapıyor?

MİT açıklayınca, şimdi herkes açıklıyor, Zaferleri kutlu olsun. İkinci başlık. Bankalar, başını Aydın Ay ay din'in çektiği bir takım bürokratlar çeteyle ilişkili bulunup teşhir edildi.Teşhir eden: Başbakanlık. Yani henüz altı yedi ay önce görevde bulunan tüm kamu bankalarının genel müdürleri çeteyle ilgili. Bu dünya tarihinin en büyük yolsuzluk ifşaatıdır. Bu kadar büyük ve genel suçlama da ancak ihtilallerde olur: Yakalayın hepsini. Devlet tüm banka müdürlerini çete ilan ediyor. Ve Emlak Bankası genel müdürü Aydın Ayaydın'ın ismini bu satırlarda ve Türk basınında yine ilk defa ben, işim ve görevim ve yazı alanım olmadığı halde zikretmek zorunda kaldım. Çünkü, sokaktaki sıradan insan dahi bu kokuları duyar, görürdü, benim görmem bir başarı değildi.

Neden, benim dışımda tek bir insan bu isme ithafta bulunmadı, çünkü, Aydın Ayaydın tüm gazetelerin kredilerini, reklamlarım devletin kesesinden ödüyordu...

Onlarca dövizzede intihar ederken, onlar palmiye ağaçlarının altında güneşleniyor, muz kabuklarını soyup, vagonlar sığmayan dolar desteleriyle gönül eğlendiriyorlardı.

Tarihte böyle bir suskunluk olmadı, işte bu basınımız, köküne kibrit suyu dökülecek, zangır zangır satılmışlar mangası, bu soygun günlerinde: vatan, demokrasi, konuşan Türkiye yazılan yazıyorlardı...

Aydın Ayaydın, bugün Anap'tan milletvekili. Oysa Bankacı çetenin başı olarak; Uğur Dündar programında onu afişe eden Anap'tı. Türkiye'nin sorunu "çete" değildir. Hayatımda hep şu soruyu sordum kendime, bürokratlarımız neden yiyor? Gazetecilerimiz neden susuyor?

Gelin bu suskunluğu tartışalım: Osmanlı siyasal düzeninde, ölen vezir, paşa ya da ileri gelenlerin tüm mallarına devlet tarafından el konulurdu. Çocukları bu servetten yararlanamazdı. Bu yüzden zenginler, ya vakıf kurarak malını vakıfa geçirir, ya da sefahat içinde yaşayarak parasını kendi yer. Hatta, nasılsa devlet alacak diye ahşaptan sadece bir ömürlük evlerde otururlardı.

Kimsenin babasının zengin olması ona kâr etmediği için, her çocuk hayatını kendi kurmak zorundadır. Babasından çift, çubuk, para, konak, ev, sermaye bulamayan gençler asırlar boyu hayatlarını sıfırdan kurmak zorunda kaldı. Köydeki işleri yaşlılar pekala yapabilir ve tarım alanları da yeni nüfusu doyuracak güçte değildi, şehirdeki insanın ise kendini saray kapısına atmaktan başka şansı yoktu. Hem yeniçeriler, hem eşkiya celaliler, hepsi köyünden para kazanmak iş bulmak için şehre inen leventler, genç çocuklardı.

Osmanlı toplum yapısında loncalar, vakıflar, saray, tarikatlar geleneksel varlıklarını sürdürdü. Ancak, batıdaki burjuvayı oluşturan "servet" birikimi, batıdaki aristokrasiyi oluşturan "statü ve imtiyaz" oluşamadı.

Yani, servet ve imtiyaz kurumsallaşamadı.

Kendini güvende hissedemeyen kuşaklar, sırtlarını sağlama alacakları bir devlet kapısı, ağa kapısı, babaocağı, yani bir "otorite" arayıp durmuşlardır.

Ve iş arayan gençlerin otoriteye bağımlılığı, dünyada eşine rastlanmaz bir karakterdedir. Mesela, Kırım Tatarlar'ı Osmanlı'ya bağlı olduklarında cihana hükmediyoruz. Ruslar'a bağlı olduklarında Ruslar İmparatorluk kuruyor, hatta Fransızlar bile 1700'lü yıllarda Osmanlı neden bizden ileri diye sormuşlar, sonunda Kırım tatarlarından oluşan bir askeri alay kurmuşlardır.

Kılıçbay'ın çevirdiği Büyülü Divan kitabında Fransa'daki Türk imajı ve Türk tesirleri 1700'lü yıllar itibariyle genişçe anlatılır, ilginçtir, 1700'lü yıllarda tek bir tüccarımız yok, oysa deriden, baharattan tıbba kadar binlerce çeşit ve en çok bizim ülkemizden mal gidiyor. Yazar, nasılsa Türkler'in en çok gemilerde kürek mahkûmu forsa olarak çalıştıklarını söylüyor. Ve bu kürek mahkûmları otoriteye öyle bağımlılar ki, kaçmak isteyen başka ırktan mahkûmları Türkler'in yanında göz kulak olsun diye küreğe veriyorlar. Türkler'in kaçmayacaklarından o kadar emindirler ki, çarşı izni bile veriyorlar. Ve gemilerde forsalık yapan Türkler inanılmaz kol gücünün yanında, bu otoriteye büyük bağlılıklarıyla şöhret bulup, Akdeniz piyasasının en pahalı esirleri oluyorlar.

Yani bizim için iş bulmak demek, bir yere bağlanmak demek, işveren adına çalışmaktan öte, onun çıkar ve menfaatleri uğruna yaşamak, onu korumak, onun adına adam öldürmek, onun adına çalmak, onun adına susmak demek.

Çünkü sosyal hayatımızda asırlardır paşanın torunu paşa, vezirin soyundan gelen vezir olamamış, bu yüzden her yeninesil, sahip, baba, otorite aramış, otorite de, bu çocukları "gariban", "kimsesiz", "sokakta kalmasınlar" anlayışıyla sahiplenmiştir.

Mesela, bugün, Türk toplumundaki sosyal hareketlilik, servet (burjuva), imtiyaz (aristokrasi) tarafından değil... Yine bu geleneksel kurumlar tarafından, yani, Anap ya da Refah'ın örgüt kadroları müteahhit ya da esnaf örgütlenmesi şeklindedir, bir nevi modem loncalardır, velhasıl sosyal hareketliliğin sebebi, modern loncalar partiler, tarikatlar ve son yıllarda sükse bulan vakıflar sayesindedir. Ve tüm bu kurumlar otoritelerini düzenli ve muntazam ve asırlardır sürdürüyor!

Şimdi, sosyologlarımız çıkıp, akademisyen, bürokrat ve gazetecilerimiz üzerinde büyük bir sosyal çalışma yapmak zorundadır. Göreceğiz ki, bu insanlar, köyden indim şehire, ya da babadan, aileden geçinecek, ev imkân sağlayamamış kent yoksullarıdır. Ve hiçbirinin sosyal sigorta, sağlık, eğitim, çalışma, emeklilik hakları yoktur. Kendi başlarına yaşayacak küçük servetleri, sosyal güvenceleri yoktur. Hepsi anadan, babadan birşey alamamış, hayatlarını kendi kurmak zorunda kalmış, böylelikle hepsi ev ve araba hülyaları peşinde ömürlerini tüketmiş, yani topluca sonradan görmelerdir.

(Ağanın kızı yine ağadır, ancak paşanın kızı paşa değildir, halkımız, bunu, 'alma paşanın kızını kraliçe sanır kendini' diye söyler)

Kısa yoldan iki tür yaşam konulmuştur önlerine: Ya rüşvet, mafyatik bir yaşam, ya da otoriteye gönüllü bağımlılık, bu yüzden hepsi erken yaşta eşek gibi çirkin bir surat edinir.

Dışarda para kazanmanın, yaşamanın geleneği, kurumları yoktur, çalmadan çırpmadan, Fethullah hoca'nın, Aydın Doğan'ın adamı olmadan para kazanmanın imkânı yoktur.

Dikkat ettiğimizde, akademisyen, bürokrat ve gazetecilerimizin çok derin ve anlamlı bir suskunluğu vardır. Mesela, patronlarının sahtekârlıklarını asla savunmazlar. Ancak susarlar, boynu bükük, bataklıktan çıkamayan kertenkelenin hüznüdür bu. Mesela, akademisyen, bürokrat, gazetecilerimiz asla köpekçe gösteriler yapmazlar, küçücük kuş yuvası evlerinde hayatlarının tümüyle mahvolması endişesiyle kavurucu bir çaresizliğe girerler.

Onları anlayalım, onlar, tüm bu siyasal, ekonomik düzeni alabora edecek büyük bir fırtına bekliyor. Kendi yalnızlık rıhtımlarında ufuktan gelecek beyaz, bembeyaz bir gemi bekliyorlar, bu cümleleri, tanıdığım onlarca akademisyen ve gazetecinin hüzünlü konuşmalarından edindim.

Ancak içlerinde işlerini ciddiye alan bazıları var ki, onların "sultan kızları" tavırları beni köpürtüyor. Sultan kızları tarihimiz için tek babadan gören, sonradan görme olmayan insanlardır.

Ve sultan kızları, Osmanlı'da mutlu bir hayat sürmüş tek insan türüdür. Çünkü siyasal hayatta hiçbir etkileri yoktur, zaten de ilgilenmezler, bizim bürokrat, akademisyen, gazetecilerimiz gibi. Ancak naz nuzla babalarına şikayetlerde bulunurlar. Ömürleri keyifle, dertsiz-tasasız geçen sultan kızlarından kocaları dahi korkar, çünkü, babaları onların çüklerini dahi keser. Baba korkusundan kadınlarıyla gül gibi geçinip giderler.

İnsanlar, bir baba, otorite, servet bularak, ona iman ederek, onun adına tetik çekerek, susarak sonradan görmeliklerini gideremezler. Sonradan görmeliğimizi gidermenin tek yolu, "eleştiridir". Çünkü aydınlanmanın eleştirisi, bize tek başına birey olarak yaşamanın sosyal ve hukuki alanını gösterir. Biz, ancak, eleştirebilirsek varızdır...

Gelin, görün ki, otoritenin tek hoşlanmadığı şeydir: Eleştiri... Ne Aydın Ayaydın'ı, ne MİT'İ, ne emniyeti, müsaade edilmedikten sonra yazamazlar...

Sonradan görme sanatçı, gazeteci, akademisyen, bürokrat, cılız, uykulu, sersem kişiliğini bir an kımıldatsa, köklerine kadar yok edici öfkeli bir felaketle amir ve patronların hışmına uğrarlar! 15'in üstünde dövizzede sesimizi duyun diye "intihar etti", bu yüzden duyamazlar!

Toz zerresi kişiliklerini ancak boku çıkmış bir şımarıklık ve yalakalıkla tatmin edebilirler!

Kendilerini salya sümük bir kapıya bağlayanlar, onlar artık bu çamur deryasında yaşayan bitki türleridir, süs bitkileri... Şu bayramlık ve acilen kaleme alınmış yazımı, eleştirel bir fıkrayla bitireyim...

Devrin büyük ortaoyuncusu Kel Hasan'ın şöhreti saraya kadar gitmiş. Paşalardan biri Kel Hasan'ı çağırmış. Gelsin bir

226

komiklik yapsın da bakalım dedikleri kadar var mıymış. Kel Hasan saraya gider. Paşam, der, kimin taklidini yapayım. Paşa, der ki kimlerin yaparsın, Kel Hasan sayar: Çerkeş, Acem, Laz, Arnavut, hepsinin taklidini yaparım. Paşa der ki, Çerkeş taklidi yaparsan bizim seyis Çerkeş'tir kızar. Arnavut yaparsan bizim arabacı Arnavut'tur... Sen iyisi mi soba taklidi yap... Kel Hasan şaşırır, "peki" der... Kolunu kaldırır. Paşa, ne yapıyorsun der... Kel Hasan "soba borusu" der, Paşa gülmekten kırılır, dedikleri kadar varmışsın...

İyi Bayramlar Sevgili Hayranlar

Geçen haftaki "acaip" başlıklı yazımı hasta hasta yazdım, yine de fena değildi, yatıp dinleneceğime, sokağa çıkma takıntım yüzünden bu hafta daha kötüyüm, hiç değilse "sohbet şeklinde bir kaç laf edebilirim" dedim. Hadi hayırlısı. Ünlü ressamımız İbrahim Çallı için anlatılır, üstat bir gün işerken, fermuarını açar, bir türlü çıkaramaz, uğraşır, içerde çıkaracağı şeyi bulamayınca: "korkma oğlum, etrafta karı marı yok, çık dışarı"...

Tarihi, edebiyatı, sanatı, çoğu kez, ünlü insanların şahsi hayatlarından alınmış esprilerle öğrenme, yazma alışkanlığı tüm dünyada olduğu gibi, bizde de pek revaçtadır. Ünlü bir ressam söz konusu olunca ilgileniriz, falan köylü, filan sarı çizmeli, işerken birşey bulamayız, bu denli etkili olmaz. Mesela, Cemal Süreya'nın günlüğü, Yahya Kemal'in anıları, Ece Ayhan'ın, Orhan Kemal'in günlük hayatları... Onların sıradan yaşantılarındaki alelade hadiseler dahi bizi çok etkiler.

Yıldızlar daha net görürüz, sönmüş milyonlarca yıldızla hiç işimiz olmaz. Bu, üstünde konuşmamız, insan psikolo-

228

jisinin derinliklerinde yatan şaşırtıcı, egomuzun marifetleriyle ilgili bir durumdur. Tiyatro, sinema üzerine eleştiriler okuduğunuzda, kahramanları, kral, prens, burjuva, ünlü yıldızlar olduğunda, izleyici-okuyucu hemen empati kuruyor, kendini kahramanın yerine koyabiliyor! Mesela, ünlü "baba" filminde öldürülen onlarca gangster ve Al Paçino'nun karısının çektiği acılara ruhumuz el sürmez.

Ve yine, "Şaban", "Keleşoğlan" gibi komik kahramanlarla da aramıza hemen mesafe koyarız. Trajedilerde, dramlarda, kahramanlarla kendimizi özdeşleştirirken, yoksul, aç, mağdur, lavuk, keriz kahramanların hikâyelerine, güleriz, üzülürüz, ama, neden kendimizi onların yerine koymayız. Daha iyi bir örnekle, "Hamlet'i seyrederken kendimizi bu Danimarka prensinin yerine koyarız, ancak, "Donkişot'u okurken, kendimizi onun yerine koymayız. Bir kahraman olan Deniz Gezmiş'e çok özeniriz de yine öğrenci olaylarında ölmüş beş bin gençten tek bir tanesinin adını bile bilmeyiz.

Kafamızın karıştığı yerler de var, mesela, Yılmaz Güney de yoksul insanları oynar, yine de onun kahramanlarını severiz. Çünkü burada yoksul, aç, çaresiz kahraman bizatihi Yılmaz Güney'in kendisidir. Yılmaz Güney'in kendisi, filmin dışında, sosyal hayatta bir kahraman olduğu için onun canlandırdığı kahramanlar mağdur da olsa, kendimizi o mağduruñ yerine koymakta beis görmeyiz. Yani, Yılmaz Güney'in "Umut" filmini bir başka oyuncu oynasaydı, o film bu denli etkili olabilir miydi?

İşte insanın iç dünyasında böyle bir yer var, küçük, zavallıca, korkaklık içinde ölen insanın yerine kendimizi koymuyor, onun başından aşağı palasını sallayan kahramanın yerine kendimizi çekinmeden koyabiliyoruz.

Düşmüş, çökmüş, bitmiş, insanlara acırız, ilgileniriz, öykülerini dinleriz de, kendimizi neden onların yerine koymayız.

Kahramanı İbrahim Erkal, İbrahim Tatlıses, Mahsun Kırmızıgül olan filmlerde, halk kendini bulur, kahramanlar acı çektikleri halde özdeşleşirler, çünkü, burada, canlandırılan rol değil, oyuncunun "artist" olması, adını duyurmuş ünlü bir isim olmasıyla dev ölçülerde bir umut, bir sevinç, bir başarmışlık bulunur.

Mesela, bir zamanlar ünlü bir sanatçının, diyelim Canide Sonku'nun perişan son günleri, Darülaceze durumunu görünce, aydınlar, toplum paniğe kapılır. Oysa, o halde yaşayan yüz binlerce, milyonlarca insan vardır. Türk aydınlarının Cahide Sonku'nun düşmüşlüğü üzerine yazdıkları yazının toplamı, Türk halkının düşmüşlüğü üzerine yazdıklarından çoktur. Yani bir tek sanatçının son günleri, nerdeyse bir halkın hayatından daha çok tartışma konusu olmuştur.

Bu, bizim sanatçıya verdiğimiz büyük değerden değil! Kendimizi Cahide Sonku'ya; benzer hayatımızı yaşayan, ama hiç başaramamış ünlü olamamış milyonlarca insandan daha yakın hissetmemizin sebebi, içimizde bitmek bilmeyen çok duygulu ve çok güçlü "umuttan" hayalden, beklentilerden dolayıdır.

Çünkü, entellektüel alanı, yani, medya, dergi, televizyon, sinema, bilimsel çalışma vs. gibi alanlarda uğraşan kısanlar, yaratıcı, itici bir etkinlik içindedir. Basit, sıradan bir sinema, tiyatro izleyicisi bile o salona kadar geldiğine göre, kendiyle ilgili yüksek bir sesin, düşünmenin, uçurtmanın, bağırmanın, elektriğin içindedir. Oysa, bir sokak arkasında açlıktan ölen bir insan, gerçekten sahipsiz, yalnız insanların hayatları, ipleri öyle derinden kırılmış, kopmuştur ki, onların bu ve benzeri bir tartışmaya mecalleri kalmamıştır. Hayatın acı gerçeği onu, kaldığı, durduğu yerde dondurup bırakmıştır. (Gerçek bir hapishanede mahkûmların oynadıkları bir tiyatro izleyin, kahramanların hiçbiriyle "empati" kurmayıp, oradan hızla uzaklaşırsınız.)

Çökmüş insanlardan korkuyla kendimizi uzaklaştırır, aramıza uçurumlar koyarız.

Şapşal hayvanlarla dolu medyamız, telefonla yarışmaya katılan halka arabalar vermekte, yine başka TGRT ve Kanal 7 televizyonları da yoksul insanların kapısına yiyecek götürmekte, sözde yardım etmektedirler ve bu görüntüleri utanmaksızın yayınlamaktadırlar. Bizler, ekranda, katılımcının kazandığı ikramiyeyi duyunca, kendimizi "kazanan" yerine koyar, mutlu oluruz. Aynı programa katılıp yarışmayı hak edemeyen bir milyonun üstündeki çaresiz, mutsuz, aç, başarısız katılımcıyı hiç hesap etmeyiz. Sonsuza dek unuturuz onları. Oysa birazcık mantıklı olsak, kazanamayan yüz binlerin mutsuzluğunun, kazanan bir iki kişinin mutluluğunu aşması gerekir.

Aynı şekilde, ciyak suratlı ve karakterli Seda Sayan, ya da Kanal 7 gibi aslan müslümanlar, bir yoksul gecekondu evine gidip yardım ediyor. Diyelim Ankara Piyangotepe semtine. Birkaç kişiye hediye aynı semtte geriye, 199.997 kişi kalmıştır, ama biz o üç kişiyle mutlu oluruz. Ve hatta Polyanna gibi atasözleri söyleriz, hiç değilse bir kişi kurtuldu, falan. Hiç birimiz kendimizi mağdurların yerine koymaz, ancak, yardım eden kahraman sanatçının rolünü üstleniriz.

Çünkü, ruhumuz "kazanandan" yanadır.

Kazanandan, başarandan yana olanlar, şapşal hayvanlar gibi tepişir. Ne sinema yapabilir, ne meclisi çalıştırabilir, ne de roman yazabilir. Modernizm dediğimiz şu dışarda olup biten şey, üç-dört büyük devrimle ve son ikiyüzyılda işte bu acılı, kazanamayan, mağlup olan, talih yüzüne gülmeyen hayatın sosyal yüzünü değiştirdikleri için "modern" olmuşlardır.

Dışarda kalanlar, altta kalanlar, kazanmamış olanlar, yüzleri gülmemiş milyonlarca insan, orada öyle dururken, anayasal güvence altına alınmadıkları için modern değildir.

231

Birkaç sonradan görme zenginin elinde fileyle, bir de evliyanın yardım eden, sevap alın gibi bin yıllık hikâyesini okuyup, gecekondulu aileye ahlak, insanlık dersi, insanlık kültürü vermekle "modern" olunmaz. Ve merhametin, zevkiyle yardımseverlik hazzıyla kendinden geçerek, kendilerini "evliya" rollerine koyup, Allah'a ulaşmış bahtiyar suratlarla bunu yapıyorlar.

Bu kadar aşağılık bir yüze insan dayanamaz. Ahlaksızlığın, çürümüşlüğün,, utanmazlığın ta kendisi, insanı tanımamanın, insanla, toplumla dalga geçmenin, yoksullukla eğlenmenin, fakir insanların derme çatma görüntülerinden onur, asalet, iyilikseverlik, merhamet çıkarma imajlarıyla mutlu olan bu insanlar, kör bir eşeğin inadıyla bin yıldır aynı uçurumun başında aynı oyunu oynayıp duruyorlar.

Vicdanlarını rahatlatmak için, yoksul insanlara el açtırtmak, onları yalvartmak, dilenci gibi konuşturtmak, acıyla inleyen çığlıklarını ekrana taşımak, yiyeceklere saldırırken görüntüleri, "Ne mutlu insanlık ölmedi" mesajıyla ekranlara taşımaları, rezalete dönmüş bir din anlayışının son örnekleri...

Bir dilim ekmeğe muhtaç insanların kapısında kameralarla, bakın, bakın işte açlıktan ölüyorlar, ağlıyorlar, bakın bir dilim ekmek alabilmek için nasıl onursuzca açlık çığlıkları atıyorlar, ne olursunuz, yardım edin diye ağlıyorlar, deyip, çiçek yağı teneke kutularını, müzik setlerini tepelerine atıp, "Allah sizden razı olsunlar" cümlesinden milyonlarca toplayıp geri dönüyorlar...

Ve bu iğrenç, mide bulandırıcı sahneye "ahlak" diyorlar. Bunu yapanlar, yaptıranlar, sebep olanlar, ekrana getirenler, seyredip vicdan boşaltanların hepsinin Allah belasını versin.

Toplumu, köleliğe, acizliğe, onursuzluğa alıştıran bu bahşiş, sadaka kültürü, hızından hiç kaybetmeden günümüze kadar geldi. Toplumsal ve siyasal alanda çözülmesi gereken "insanlarımızın" sorunlarından milyarlarcasından sadece bir tanesini bir büyük holding bir fileyle çözmüş diye, bir de onlara ekran başında dua edeceğiz! Terbiyesiz, Allah'tan utanmaz herifler...

Vahşi, işadamlarımız "modern" yöntemler de kullanmaktadır. Yine hedefleri, aynı, bizim kahramanlarla kurduğumuz özdeşleşme yeteneğimizden kaynaklanır.

Üç-dört ay evvel ünlü tiyatrocu Ferhan Şensoy'un bir yazısını okudum. Bir devlet bankasında kuyruktadır, kuyruk bir türlü ilerlemez ve ayrıca sigara içilmez yazısı vardır, neyse, sonunda sigara içer, bunaltıcı kuyruk sona erer. Konu bulamayan eski mizahçıların belediye çukuru çizmesi gibi, devlet bankalarının hantal işleyişi anlatılmış. Kendisi ise, reklamlarına çıkmakta, bu reklamların özeti, bu bankada herşey ne kadar akılalmaz, ne kadar teknolojik, hızla işliyor, işte tüm halkımıza bunu anlatmak.

Ferhan Şensoy, çok başarılı bir tiyatrocudur, bir neslin büyük sevgisini, sempatisini kazanmıştır. Akbank reklamında oynatılmasının sebebi, "sevilen" ve "başarılı bir oyuncu olmasıdır. Aynı şekilde Cem Yılmaz telefon reklamında, Metin Akpınar - Zeki Alasya "milli piyango" reklamında yıllar boyu oynamışlardır.

Yine aynı şekilde İbrahim Sadri denilen şiir okuyan sanatçı da Kuveyt'in reklamına çıkmakta, kuruşu kuruşuna bankanın ödediğini söylemekte. Aynı şekilde, türk halkının, bizlerin çok sevdiği Yılmaz Erdoğan da "interbank" reklamına çıkmış, "hormonlu Sergen" esprisiyle reklam filmi, bir küçük film gibi kitleleri etkilemiştir.

Şimdi öğreniyoruz ki, İnterbank'ın patronu Cavit Çağlar, bankadan 51 trilyon lirayı kendi şirketleri hesabına yutmuş, bankanın posasını da devletin kucağına atmıştır.

Yılmaz Erdoğan, rol kabiliyeti, büyük sempatisiyle banka Türk halkına sevdirilmiş, bizler de bu sanatçıları çok sevip, onların günlük hayatları ve özel yaşantılarıyla fazlasıyla özdeşleştiğimiz için, reklamlar fazlasıyla iyi iş yapmıştır.

Bu sanatçılarımızın iyi niyetinden, samimiyetinden, temiz niyetlerinden ve üstün oyuncu vasıflarından kimse şikayet etmiyor! Ancak, burada çok sevilen "delikanlı", "bitirim", "halkın çocuğu", "bizim mahallenin ağbisi" rolünün altından, 51 trilyon lira cebe indirilmiştir.

Burada kafamızı karıştıran şey nedir? Bizler neden parası yürütülen "insanların yerine kendimizi" koymuyoruz da, Yılmaz Erdoğan'ın, Ferhan Şensoy'un yerine kendimizi koyuyoruz... Bankadan paralarını alamadıkları için intihar eden dövizzedeleri hiç duymuyoruz...

Bu büyük dalavaraya, katakulliye her defasında niçin geliyoruz? Çünkü, "mağlup", "düşmüş" insanlarla özdeşlik kuramıyor, onların, siyasal, toplumsal haklarının yanına adımızı yazamıyoruz. Çünkü, televizyon; reklam, bir malın tanıtımı, modern birşeydir. Bir tiyatrocunun para karşılığı burada rol alması da modern birşeydir. Ancak, çelişen, modern olmayan şey, ülkemizde, hakların, hukukun, siyasetin modern olmayışıdır...

Modern olmayan siyasi ve sosyal bir hayatın içinde, sanatçıların rolü, toplumu modernleştirmektir. Sanatıyla, oyunuyla, yeteneğiyle sanatçılar, halkın modernleşmesine öncülük etmeli. Bunun için de, sanatçılar, önce halkla "özdeşlik" kurmalı. Önce, "mağdurlarla özdeşlik kurmalı.

Sanatın asli görevi, ortaya çıkışı, bir insanın, kendisini başka bir insanın yerine koyabilmesini öğretmektir, başka bir insanın düşüncesine, duygusuna, acısına... Sadece yıldız sanatçıya duyulan arzu, "hayranlık" duygusudur. Biz, Yılmaz Güney'in kendisine hayran kaldık, onun yoksul, aç, düşmüş kahramanlarını çoktan unuttuk. Sanatçılar, oyun gücüyle, insanoğluna, "insan" olmayı... Özgürlük ruh ve duygu eğitimiyle olur hayranlıkla değil. Şu Sartre dediğimiz Fransız

234

filozof herif bir ömrünü İkinci Dünya Savaş'ı sonrası paniğe kapılarak bu felsefeye vakfetti, başkasının sorumluluğunu kendi içimizde duyabiliriz. Cavit Çağlar vb. zenginlerin elinden ödül alanlar, onların gazetelerinde, televizyonlarında büyük memleket meselelerini, büyük edebiyat meselelerini tartışıp, kendilerine bin bir fiyakayla sanatçı süsleri verenler, batının artık aşmaya çalıştığı "modernizm" ne olduğunu bilmek durumundadırlar.

Sanatçılar, bilim adamları önce toplumla, halkıyla özdeşlik kurar. Ne zamanki toplum asgari sağlık-eğitim-işsizlik-adalet sigortasıyla anayasal güvence altına alınır, o zaman biz de batılı sanatçılar gibi, istediğimizde "ibnelik" yapma hakkına sahip oluruz!

Facia şu ki, bir taraftan dünyanın gelmiş geçmiş en büyük bilim adamlarının tarih boyu uğraşları boyunca icad ettiği teknolojik mucize "televizyon" kullanılmakta, diğer tarafta, ilkçağdan beri yüzbinlerce aydının can verdiği, işkence gördüğü, idam edildiği "sanat" kullanılmaktadır... Bu ikisi bir araya gelip, sahneye bizim oğlanlar atlamakta ve halkımız kulampara gibi iğrençliğin en tehlikeli soluğuyla kirletilmektedir. Bu sanat değil, halkın üstüne atılan dinamittir. Daha yüksek düşüncesi olan varsa konuşsun.

Tüm bu sanatlar ve icatlar, "insan" içindi. Kendimizi "insan" yerine koyalım ve soralım, Interbank'tan kaçırılan 51 trilyonun tüm suçu, yalnız Cavit Çağlar'ın. Biz, Keleşoğlanların, biz Fadılların, biz Şabanların, biz Keloğlanların, biz şapşal havyanlar gibi "hayranların" hiç mi suçu yok. Görmüyor musunuz iki film çevriliyor, dört yüz ödül dağıtılıyor.

Demir perdeden Amerika'ya kaçan dünyaca ünlü bir Rus balerinine reklamcılar bir reklam filmi teklif ederler. 5 milyon dolar teklif ederek. Balerin parayı duyunca neye uğradığını şaşırır, mutluluktan havalara uçar. Peki ne yapacağım der, reklamcılar çok basit, televizyona çıkıp, "Ben

235

çocukluğumda bu mamadan yedim diyeceksin" derler. Balerin kız "güzel de, ben çocukken bu mamadan yemedim ki" diyerek reklam filmi teklifini reddeder, gazeteler uzun bir müddet bu konuyu tartışır.

Daha Yapılacak İşler Var

Tam 43 cinayet işledi. Tam 48 yıl hapis yattı. 38 ayrı cezaevinde bulundu. 1991 yılında şartlı tahliyeden çıktı.. 48 gün yasayamadan öldü. 13 yaşından beri kendisini kötüleri öldürmekle görevlendirmiş. Abdullah Dayı! Nam-ı diğer: Antep Canavarı. Ölmeden önce söylüyor "Tez akşam oldu. Daha yapılacak işlerimiz var". (Turhan Temuçin, "Azrail'in Öbür Adı" adlı kitabında Abdullah Dayı'yi anlatıyor. İnanılmaz güzellikler taşıyan bu büyük hazine, araştırmacılarını, senaryocularını bekliyor.) Abdullah Dayı, Ağaların Ağası Ali Ağa'nın oğlu. Ali Ağa Antep savunmasında Şahin Bey'in en yakın arkadaşı. Halep'te ise İsmet Paşa'nın yanında savaşır.

Babası Ali Ağa, oğluna bir bir çeltik tarlası vermiştir. Abdullah Dayı'nın ilk mülküdür bu tarla. Jandarma suyu başka tarlaya verir. Abdullah Dayı bir mecidiye altınını havada delecek kadar nişancı. Jandarmaya karşı koyar. Vali gelir... Valiye, "tek dur gelme üstüme" der. Vali atından inip üstüne..

İlk cinayeti budur. 14 yaşında yeniden üç kişi öldürür. İki

sene yatar. 15 yaşında yeniden üç kişi ve yine mahpusluk. Ve cinayetlerin çoğu içerde işlenir. Abdullah Dayı "İnsanlar kötü olmasa, ben cinayet işler miydim?" der. Abdullah Dayı, öldürdüğü yöneticiler için: "ben öldürmekten bıktım, bunlar öldürülmekten bıkmıyor" diyor. Ve, "Ben hep böyle kelepçeli, aletsiz, onlar hep eli sopalı mı olacak" diyor. Hiç kimseye yalvarmadı. Kimseye boğun eğmedi. Yalnız birşey için yalvardı. Alet! (silah, sopa, bıçak) Bursa cezaevi müdürü diğer mahkûmlara ve Abdullah Dayı'ya gözdağı vermek için, Abdullah Dayı ve üç arkadaşını bok çukuruna gömer. Sekiz saat arkadaşlarıyla bu çukurda bok yutarlar. "Haşa, Allah olsa, bir saat duramaz bu çukurda" diyor.. Abdullah dayı ve arkadaşlarını yıkatmadan koğuşlarına atarlar. Ve Abdullah Dayı'yla mahkûmların konuşması yasaklanmıştır. İşte o sırada.. Dev gibi bir adam gelir. Saçları yukarı doğru. Sırtında asker koputundan bozma bir palto.

Korkusuz. "Geçmiş olsun ağalar" der.. Sonra, "Bir ihtiyacınız var mı?" Abdullah Dayı ve arkadaşları ellerini, yüzlerini yıkamak, ağızlarını çalkalamak için su ister.

Dev gibi adam suyu getirir. Korkusuz adam, cigara uzatır.

Hepsi dört tane köylü cigarası. Birini kendi yakar, üçünü Abdullah Dayı ve arkadaşları. Abdullah Dayı bir nefes çektiğinde "işte o zaman, dedim, dünya varmış"..

Dev gibi adam gittikten sonra, Abdullah Dayı gardiyanlara bağırır: Kimdir bu adam!

Gardiyan: "Nazım Hikmet"tir der.. Abdullah Dayı tanımaz, "Kimdir Nazım Hikmet!".. Gardiyan: "tarihçi, yazar, şair, romancı, komünist, vatan haini" der. Abdullah Dayı, ne yazar nedir bilirim, ne tarihçi nedir bilirim. Bir bildiğim vatan hainliği. Abdullah Dayı kendisini bok çukuruna gömen cezaevi müdürüne bağırır: "Sen benim arkamdaki cinayetleri biliyorsun, önümdekileri bilmiyorsun!. Ancak, şu komünisti benim koğuşuma verirsen, seni birkaç günlüğüne affederim. Nazım Hikmet'e komünistliği sorar. Nazım Hikmet, "haksızlığa adaletsizliğe karşı gelmektir" der: Abdullah dayı, "işte ben de bunu yapıyorum" der. Nazım Hikmet, "sen öldürüyorsun, ben yazıyorum" der, benim yazdıklarımla bir toplum bir gün ayağa kalkacaktır". Ama senin öldürdüklerin...